우리들

우리들

Мы

예브게니 자먀찐 장편소설 석영중 옮김

MY
by EVGENII ZAMIATIN (1927)

이 책은 실로 꿰매어 제본하는 정통적인 사철 방식으로 만들어졌습니다.
사철 방식으로 제본된 책은 오랫동안 보관해도 손상되지 않습니다.

우리들

7

역자 해설
현실을 비춰 주는 반(反)유토피아의 거울

295

예브게니 자먀찐 연보

305

첫 번째 기록

개요: 공고. 선(線) 중에서 가장 현명한 선. 서사시.

나는 단지 오늘 「국립 신문」에 인쇄된 것을 단어 한 자 한 자 그대로 베껴 쓰고 있을 뿐이다.

120일 후면 우주선 〈인쩨그랄〉호가 완성된다. 우주 공간으로 최초의 인쩨그랄이 날아오를 위대한 역사적 시간이 가까워지고 있다. 천 년 전, 여러분의 영웅적 선조들은 지구 전체를 〈단일제국〉의 권력에 예속시켰다. 그러나 그보다 더 영광스러운 과업이 여러분들 앞에 놓여 있다. 화염을 토하며, 전기로 운행되는 유리의 인쩨그랄에 의해 우주의 무한한 방정식을 통합시키는 것이다. 여러분들은 다른 행성에 살고 있는 미지의 존재들을 이성이라고 하는 고마운 압제에 복종시켜야만 한다. 그 존재들은 어쩌면 아직도 자유라고 불리는 미개한 상태에 놓여 있을지도 모른다. 만일 우리가 수학적으로 오류가 없는 행복을 자신들에게 가져다준다는 것을 그들이 이해하지 못한다면 우리의 의무는 그들을 강제로 행복하게 만드는 일일 것이다. 그러나 무력을 쓰기 전에 우리는 언어의 힘을 시험해 볼 것이다.

〈은혜로운 분〉의 이름으로 단일제국의 모든 번호들에게 선포한다.

스스로가 능력이 있다고 생각하는 모든 번호는 누구나 단일제국의 아름다움과 위대함에 관해 논문, 서사시, 선언문, 송시 및 그 밖의 다른 작문을 쓸 의무가 있다.

그것은 인쩨그랄이 운송할 최초의 화물이 될 것이다.

〈단일제국 만세, 번호들 만세, 《은혜로운 분》 만세!〉

이것을 쓰면서 나는 두 뺨이 달아오름을 느낀다. 그래, 장엄한 우주의 방정식을 통합시킨다. 그래, 거친 곡선을 편다. 그것을 접선(接線)까지, 직선까지 곧바로 편다. 왜냐하면 단일제국의 선은 직선이기 때문이다. 위대한, 훌륭한, 정확한, 현명한 직선 — 선 중에서 가장 현명한 선······.

나, D-503은 인쩨그랄의 조선 담당 기사이다. 나는 그저 단일제국의 수학자들 중 하나일 뿐이다. 숫자에 익숙한 나의 펜은 협음(協音)과 압운을 갖춘 음악을 창조할 능력이 없다. 나는 다만 내가 보고 생각하는 것을 기록하려고 시도할 뿐이다. 더 정확하게 우리가 생각하는 것을(바로 그것이다. 우리, 이 〈우리〉가 내 기록들의 제목이 되도록 하라). 그러나 이것은 단지 우리의 삶, 단일제국의 수학적으로 완벽한 삶의 도함수가 될 것이다. 그리고 만일 그렇다면 이것은 그 자체로서, 나의 의지와는 관계없이, 한 편의 서사시가 되지 않겠는가? 그럴 것이다 — 나는 그렇게 믿으며 또한 그럴 것임을 안다.

이 글을 쓰며 나는 두 뺨이 달아오름을 느낀다. 그것은 아마 여자가 최초로 자신의 내부에서 새로운, 아직은 작고 눈먼 생명체의 맥박을 들을 때 체험하는 어떤 것과 흡사하리라. 나이며 동시에 내가 아니다. 나는 그것을 수개월 동안 꼬박 나 자신의 체액과 피로 양육해야 할 것이다. 그리고 고통 속에서 그것을 나로부터 떼어 내어 단일제국의 발 아래 바쳐야 할 것이다.

그러나 나는 각오가 되어 있다. 다른 모든 번호들이 그렇듯이 — 아니면 우리 중의 거의 모두가 그렇듯이 나는 각오가 되어 있다.

두 번째 기록

개요: 발레. 사각의 하모니. 엑스(X).

봄, 〈녹색의 벽〉 너머, 보이지 않는 황량한 평원에서 달콤한 황색 꽃가루가 바람에 실려 온다. 이 달콤한 먼지 덕분에 사람들의 입술은 건조하다 — 끊임없이 입술을 혀로 핥는다. 그러므로 마주치는 모든 여성(물론 남성도 마찬가지지만)의 입술은 틀림없이 달콤할 것이다. 그것이 논리적인 사고에 다소 방해가 된다.

그러나 저 하늘! 구름 한 점 없이 푸른 하늘[고대인(古代人)들의 취향이란 얼마나 조야했던가! 그들은 구름이라고 하는 저 무의미하고, 무질서하고, 어리석게 흘러가는 수증기 덩어리에서 영감을 얻을 수 있었으니]. 나는 이처럼 살균된 듯한 완벽한 하늘만을 사랑한다. 그리고 여기서 내가 우리는 사랑한다고 말해도 전혀 틀린 말이 아닐 것임을 확신한다. 이런 날에는 전 세계가 〈녹색의 벽〉처럼, 그리고 우리의 다른 모든 건축물들처럼 저 확고부동하고 영원한 유리로 주조된 듯이 여겨진다. 이런 날에는 사물의 가장 푸른 심저를, 여태껏 알려지지 않은 모종의 경탄할 만한 그것들의 방정식을 볼 수 있다. 모든 것에서, 심지어 가장 타성적이고 일상적인 것에서조차.

그럼 간단히 예를 들어 보자. 오늘 아침 나는 인쩨그랄이 건설되고 있는 조선소에 있었다. 나는 문득 선반(旋盤)을 바라보았다. 자동 조절기의 구(球)는 눈을 감은 채 망연자실하게 회전하고 있었다. 크랭크는 번쩍거리며 좌우로 굴절되었다. 평형륜은 위풍당당하게 어깨를 흔들었다. 구멍을 뚫는 데 쓰는 선반의 끝이 박자에 맞추어 들리지 않는 음악에 무릎을 꿇었다. 나는 순간적으로 가볍게 푸른 태양으로 충만해진 이 장엄한 기계들의 발레, 그것의 모든 아름다움을 목도했다.

그리고 더 나아가 나 자신에게 질문을 던졌다. 어째서 그것이 아름다운가? 대답, 왜냐하면 그것은 비(非)자유로운 운동이므로. 왜냐하면 무용의 심오한 의미 전체는 바로 절대적인 미학적 소속성에, 이상적인 비자유에 근거하므로. 그리고 만일 우리의 선조들이 삶에서 가장 고조된 영감의 순간에 무용을 통해 몰아경에 들어가곤 했다면(종교적인 신비극, 군대의 퍼레이드), 그것이 의미하는 것은 단 한 가지, 즉 비자유의 본능이 태곳적부터 인간의 유기적 특성이라는 점이다. 그리고 우리는 현재 우리의 생활에서 그것을 다만 의식적으로……

이 같은 생각은 나중에 끝내기로 하겠다. 번호 지시 장치가 철컥 소리를 냈다. 나는 눈을 들었다. O-90, 물론. 이제 30초 뒤면 그녀가 여기로 올 것이다. 나를 산책에 초대하기 위해.

사랑스러운 O! 나는 늘 그녀가 자신의 이름을 닮았다고 여겼다. 그녀는 〈모성(母性) 기준〉보다 약 10센티미터 정도 작다. 그래서 온몸이 온통 둥글고 평평해 보인다. 그리고 그녀의 동그란 장밋빛 입은 나의 말 한마디 한마디에 벌어진다. 또 손목의 동그랗고 포동포동한 작은 주름 — 그런 주름살은 어린아이들에게서 흔히 볼 수 있다.

그녀가 들어왔을 때 나의 내부에서는 아직도 논리의 바퀴가 전속력을 다해 윙윙거리고 있었다. 그리고 나는 타성적으로 바로 조금 전에 내가 구축한 공식에 대해서, 즉 우리 모두와 기계와 그리고 무용을 포괄하는 공식에 대해 말하기 시작했다.

「경탄할 만하지요. 그렇지 않아요?」

나는 물었다.

「네, 멋있어요. 봄이에요.」

O-90은 내게 장밋빛으로 미소 지었다.

아무렴. 흠. 봄이라 이 말이지……. 그녀는 봄에 관해서 얘기하고 있다. 여자들이란……. 나는 입을 다물었다.

우리는 아래로 내려갔다. 거리는 사람들로 가득 차 있었다. 날씨가 이렇게 좋은 날이면 우리는 통상적으로 점심 식사 후의 개인 시간을 보충 산책에 소모한다. 언제나처럼 〈음악 제작소〉의 모든 파이프들을 통해 「단일제국 행진곡」이 흘러나왔다. 번호들은 네 명씩 일사분란하게 대오를 지어 열광적으로 박자를 맞춰 걸어갔다. 수백, 수천의 번호들. 푸르스름한 제복(그것은 〈유니파〉라고 불리는데 아마도 고대의 〈유니폼〉에서 파생되었을 것이다)을 입고, 가슴에는 남성과 여성의 국민 번호가 새겨진 황금빛 번호판을 달고. 그리고 나 — 우리 네 명, 이 위대한 흐름의 무수한 물결 중의 하나. 나의 왼쪽에는 O-90(만일 이 글을 천 년 전에 털이 숭숭한 나의 선조 중의 하나가 썼다면 그는 아마도 그녀를 〈나의

O〉라고 하는 우스꽝스러운 명칭으로 불렀을 것이다), 나의 오른쪽에는 처음 보는 두 명의 번호들. 여성과 남성.

티 없이 푸른 하늘, 각각의 번호판에서 반사되는 아주 작은 태양들, 사고의 광기로 흐려지지 않은 우리의 얼굴…… . 모든 것이 일종의 단일하고, 찬란하고, 미소 짓는 재료로 만들어졌다는 사실을 당신들은 이해하겠는가. 그리고 청동의 박자, 〈뜨라-따-따-땀, 뜨라-따-따-땀〉, 햇빛에 반짝이는 청동 층계, 그리고 한 계단씩 올라갈 때마다 점점 더 높이, 현기증 나는 푸름을 향해 비상한다…… .

그리고 오늘 아침 조선소에서 그랬던 것처럼 나는 다시 한 번, 마치 이번이 처음인 양 모든 것을 바라보았다. 완벽하게 뻗은 거리들, 햇빛에 찬란하게 반사되는 유리의 포장 도로, 투명한 건물들의 거룩한 평행육면체, 은빛이 도는 푸른색 대열이 그리는 정사각형. 그리고 나는 마치 내가, 과거의 수세대가 아닌 바로 내가 구시대의 신(神)과 구시대의 삶을 정복한 것처럼 느껴졌다. 바로 나 자신이 이 모든 것을 창조한 것 같았다. 그리고 스스로를 탑처럼 느꼈다. 그래서 벽과 둥근 지붕과 기계들의 조각이 무너져 흩어질까 봐 팔꿈치를 움직이는 것이 두려웠다.

그런 뒤에 순간적으로 몇 세기를 거슬러 올라가는 도약. 기억나는 것이 있었다(그것은 확실히 대비에 의한 연상 작용이었다). 나는 불현듯 박물관에 걸려 있던 한 폭의 그림을 떠올렸다. 그 그림은 20세기 당시의 거리를 묘사한 것으로 인간들, 차륜, 동물, 포스터, 나무, 여러 가지 빛깔, 새 등등으로 귀가 멍멍할 정도로 조잡하고 혼란스러웠다…… . 사실 그런 것들이 실제로 존재했다고, 또 존재할 수 있었다고 말들을 한다. 그러나 내게는 그것이 너무도 개연성 없고, 너무도 불합리하게 느껴져, 나는 그만 참지 못하고 불시에 웃음을 터뜨리고 말았다.

바로 그때, 메아리처럼 오른쪽에서 또 다른 웃음소리가 들렸다. 나는 돌아보았다. 내 눈에 들어온 것은 흰, 놀랄 만큼 희고 날카로운 치아였다. 생전 처음 보는 여성의 얼굴.

그녀가 말했다.

「실례합니다. 하지만 당신이 영감에 가득 찬 시선으로 모든 것을 둘러보고 있어서요. 마치 천지 창조의 제7일을 맞은, 어떤 신화 속의 신 같았답니다. 제게는 당신이 저 또한 당신에 의해, 그 누구도 아닌 바로 당신에 의해 창조되었다고 확신하는 듯 여겨지는군요. 제겐 매우 영광스러운 일이지요…….」

그녀는 이 모든 것을 웃지 않고, 심지어 일종의 존경심까지 보이며 말했다고 생각된다(그녀는 아마 내가 인쩨그랄의 조선 담당 기사임을 알고 있었는지도 모르겠다). 그러나 그녀의 얼굴 어딘가에는, 눈인지 눈썹인지는 모르겠지만, 기묘하고 사람을 초조하게 만드는 듯한 X 자가 있었다. 나는 그것을 포착할 수도, 산술적으로 표현할 수도 없다.

나는 어쩐지 당황했고, 약간 혼란스러운 상태에서 나 자신의 웃음에 논리적으로 동기를 부여하기 시작했다. 한 가지 철저하게 분명한 것은 대비, 즉 현재와 그 당시 사이의 뛰어넘을 수 없는 심연…….

「그러나 어째서 뛰어넘을 수 없단 말이죠?」 정말로 흰 치아다! 「심연을 가로질러 다리를 놓을 수도 있지 않습니까. 생각해 보십시오. 북이니, 대대니, 대열이니 하는 것들, 사실이 모든 것들이 전에도 있었지요. 따라서…….」

「아, 그럼요. 확실히!」

나는 외쳤다(놀랄 만한 사고의 일치였다. 그녀는 산책 전에 내가 기록했던 생각을 표현까지도 거의 비슷하게 말했던 것이다). 이제 알겠는가. 우리는 심지어 생각까지도 동일하다. 왜냐하면 그 누구도 〈개인〉이 아닌 〈…… 중의 한 개인〉이기 때문이다. 우리는 그토록 동일한 것이다.

그녀가 말했다.

「확신하십니까?」

나는 관자놀이까지 예리한 각도로 치올려진 눈썹을 보았다. 마치 X 자의 날카로운 뿔처럼. 나는 또다시 혼란을 느꼈다. 오른쪽, 왼쪽을 돌아보았다. 그리고…….

나의 오른쪽에는 그녀, 즉 날씬하고 날카롭고. 마치 채찍처럼 고집스러울 정도로 유연한 I-330(나는 그제야 비로소 그녀의 번호를 보았다). 나의 왼쪽에는 O, I와는 전혀 다른, 손목에 어린애 같은 주름이 있고 전신이 완전히 동그라미를 이루는 O. 그리고 우리 사열 횡대의 맨 끝에는 내게는 낯선 남성 번호. 그의 몸은 두 번 휘어진 형태로 마치 S 자 같았다. 우리는 모두 제각기 다른 모습이었다.

나의 오른쪽에 있는 I-330은 아마도 나의 혼란스러운 시선을 포착한 것 같았다. 그리하여 한숨 섞인 목소리로 말했다.

「네…… 유감스럽게도!」

본질상, 이 〈유감스럽게도〉라는 말은 완전히 정곡을 찌른 셈이었다. 그러나 또다시 그녀의 얼굴, 아니면 목소리에 무엇인가가…….

나는 ─ 나로서는 유례없이 단호한 어조로 ─ 말했다.

「아무것도 유감스러울 건 없습니다. 과학은 발전하고, 따라서 이제 명백합니다. 만일 지금이 아니라면, 50년, 혹은 백 년 뒤엔……」

「심지어 모든 인간들의 코까지도……」

「네, 코까지도.」

나는 이미 거의 소리 지르다시피 말하고 있었다.

「일단 질투라는 것이 있다고 친다면, 그것의 근원이 무엇이든 상관없지요……. 내 코는 단추 같다고 하고, 다른 사람의 코는……」

「글쎄요, 당신의 코는 고대인들의 표현을 빌리면 〈고전적〉이라고 말할 수 있겠는데요. 그리고 손은…… 아니, 좀 보여 주십시오. 손을 좀 보여 주세요!」

나는 다른 인간들이 내 손을 바라보는 것을 참을 수 없다. 털이 무성한 털북숭이의 손. 일종의 어리석기 그지없는 격세 유전이다. 나는 두 손을 내밀고 가능한 한 무관심한 어조로 말했다.

「원숭이 같죠.」

그녀는 내 손을, 그다음엔 얼굴을 훑어보았다.

「네, 상당히 흥미로운 조화군요.」

그녀는 마치 저울로 달아 보듯 나를 찬찬히 살펴보았다. 또다시 눈썹 귀퉁이에서 뿔이 얼핏 나타났다.

「저 사람은 내게 등록된 사람이에요.」

O-90은 기쁨에 차서 장밋빛으로 말했다.

입을 다무는 편이 더 좋았을 것을. 그녀의 말은 전혀 불필요한 것이었다. 일반적으로 이 사랑스러운 O는 ─ 글쎄, 뭐라고 말해야 좋을까 ─ 그녀의 혀의 속도는 부정확하게 계산되어 있다. 혀의 초속은 언제나 사고의 초속보다 약간 느려야만 한다. 절대로 그 반대가 되어서는 안 된다.

거리의 끝. 축전탑의 종이 은은하게 17시를 쳤다. 개인 시간은 끝났다. I-330은 그 S 자형으로 생긴 남성 번호와 함께 사라졌다. 그 남자의 외모는 상당히 존경스러웠으며, 이제야 느끼는 것인데 그 얼굴은 어쩐지 낯이 익었다. 어디에선가 그를 보았을 테지만 지금은 기억이 나지 않는다.

헤어지면서 I는 여전히 똑같은 X 자로 미소 지었다.

「내일모레 112호 강당에 들르세요.」

나는 어깨를 으쓱했다.

「만일 방금 말씀하신 그 강당에 특별한 용무가 있다면……」

그녀는 이해할 수 없는 자신감에 차서 말했다.

「있을 겁니다.」

이 여성은 나에게 불쾌한 인상을 남겼다. 마치 우연히 방정식에 끼어든 처리 불가능한 비논리적 요소처럼. 나는 사랑스러운 O와 적어도 잠시 동안 단둘이 남겨진 것이 기뻤다.

손을 맞잡고 우리는 직선의 거리를 네 구역 지나쳤다. 길모퉁이에서 그녀는 오른쪽, 나는 왼쪽으로 갈라졌다.

「오늘 당신께 가고 싶어요. 커튼을 내리세요. 특별히 오늘…… 당장……」

O는 나를 향해 둥글고 푸른 수정 같은 눈을 수줍게 들었다.

우스꽝스럽다. 그러나 내가 그녀에게 무슨 말을 할 수 있었겠는가. 그녀는 바로 어제 나와 함께 있었으며, 가장 가까운 다음번 섹스 일은 모레라는 것을 그녀도 나 못지않게 잘 알고 있지 않은가. 이것은 다만 위에서 언급한 것과 같은 그녀의 〈생각의 추월〉이다. 발동기에서 점화(点火)가 추월하는 경우가 종종 있듯이. 그것은 때로는 위험한 일이다.

  헤어질 때 나는 두 번…… 아니, 더 정확하게 말해 세 번 키스했다. 저 경이롭고, 구름 한 점 없이 푸른 하늘 같은 두 눈에.

세 번째 기록

개요: 신사복 상의. 벽. 시간 율법표.

어제 내가 쓴 것을 모조리 검토했다. 그리고 나에게 정확성이 부족했음을 깨달았다. 다시 말해, 우리 중의 그 어느 누구에게도 이 모든 것은 명백하다. 그러나 누가 알겠는가. 어쩌면, 미지의 여러분, 즉 인쩨그랄이 나의 수기를 전달해 줄 당신들은 문명의 위대한 책을 9백 년 전에 우리의 선조들이 읽은 바로 그 쪽까지만 읽었는지도 모르지 않는가. 어쩌면 당신들은 〈시간 율법표〉, 〈개인 시간〉, 〈모성 기준〉, 〈녹색의 벽〉, 〈은혜로운 분〉 같은 기초적인 것들조차 모를는지도 모른다. 이 모든 것에 대해 언급하는 일이 우스꽝스럽고, 동시에 매우 어렵게 느껴진다. 그것은 과거의 한 세기, 예를 들어 20세기의 작가가 자신의 소설에서 〈신사복 상의〉, 〈아파트〉, 〈부인〉이 무엇인지를 설명해야만 하는 것과 비슷한 이치다. 그러나 한편, 그의 소설이 야만인들을 위해 번역된다면 〈신사복 상의〉에 관한 주석을 피한다는 것이 가능하겠는가?

확신하건대, 야만인은 〈신사복 상의〉란 단어를 보고 이렇게 생각할 것이다. 〈흠, 그러나 이것의 용도는 무엇일까? 짐만 될 뿐일 터인데〉. 내가 여러분에게 우리 중의 그 누구도

〈2백년전쟁〉 이래 녹색의 벽 너머로 가본 적이 없다고 말한다면 여러분은 마찬가지로 의아하게 느낄 것이라는 생각이 든다.

그러나 친애하는 독자여, 조금쯤은 생각할 필요가 있지 않겠는가. 굉장히 도움이 될 테니까. 분명히 말하건대, 사실 인간의 전 역사는 우리가 알고 있는 한 유목형의 생활에서 점점 더 정착형 생활로 전환되는 과정이라고 요약할 수 있다. 이와 같은 사실에서 가장 정착적 생활형(즉, 우리의 생활형)이란 동시에 가장 완벽한 생활형(즉, 우리의 생활형)이라는 결론이 유추되지 않겠는가. 만일 사람들이 지구의 이 끝에서 저 끝으로 우왕좌왕했다면 그것은 순전히 유사 이전에 있었던 일이다. 그때는 국가니, 전쟁이니, 상업이니, 아메리카의 발견이니 하는 것들이 있었다. 그러나 오늘날 왜, 누구에게 그런 것들이 필요하겠는가?

이 같은 정착형 생활에 익숙해지기까지는 어려움과 시간이 뒤따라야 했다. 2백년전쟁 당시, 모든 도로가 파괴되고 잡초만이 무성했을 때, 녹색 밀림지대에 의해 서로 차단된 도시들에서 산다는 것이 처음에는 분명 어려웠을 것이다. 그러나 그래서 어쨌단 말인가? 인간에게서 꼬리가 없어졌을 때, 인간은 꼬리의 도움 없이 파리를 쫓는 법을 그 즉시 익히지는 않았을 것이다. 처음에는 분명 꼬리가 없다는 사실에 침울해했을 것임이 틀림없다. 그러나 당신들은 지금 꼬리가 있는 자신의 모습을 상상할 수 있는가? 아니면, 길거리에 나체로 〈신사복 정장〉 없이 서 있는 것을 상상할 수 있는가(아직도 당신들은 〈신사복 상의〉를 입고 다닐 것이니까)? 꼭 같은 이치에서 나는 녹색의 벽으로 둘러싸이지 않은 도시, 혹은 시간 율법표의 숫자라고 하는 의상의 보호를 받지 않는 생활을 상상할 수 없다.

시간 율법표……. 바로 이 순간에도 황금빛 바탕에 쓰인 그것의 자줏빛 숫자가 벽에서 나의 눈을 근엄하고, 부드럽게 응시하고 있다. 나는 본능적으로 고대인들의 성화라 불렀던 그 어떤 것을 상기한다. 그리고 그대, 오! 시간 율법표여, 단일제국의 심장이요 맥박인 그대들을 충분히 찬송하기 위해 시나 기도문을(둘 다 똑같은 것이기는 하지만) 쓰고 싶어진다.

우리는 모두(그리고 당신들도 어쩌면) 아직 어린아이일 때에 학교에서 현존하는 고대 문학의 문헌 중 가장 위대한 〈열차 시간표〉를 읽었을 것이다. 그것을 시간 율법표와 나란히 비교해 보라. 그것들은 마치 흑연과 다이아몬드의 관계와도 같을 것이다. 양자의 구성 요소는 동일하다. C, 즉 탄소……. 그러나 다이아몬드는 얼마나 영원하며, 얼마나 투명하며, 얼마나 찬란한가. 당신들 중 그 누구라도 〈열차 시간표〉의 페이지를 따라 굉음을 내며 질주할 때는 숨이 막힐 듯할 것이다. 그러나 시간 율법표는 우리 모두를 현실에서 위대한 서사시에 등장하는 육륜(六輪)의 강철 영웅으로 변신시켜 준다. 매일 아침 육륜의 정확성으로 동일한 시간, 동일한 분에 우리 — 수백만의 우리는 마치 한 사람처럼 기상한다. 동일한 시간에 우리는 수백만이 한 사람처럼 일을 시작하고, 수백만이 한 사람처럼 일을 끝낸다. 그리고 하나로 합쳐져서, 수백만의 손을 가진 단일한 몸체처럼, 우리는 시간 율법표에 의해 지정된 동일한 순간에 포크를 입으로 가져가고, 그리고 동일한 시간에 산보를 나가고, 〈테일러의 연습〉 강당에 가고, 취침한다…….

철저하게 솔직히 말하면, 우리에겐 아직도 행복의 과제에 대한 절대적으로 정확한 해결책이 없다. 하루에 두 번 16시에서 17시까지, 21시에서 22시까지 저 강력한 단일 조직체는 개별적인 세포로 분해된다. 그것을 우리는 시간 율법표에 의해 지정된 〈개인 시간〉이라 부른다. 이 시간엔 당신들이 보다시피, 어떤 번호들의 방에서는 수줍게 커튼이 내려가고, 어떤 번호들은 〈행진곡〉의 금속성 음악에 맞추어 천천히 거리를 활보하고, 또 어떤 번호들은 지금 나처럼 책상 앞에 앉아 있다. 그러나 나는 굳게 확신한다. 나를 이상주의자 혹은 몽상가라고 불러도 좋다. 나는 우리가 조만간에 보편적 공식 안에서 이 개인 시간을 위한 자리를 찾을 것임을, 언젠가는 86,400초 전부가 시간 율법표 속으로 수용될 것임을 믿는다.

나는 인류가 아직도 자유로운, 즉 비조직적이고 야만적인 상태에서 살던 시대에 대해서 많은 믿을 수 없는 것들을 읽고 듣는다. 그러나 내게 가장 믿을 수 없었던 것은 바로 다음과 같은 점이다. 즉 어떻게 아무리 원시적이라 하더라도, 당시의 국가 권력이 국민에게 우리의 시간 율법표가 제공해 주는 것과 같은 일말의 편의 없이, 의무적인 산책 없이, 정확한 식사 시간의 조정 없이 생활하는 것을, 그리고 마음 내킬 때 기상하고 취침하는 것을 허용할 수 있었을까. 어떤 역사가들은 심지어 당시에는 밤새도록 거리에 불이 켜 있었을지도, 사람들이 밤새도록 거리를 활보했을지도 모른다고 말한다.

바로 이 점을 나는 납득할 수 없는 것이다. 아무리 그들의 이성이 제한되어 있었다 하더라도 아무튼 그들은 그러한 생활은 가장 사실적인 집단 살인임을, 서서히, 하루하루 조금

씩 진행되는 살인임을 이해했어야만 했다. 국가(인류)는 한 개인의 살인은 금지했으되, 수백만을 절반 정도 죽이는 것은 금지하지 않았던 것이다. 한 사람을 죽이는 것, 즉 인간 생명의 합산을 50년 축소시키는 것은 범죄이지만 인간 생명의 합산을 5천만 년 축소시키는 것은 범죄가 아니었다는 얘기다. 헤, 정말 우스운 일 아닌가? 우리 중의 그 어느 열 살짜리 번호라도 그와 같은 수학적, 도덕적 문제는 30초면 해결한다. 그러나 그들은 자기네 모든 칸트들의 힘을 합쳐도 그 문제를 해결하지 못했다(왜냐하면 그 칸트들 중 어느 누구도 덧셈, 뺄셈, 곱셈, 나눗셈에 기초하는 과학적 윤리 체계를 정립한다는 것은 꿈도 꾸지 못했으니까).

그리고 국가(그것은 자신을 감히 국가라고 불렀다!)가 성생활에 대해 그 어떤 통제도 가하지 못했다는 것은 정말로 부조리한 일 아닌가. 누구나 언제라도, 마음 내키는 대로……. 마치 짐승들처럼, 완전히 비과학적으로. 그리고 그들은 짐승처럼 맹목적으로 번식했다. 원예, 양계, 양어를 알았으되(우리에겐 그들이 이 모든 것을 알고 있었다는 정확한 자료가 있다), 그 같은 논리의 사닥다리인 맨 마지막 계단까지, 즉 육아에까지 도달하지 못했다는 것은 우스운 일 아닌가? 우리의 〈모성 기준〉, 〈부성 기준〉에까지 생각이 미치지 못했다는 것은.

너무도 우습고, 너무도 있을 수 없는 일 같아서 나는 당신들, 미지의 독자들이 이것을 쓴 나를 악의에 찬 농담가로 생각할까 두려워진다. 당신들은 내가 단지 당신들을 우롱하려 하며, 심각한 표정으로 가장 철저한 난센스를 얘기하고 있다고 불현듯 생각할 것이다.

그러나 첫째로, 나는 농담을 못한다. 농담에는 언제나 거짓이 은밀한 기능과 함께 도입되기 때문이다. 둘째, 단일제국의 과학은 고대의 생활이 정확하게 그러했다고 단언하며, 단일제국의 과학은 실수를 할 수가 없다. 그러나 그들은 자유의 상태에서, 즉 짐승처럼 원숭이들처럼 동물의 무리처럼 삶을 영위하고 있었으니 어떻게 국가의 논리라는 것이 생길 수 있었겠는가. 그들에게 무엇을 기대할 수 있겠는가. 만일 아직까지도 간혹 저 원시의 심연 밑바닥 어디에선가 거친 원숭이의 메아리가 들려온다면.

다행스럽게도, 그런 일들은 간혹 있을 뿐이다. 다행스럽게도 그런 일들은 단지 세부의 사소한 파손일 뿐이다. 그런 것들은 전체 〈기계〉의 영원하고 위대한 행진을 방해하지 않으면서 간단히 고칠 수 있다. 그리고 우리에겐 못쓰게 된 나사를 폐기해 버리는 〈은혜로운 분〉의 능숙하고 무거운 손이 있다. 우리에겐 〈보안요원〉의 숙련된 눈이 있다…….

참, 이제야 생각이 난다. 어제 만난 두 번 구부러진 S 자형의 번호가 〈보안국〉에서 나오는 것을 언젠가 우연히 본 적이 있다. 이제야 어째서 내가 그에 대해 본능적인 존경심을 느꼈는지, 그리고 저 이상한 I가 그의 곁에 있다는 것이 어쩐지 어색하게 느껴졌는지 이해가 간다……. 고백하건대 그 I라는 여성은…….

취침을 알리는 종이 울린다. 22와 2분의 1시. 그럼 내일 또.

네 번째 기록

개요: 바로미터와 야만인. 간질병. 만약에.

내 생의 모든 것은 여태까지 명백했다(내가 바로 이 단어 〈명백한〉에 대해 일종의 편견을 갖고 있는 것도 까닭 없는 일은 아닌 듯 여겨진다). 그러나 오늘은……, 이해할 수 없다.

첫째, 그녀가 말했던 것처럼 나는 오늘 실제로 112호 강당으로 가라는 지시를 받았다. 가능성은 천만 분의 천5백, 즉 2만 분의 3이다(천5백은 강당의 수효이며, 천만은 번호들의 수효다). 둘째…… 그러나 순서대로 차근차근 말하는 것이 좋겠다.

강당. 유리 덩어리로 만들어진 거대한 반구형의 건물. 햇살이 속속들이 관통한다. 매끄럽게 삭발한, 고상한 원통의 머리통들이 환상의 대열을 이루고 있다. 가벼운 심장의 흥분을 느끼며 나는 주위를 둘러보았다. 나는 푸른 제복의 물결 위에서 O의 장밋빛 낫처럼 사랑스러운 입술이 빛나지 않을까 하고 찾고 있었던 것이다. 그런데 누군가의 유별나게 희고 날카로운 치아가 거기, 마치…… 아니, 그게 아니다. 오늘 저녁 21시에 O가 내게 올 것이다. 따라서 그녀를 거기서 보고 싶어 하는 욕구는 완전히 자연스러운 것이었다.

그리고 종소리, 우리는 일어서서 단일제국의 찬가를 불렀다.

그리고 연단에는 황금빛 확성기와 지혜로 번득이는 강연기.

경애하는 번호 여러분! 최근 우리의 고고학자들은 20세기의 책 한 권을 발굴했습니다. 그 책에서 작가는 야만인과 바로미터에 관해 풍자적으로 이야기하고 있습니다. 야만인은 바로미터에서 눈금이 〈비〉라고 쓰인 곳에 멈출 때마다 실제로 비가 오는 것을 발견했습니다. 야만인은 비를 열망했으므로, 바로미터의 눈금이 〈비〉에 멈출 때까지 수은을 뽑아냈습니다(화면에는 깃털로 몸을 가린 야만인이 수은을 뽑아내는 장면 — 웃음). 여러분은 웃고 있습니다. 그러나 당시 유럽인들이 훨씬 더 비웃음을 살 만하다고 생각하지 않으십니까? 저 야만인처럼 유럽인도 비를 원했습니다. 대문자로 시작하는 〈비〉, 기하학적인 비 말입니다. 그러나 그는 물에 젖은 닭처럼 바로미터 앞에 서 있었습니다. 야만인에게는 적어도 그보다는 더 큰 용기와 에너지와, 그리고 설혹 미개하더라도 논리가 있었습니다. 그는 원인과 결과 사이에 관계가 있다는 사실을 확립할 수 있었던 것입니다. 수은을 빼낸 뒤 그는 저 위대한 진보의 노정에서 첫걸음을 내디딜 수 있었으며 그 진보의 노정을 따라…….

그때(반복해서 말하지만 나는 아무것도 숨기지 않고 모조리 쓰고 있다) — 나는 잠시 동안, 확성기에서 흘러나오는 활력적인 웅변의 흐름에 섞일 수 없다는 느낌이 들었다. 갑자기 내가 이곳에 헛되이 왔다는 생각이 들었다(어째서 〈헛되이〉란 말인가? 일단 지시가 내렸는데 내가 오지 않을 수 있었단 말인가). 내겐 모든 것이 공허한 껍질처럼 여겨졌다. 나는 강연기가 기본 주제, 즉 우리의 음악, 수학적인 작곡(수학자-원인, 음악-결과), 그리고 최근 발명된 음악 기록기에 관해 말하기 시작했을 때야 가까스로 주의를 환기할 수 있었다.

단지 이 핸들만 회전시키면 여러분들 중의 누구라도 한 시간에 소나타 세 곡을 생산할 수 있습니다. 여러분들의 선조는 얼마나 어렵게 이 일을 했는지……. 그들은 간질의 알려지지 않은 한 형태인 〈영감〉이라고 하는 발작에 스스로를 맡김으로써만 창조를 할 수 있었습니다. 그리고 여기 여러분들에게 보여 드릴 아주 흥미로운 실례가 있습니다. 그들의 상황을 알 수 있을 것입니다. 스끄랴빈의 음악. 20세기, 이 검은색 상자(무대의 커튼이 젖혀지고 고대인들의 악기가 등장한다) ─ 이 상자를 그들은 〈그랜드 피아노〉 혹은 〈왕실의 악기〉라는 말로 불렀으며 이것은 그들의 음악 전체가 어떤 것이었나를 충분히 입증해 주고도 남을 것입니다…….

그러고 나서 ─ 또다시 기억이 희미해진다. 상당히 가능성이 높은 일인데, 왜냐하면……. 그래, 직설적으로 말하자. 왜냐하면 그 그랜드 피아노로 그녀가, I-330이 다가갔기 때문이다. 어쩌면 나는 그저 생각지도 않은 그녀의 출현에 놀랐는지도 모른다.

그 여자는 고대의 환상적 의상을 입고 있었다. 몸에 착 달라붙는 검은색 드레스, 드러난 어깨와 가슴의 예리하게 강조된 흰색, 그리고 숨을 쉴 때마다 출렁거리는 따스한 그림자. 그리고 눈이 부시도록 흰, 거의 사악하다시피한 치아…….

물어뜯는 것 같은 미소가 이쪽으로, 아래로 향한다. 그 여자는 연주를 시작한다. 그들의 삶 전체가 그랬듯이 야만적이고 경련적이고 조잡한 음악. 이성적인 기계성은 그림자도 찾아볼 수 없다. 그리고 물론 내 주위의 번호들은 옳다. 그들은 웃고 있는 것이다. 다만 몇 명만이……. 그러나 왜 나 또한, 왜 내가?

그래, 간질은 정신 질환이다. 통증…… 느릿느릿하고 감미로운 통증 — 물어뜯기 — 그리고 더욱 깊게, 더욱 고통스럽도록. 그래, 서서히 — 태양. 그러나 우리의 태양이 아니다. 저 푸르스름하고 수정 같은, 유리 벽돌을 통해 균등하게 들어오는 햇살이 아니다. 그것은 야만적인 태양이다. 질주하며 불사르는 태양, 모든 것을 자신으로부터 퇴치해 버리고, 모든 것을 작은 파편으로 분쇄해 버리는 태양이다.

내 옆에 앉은 번호가 왼쪽을, 즉 내 쪽을 돌아보고 킬킬거렸다. 어쩐 일인지 그의 입술에 미세한 침의 거품이 나타났다가 부서져 사라진 것이 선명히 기억되었다. 이 침 거품이 나를 혼미에서 깨어나게 했다. 나 — 또다시 나로 돌아왔다.

다른 모든 이들처럼 나는 단지 무의미하고 성가시고, 끊임없이 이어지는 현의 소리를 듣고 있었을 뿐이다. 나는 웃었다. 마음이 가볍고 단순해졌다. 재주 있는 강연기는 지나치게 생생하게 저 거친 세기를 묘사했다. 이것이 전부다.

그러고 나서 얼마나 기분 좋게 나는 우리의 현대 음악을 들었던가(비교를 위해 맨 마지막에 제시되었다). 끝없이 모였다 흩어졌다 하는 음열의 수정 같은 반음계 음정, 테일러와 맥-로렌 공식의 합산적인 협음, 피타고라스의 바지 같은 통일 음조의 각이 진 둔중한 진행. 사라질 듯 말 듯 출렁이는 구슬픈 멜로디도 일련의 프라우엔-호퍼식 휴지(休止)에 의해 변행되는 선명한 박자 — 행성의 분광 분석…… 얼마나 장엄한가! 얼마나 확고부동한 적법성인가! 그리고 자유롭고 (야만적인 환상을 제외하면) 그 무엇으로도 제한되지 않은 고대인들의 음악이란 얼마나 초라한가…….

언제나처럼 네 명씩 일사분란하게 줄을 서서 넓은 문을 지나 모두들 강당 밖으로 나갔다. 내 곁에서 낯익은, 두 번 구부러진 모습이 어른거렸다. 나는 공손히 절을 했다.

한 시간 후면 사랑스러운 O가 올 것이다. 나는 기분 좋고 유용하게 흥분된 스스로를 느꼈다. 집에 오다가 서둘러 사무실로 가 당직원에게 장밋빛 감찰을 건네주고 커튼 사용권에 대한 허가증을 받았다. 이 권리는 단지 섹스 날을 위해서만 우리에게 주어진다(우리는 언제나 서로를 보며, 영원히 빛으로 둘러싸여 살고 있다. 마치 반짝이는 공기로 짜인 듯한 투명한 벽들을 사이에 두고). 우리는 서로에게 숨길 것이 아무것도 없다. 게다가 이런 식의 삶은 보안요원들의 저 어렵고 고상한 임무를 수월하게 해준다. 그렇지 않았더라면 무슨 일이 생겼을지 알 수 없다. 고대인들의 저 비참한 폐소성(閉所性) 심리는 바로 그들의 괴상하고 불투명한 주거지형에서 나온 것일 가능성이 높다. 〈나의 집은 나의 성이다〉 — 이런 것을 생각해 낼 필요가 있었다니!

22시에 나는 커튼을 내렸다 — 그리고 바로 그 순간에 O가 약간 숨을 헐떡이며 들어왔다. 내게 자신의 장밋빛 입을 내밀었다. 그리고 장밋빛 감찰도. 나는 원부(原府)를 떼어 냈다

― 그러나 장밋빛 입으로부터는 나를 떼어 낼 수 없었다. 마지막 순간, 즉 22시 15분까지.

그러고 나서 나는 그녀에게 나의 〈기록〉을 보여 주었다. 그리고 사각형과 입방체와 직선의 아름다움에 관해 말해 주었다. 매우 훌륭하게 말했던 것 같다. 그녀는 몹시 매력적으로, 장밋빛으로 내 말을 들었다. 그리고 별안간 그녀의 푸른 눈동자에서 눈물이 한 방울, 두 방울, 세 방울 떨어졌다. 펼쳐져 있던 제7쪽으로 곧장 잉크가 번졌다. 흠, 다시 써야 될 것이다.

「사랑하는 D, 만약에 당신이 다만, 만약에……」

그래, 〈만약에〉 어쨌단 말인가? 〈만약에〉 어쨌단 말인가? 또다시 습관성 아기 타령일 것이다. 아니면 새로운 어떤 것일지도 모른다……. 무엇일까? 그녀에 관해서……. 그녀? 그렇다 하더라도……. 아니, 그건 지나치게 부조리하다.

다섯 번째 기록

개요: 정사각형. 세상의 통치자들. 기분 좋고 유용한 기능.

또다시 잘못되었다. 나는 또다시 당신들이, 즉 나의 미지의 독자들이 이를테면 나의 오랜 친구인 검둥이 입술의 시인 R-13인 것처럼 이야기한다. 모두들 R-13은 알고 있다. 그러나 당신들 — 달, 금성, 화성, 수성에 사는 — 을 누가 알겠는가. 당신들이 누구이며 어디 사는지를.

문제는 즉 이렇다. 정사각형, 살아 있는 아름다운 정사각형을 상상해 보라. 그리고 그것이 자신과 자신의 삶에 관해 이야기해야만 한다고 치자. 그는 자신의 네 각이 동일하다는 것을 말해야 하는 것에 절대로 생각이 미치지 않을 것이다. 그것은 습관적이고 일상적이어서 그는 이미 그 점을 간과하기 때문이다. 나 역시 항상 이 같은 정사각형의 상황에 놓여 있다. 장밋빛 원부와 그것에 관련된 모든 것을 예로 들자. 내게 그것은 네 각의 등가처럼 자명한 이치이지만 당신들에게는 아마 뉴턴의 이항정리보다 더 고차원적인 것일지도 모른다.

그러므로 지금부터 내 얘기를 잘 듣도록 하라. 고대의 현자 중 누군가가 틀림없이 다음과 같은 현명한 얘기를 했다. 〈사랑과 기아가 세계를 지배한다〉. 따라서 세계를 정복하기 위해서 인간은 세계의 지배자를 정복해야 한다. 우리의 선조들은 비싼 대가를 치르고서 마침내 기아를 정복했다. 나는 여기서 도시와 농촌 사이에 있었던 저 위대한 2백년전쟁을 말하고자 하는 것이다. 아마도 종교적인 편견 때문이었겠지만 미개한 그리스도교인들은 자신들의 〈빵(이 용어는 다만 시적 메타포의 형태로만 우리에게 전해져 왔다. 이 물질의 화학성분은 알려져 있지 않다)〉에 고집스럽게 매달렸다. 그러나 단일제국이 건국되기 35년 전에 현재 우리가 먹는 석유 식품이 발명되었다. 지구 인구의 10분의 2만이 살아남은 것은 사실이다. 그러나 덕분에 천 년간 누적되어 온 더러움을 깨끗이 씻은 지구의 표면은 얼마나 빛나게 되었는가. 그 덕분에 인류의 10분의 2는 단일제국의 궁전에서 지극한 행복을 누리게 되었지 않은가.

그러나 지고의 희열과 질투란 행복이라 불리는 분수의 분자와 분모라는 사실이 분명하지 않겠는가. 그리고 만일 우리의 삶에 아직도 질투에 대한 동기가 남아 있다면 2백년전쟁의 무수한 희생자들이 무슨 의미가 있겠는가. 그러나 동기는 남아 있는 것이 사실이다. 왜냐하면 아직도 〈단추 같은 코〉와 〈고전적인 코〉가 남아 있기 때문이다(산책 시 우리가 나누었던 대화를 상기하라). 그리고 어떤 인간의 사랑은 다수가 쟁취하기 위해 애써 온 반면, 어떤 인간의 사랑은 아무도 얻고자 하지 않았기 때문이다.

자연스러운 일이겠지만 단일제국은 기아를 정복한 뒤(대수학적으로 말해 그것은 외적인 복지의 총체와 일치한다), 또 다른 세계의 지배자, 즉 〈사랑〉에 대한 공격을 개시했다. 그리고 마침내 그것도 정복되었다. 다시 말해서 사랑이 조직화되고 수학화된 것이다. 그리고 약 3백 년 전 우리의 역사적인 『성법전(性法典)』이 선포되었다.

모든 번호에게는 다른 어떤 번호라도 성적 산물로 이용할 권리가 있다.

남은 것은 이제 테크닉의 문제다. 〈성 규제국〉의 실험실에서는 모든 번호를 주도면밀하게 검진하고 혈액 내 성호르몬의 내용물을 정확하게 규정한 뒤, 그것에 준거하여 각자에게 맞는 섹스 〈일정표〉를 산출해 준다. 그리고 각자는 정해진 날에 이러저러한 번호(혹은 번호들)를 이용하고 싶다고 신고하면 적절한 원부가 붙은 감찰색(장밋빛이다)을 받게 된다. 이것이 전부다.

질투의 동기란 아무 데도 없으며 행복이라고 하는 분수의 분모는 0으로 축소되며 따라서 분수 자체는 장엄한 무한으로 변형된다. 이것은 명백한 일 아닌가. 그러므로 고대인들에게는 어리석기 짝이 없는 무수한 비극의 원천이 되었던 바로 그것이 우리 대에 와서는 조직체의 조화롭고 기분 좋고 유용한 기능으로 변형되었다. 마치 수면, 육체 노동, 음식물의 섭취, 소화 등등처럼. 따라서 이제 당신들은 논리의 위대한 힘이 어떻게 손에 닿는 것은 무엇이든 정화시키는지를 납득할 것이다. 오, 미지의 당신들이 단지 이 거룩한 힘을 인식할 수만 있다면, 그저 그 힘을 끝까지 따르는 법을 배울 수만 있다면!

……이상한 일이다. 오늘 나는 인류 역사의 정점들에 관해 쓰고 있었다. 산 공기처럼 맑기 이를 데 없는 생각들로 숨 쉬

고 있었다. 그러나 나의 내부는 어쩐 일인지 뭔가 불투명했고 거미줄처럼 얽혀 있었다. 그리고 열십자형의, 네 발을 가진 모종의 엑스. 아니, 그것은 나의 손일지도 모른다. 내 눈앞에 오랫동안 놓여 있었으니까. 나의 털북숭이 손, 나는 내 손에 관해 얘기하는 걸 좋아하지 않는다. 나는 그 손을 좋아하지 않는다. 그것은 야만 시대의 흔적이다. 내 안에 정말로 무엇인가 야만적인 것이 있는 걸까……

이 모든 것을 지워 버리고 싶었다. 그것은 개요의 범위를 넘어서는 것이었기 때문이다. 그러나 조금 뒤에 지우지 않기로 작정했다. 나의 기록으로 하여금 가장 정확한 지진계처럼 가장 미세한 뇌수의 진동까지도 도표를 그리게 하라. 사실 바로 그와 같이 미세한 진동이 경고자의 역할을 하는 경우도 가끔 있으니까……

그러나 역시 부조리하다. 실제로 이것은 말소되었어야 했다. 우리는 모든 자연의 요소를 정상 궤도에 올려놓았다. 우리에게는 그 어떤 참사도 일어날 수 없다.

이제 완전히 분명해졌다. 나의 내부에서 일어난 저 이상한 느낌 ─ 그것은 모조리 바로 내가 처한 사각형의 상황에서 비롯된 것이다(이 기록의 초반부에서 사각형에 대해 이미 언급한 바 있다). 나의 내부에 X가 있는 게 아니다(그건 불가능하니까). 나는 단지 모종의 X가 당신들, 미지의 독자에게 남아 있을까 봐 두려운 거다. 그러나 나는 당신들이 나를 지나치게 엄격하게 판단하지 않을 거라고 믿는다. 내가 이 글을 쓰면서 인류의 전 역사를 통해 그 어느 저자가 겪었던 어려움보다 더 큰 어려움을 겪고 있다는 것을 당신들이 이해할 것으로 믿는다. 어떤 작가는 동시대인을 위해 글을 쓰고, 또 어떤 작가는 후세대를 위해 글을 쓴다. 그러나 그 누구도 자신의 선조들, 아니면 먼 과거의 미개한 선조들과 유사한 어떤 존재들을 위해 저술한 적은 없다.

여섯 번째 기록

개요: 사건. 저주받은 단어 〈분명함〉. 24시간.

　반복해서 말하건대, 나는 아무것도 숨기지 않고 글을 쓸 의무를 스스로에게 부여했다. 따라서 이제 그것이 아무리 유감스러운 일이라 하더라도 지적해야만 할 것이 있다. 즉 심지어 우리에게서조차 생활의 응집화, 결정화의 과정이 완결되지 않았다는 점이다. 이상적 상태까지는 아직도 몇 계단이 더 남아 있다. 이상적 상태란 분명히 말해 두건대 아무 사건도 일어나지 않는 상태다. 그러나 우리에게는······.

　그것을 충분히 입증해 주는 것으로 오늘 날짜「국립 신문」에 게재된 기사를 들 수 있다. 이틀 후에 〈입방체 광장〉에 〈재판제(裁判祭)〉가 거행될 거라는 얘기다. 또다시 번호 중의 누군가가 〈국가 기계〉의 위대한 전진을 방해했음이 틀림없다. 또다시 무언가 예상 밖의 일이, 미리 계산되지 않은 일이 일어났음이 틀림없다.

　그 밖에도 — 나에게 무언가 사건이 터졌다. 그것이 개인 시간, 즉 예측 불허의 상황을 위해 특별히 제정된 시간 중에 일어난 것은 사실이다. 그럼에도 역시······.

　16시경(좀 더 정확히 말하면 16시 10분 전)에 나는 집에 있었다. 갑자기 전화벨이 울렸다.

「D-503이에요?」

여성의 목소리.

「네.」

「시간 있으세요?」

「네.」

「저예요, I-330. 지금 그리로 날아가겠어요. 함께 〈고대관(古代館)〉에 가요. 괜찮죠?」

I-330……. 이 I라는 여성은 나를 성가시게 하고 뭔가 혐오감을 불러일으킨다. 거의 위협적이다. 그러나 바로 그 때문에 나는 〈네〉라고 대답했다.

5분 후에 우리는 이미 아에로(공중 운행기) 안에 있었다. 5월의 푸른 하늘. 마졸리카 도자기 빛. 그리고 가벼운 태양은 우리의 바로 뒤에서 가까워지지도 멀어지지도 않으며 자신의 황금빛 아에로 속에서 윙윙거린다. 저쪽, 저만치에서 구름이 백내장처럼 희게 빛난다. 마치 고대 큐피드의 양 볼처럼 무의미하고 포동포동한 구름. 그리고 그것이 어쩐지 신경에 거슬린다. 전면의 창문이 위로 올라가고 바람이 들어온다. 입술이 바싹 말라 무의식중에 끊임없이 입술을 핥게 되고 끊임없이 입술에 관해 생각하게 된다.

저 멀리, 〈벽〉 너머 저쪽의 몽롱한 녹색 반점들이 보이기 시작한다. 그리고 본능적인 심장의 가벼운 두근거림. 아래로, 아래로, 아래로. 마치 가파른 산을 내려가듯. 그리고 우리는 고대관에 다다른다.

부서질 것 같고 괴이한 이 눈먼 축조물은 주위가 온통 유리의 외피로 싸여 있다. 물론 그렇지 않았더라면 이미 오래전에 와해되었을 것이다. 유리문에는 노파가 앉아 있다. 주름투성이의 노파다. 특히 입이 그렇다. 다만 주름살뿐이다. 입술이 이미 안으로 쪼그라들어 입은 꼭 붙어 버렸다. 따라서 그녀가 입을 연다는 것은 전혀 불가능해 보인다. 그러나 어쨌든 그녀는 입을 열었다.

「그래, 내 집을 보러들 오셨군?」

그러자 주름살들이 빛나기 시작했다(다시 말해서 그것들이 광선형으로 펼쳐져 마치 〈빛나는〉 것 같은 인상을 남겼다).

「네, 할머니, 다시 한 번 보고 싶어졌어요.」

I가 말했다.

주름살들이 빛났다.

「태양도, 그렇지? 그렇지? 아, 이 말썽꾸러기야, 말썽꾸러기! 나는 알지, 암, 알고말고! 그래, 좋아. 자네들끼리 가게나. 나는 여기, 태양 아래가 더 좋아……」

흠……. 나의 동반자는 여기 자주 오는 모양이다. 무엇인가를 나에게서 털어 버리고 싶다. 무엇인가가 신경에 거슬린다. 그것은 아마도 모조리 저 치근치근 달라붙어 떨어지지 않는 시각 영상일 것이다. 유연한 푸른 도자기에 걸려 있는 구름 말이다.

넓고 어두운 층계를 올라가던 중에 I가 말했다.

「저분을 사랑해요. 저 노파 말이에요.」

「그건 왜요?」

「저도 모르겠어요. 아마 저분의 입 때문일지도 몰라요. 아니면 아무 이유 없을지도 모르고요. 그냥.」

나는 어깨를 으쓱했다. 그녀는 보일 듯 말 듯 미소 지으며 계속 말했다. 아니, 어쩌면 전혀 미소조차 짓지 않았는지도 모른다.

「몹시 죄의식을 느껴요. 분명히 말해서 〈그냥 사랑한다〉가 아니고 〈이러저러하므로 사랑한다〉가 되어야 하니까요. 모든 요소들은 반드시…….」

「분명히…….」

나는 이렇게 말한 순간 말을 멈추고 I를 훔쳐보았다. 그녀가 눈치를 챘을까, 아닐까?

그녀는 어딘가 아래쪽을 보고 있었다. 눈을 마치 커튼처럼 내리깔고.

무언가 생각이 났다. 저녁 22시경. 거리를 지나가다 보면 환하게 밝힌 투명한 작은 방들 사이에 커튼이 내려진 어두운 방들을 발견할 수 있다. 그리고 거기, 커튼의 안쪽에서는……. 저 여자의 커튼 안쪽에는 무엇이 있을까? 저 여자는 오늘 왜 내게 전화했을까? 이 모든 일은 어찌된 걸까?

나는 무겁고 불투명하고 삐거덕거리는 문을 열었다. 우리는 어둡고 무질서한 방으로 들어갔다(이것을 고대인들은 〈아파트〉라고 불렀다). 저 기이하기 짝이 없는 〈왕실의 악기〉와 조잡하고 어수선하고 광적인(마치 당시의 음악처럼) 형형색색의 잡동사니, 위쪽에는 흰색의 평면. 어두운 푸른빛의 벽. 고서적의 붉은색, 녹색, 오렌지색의 겉표지. 누런색 청동 공예품 — 촛대, 불상. 간질병으로 뒤틀린, 그 어느 방정식으로도 정리될 수 없는 가구의 선들.

나는 이 혼란스런 광경을 참아 주기가 힘들었다. 그러나 나의 동반자의 신경 조직은 좀 더 튼튼한 것이 분명했다.

「이것은 내가 가장 좋아하는…….」

그녀는 갑자기 무엇인가 생각난 듯 말을 멈추었다. X 자의 미소. 날카로운 흰색이.

「더 정확하게, 그들의 〈아파트〉들 중에서도 가장 어리석은 것이지요.」

「아니, 그보다 더 정확하게 말해서 그들의 국가 중 가장 어리석은 것이겠죠. 수천의 작은 국가들 말입니다. 영원히 전쟁을 벌이며, 가차 없이, 마치…….」

나는 그녀의 말을 고쳐 주었다.

「네, 그래요. 확실히…….」

몹시 심각한 표정으로 I가 말했다.

우리는 조그만 유아용 침대가 있는 방을 지나갔다(그 당시에는 어린애 역시 개인의 소유물이었다). 또다시 방들, 번쩍이는 거울, 음울한 옷장들, 참을 수 없이 얼룩덜룩한 안락의자들, 커다란 벽난로, 거대한 마호가니 침대, 지금 우리가 갖고 있는 아름답고 투명하고 영원한 유리는 단지 비참하고 깨지기 쉬운 조그만 사각형의 유리창에서만 볼 수 있었다.

「그리고 생각해 보세요. 여기서는 사람들이 〈그냥 사랑을 했고〉, 불에 타고, 고민하고…….」 또다시 커튼처럼 내리깐 눈. 「이 얼마나 어리석고 앞뒤 생각 않는 인간 에너지의 낭비일까요. 그렇지 않아요?」

그녀는 어떻게 해서인지는 모르나 나를 통해 말을 했다. 즉 나의 생각들을 말했다. 그러나 그녀의 미소에는 여전히 저 성가신 X가 있었다. 그녀의 커튼 저쪽에서는 무엇인가가 일어나고 있었다. 나도 모르는 어떤 것이 나의 참을성을 잃게 하고 있었다. 나는 그녀와 말다툼을 하고 고함을 지르고 싶었다(그래, 고함을 친다는 표현이 정확하다). 그러나 그녀에게 동의할 수밖에 없었다. 동의하지 않을 수 없었다.

우리는 거울 앞에 멈춰 섰다. 그 순간 나는 다만 그녀의 눈을 보았다. 그러자 한 가지 생각이 떠올랐다. 사실 인간이란 이 어리석은 아파트만큼이나 미개하게 구조되어 있으며, 불투명한 인간의 머리통에는 다만 두 개의 작은 창문이 안쪽으로 나 있을 뿐이다. 그건 물론 눈을 말함이다. 그녀는 마치 내 마음속을 읽기라도 한 듯 돌아보았다.

「그래요, 나의 눈 말이에요. 그렇죠?」(물론 무언의 말이었다.)

내 앞에는 두 개의 기분 나쁜 어두운 창문이 있었다. 그리고 그 안쪽에는 전혀 알 수 없고 낯선 어떤 삶이 있었다. 나는 불을 보았을 뿐이다. 그곳에서 그곳 나름의 어떤 〈벽난로〉가 활활 타오르고 있었다. 그리고 어떤 형상들, 마치…….

그건 물론 자연스러운 일이었다. 나는 거기 반사된 내 모습을 본 것이니까. 그러나 그 모습은 부자연스러웠고 나를 닮지 않았다(그건 확실히 사람을 우울하게 만드는 주위 환경의 영향력 탓이었다). 나는 공포를 느꼈다. 이 야만적인 새장 속에 억지로 잡혀든 것처럼 느껴졌다. 케케묵은 생활의 야만적 소용돌이에 걸려든 것처럼 말이다.

「실례지만, 잠시 옆방에 가 계세요.」

I가 말했다.

그녀의 목소리는 그곳에서, 즉 벽난로가 불타는 어두운 눈의 창문 안쪽에서 들려왔다.

나는 옆방으로 가서 앉았다. 들창코의 비대칭적인 표정을 한 물건이 벽의 선반에서 곧바로 내 얼굴을 향해 보일 듯 말 듯 웃고 있었다. 그것은 고대의 시인 중 누군가의 동상이었다(뿌쉬낀인 것 같았다). 무엇 때문에 나는 여기 이렇게 앉아 저 미소를 고분고분 견디어 내고 있는가? 이 모든 일은 무엇 때문인가? 어째서 나는 여기 있는가? 이 어리석은 상황의 이유가 무언가? 저 성가시고 혐오스러운 여성, 기이한 유희…….

옆방에서 옷장 문이 삐꺽거리는 소리, 비단이 사각거리는 소리가 들렸다. 나는 그리로 가고 싶은 것을 꾹 참았다. 그리고 ─ 정확하게 기억은 못하지만 아마도 그녀에게 험악한 소리를 하고 싶었던 것 같다.

그러나 벌써 그녀가 나타났다. 그녀는 구식의 짧고 눈부신 노란 옷을 입고, 검은 모자에 검은 스타킹을 신고 있었다. 가벼운 비단옷. 나는 선명하게 보았다. 스타킹은 매우 길어 무릎 저 위까지 올라가 있었고, 그리고 노출된 목…… 사이의 그림자…….

「이것 봐요, 분명히 당신은 독창적으로 보이고 싶어 하는 것 같은데 하지만 정말…….」

「분명히.」

I가 말을 막았다.

「독창적이란 것은 다른 것들 가운데서 구분된다는 것을 의미하죠. 따라서 독창적임은 평등을 깨뜨리는 거죠……. 그리고 고대인의 저 어리석은 언어로 〈평범함〉이라 불리는 것이 우리에겐 그저 자신의 의무를 수행하는 것을 의미하죠. 왜냐하면…….」

나는 참지 못하고 말했다.

「그래요, 그래, 그래! 그리고 바로 그것이, 그리고 당신을 아무것도…….」

그녀는 들창코 시인의 조상으로 다가갔다. 그리고 커튼으로 눈 속의 거친 불길을 가렸다. 그곳, 창문 너머 안쪽에는…… 그리고 그녀는 말했다. 이번에는 완벽하게 진지한 태도였다.

어쩌면 나를 누그러뜨리기 위해서였는지 모르지만, 매우 이성적인 이야기였다.

「언젠가 과거에 사람들이 이와 같은 모습들을 참아 주었다는 것이 놀랄 만하다고 생각지 않으세요? 아니, 참아 준 정도가 아니고 그들을 숭배했지요. 그런 노예근성이란 놀랄 만해요! 그렇지 않아요?」

「분명히…… 그러니까, 내가 원한 것은…….」〈아, 이 저주받은 단어 《분명히》!〉

「네, 이해해요. 그러나 사실 그들은 왕관을 쓴 자들보다 더 강력한 지배자였지요. 어째서 그들을 격리시키고 근절시키지 않았을까요? 우리에겐…….」

「그래요, 우리에겐…….」

나는 말하기 시작했다. 그러나 그녀는 갑자기 웃음을 터뜨렸다. 순전히 눈으로 그 웃음을 볼 수 있었다. 웃음이 울려 퍼지며 그리는 가파르고, 마치 채찍처럼 유연하고 탄력성 있는 곡선을.

나는 온몸을 부들부들 떨고 있었음을 기억한다. 그래, 그녀를 붙잡으려 했던 것 같다. 그리고 그 뒤는 기억을 못한다……. 무엇이든, 그것이 무엇이든 간에 해야 했다. 나는 기계적으로 황금빛 번호판을 열고 시계를 보았다. 17시 10분 전이었다.

「시간이 되었다고 생각지 않으세요?」

나는 가능한 한 정중하게 말했다.

「만일 제가 부탁드린다면 여기 저와 함께 남으시겠어요?」

「이봐요, 당신은 지금 자신이 무슨 얘길 하는지 알고 있습니까? 10분 후에 나는 강당에 있어야 해요.」

「그리고 모든 번호들은 예술과 과학의 정해진 코스를 따라야 하고요…….」

I는 나의 목소리로 말했다. 그리고 커튼을 젖히고 눈을 들었다. 어두운 창문 저쪽에서 벽난로가 활활 타고 있었다.

「의료국에 아는 의사가 있어요. 나한테 등록된 번호예요. 내가 부탁한다면 그는 당신이 아프다는 증명서를 내줄 거예요. 괜찮아요?」

「그런 식으로까지! 아시겠지만, 나는 다른 모든 정직한 번호들처럼, 실제로 지금 당장 보안국으로 가서…….」

「그러나 실제로는 아닐걸요.」 날카로운 미소, X.「궁금해요, 정말로 보안국에 갈 건가요?」

「당신은 여기 남을 거요?」

나는 문의 손잡이를 잡았다. 청동 손잡이였다. 그리고 나는 청동 같은 나의 목소리를 들었다.

「잠시만요……. 괜찮죠?」

그녀는 전화로 다가갔다. 어떤 번호를 대달라고 했지만 나는 너무 흥분한 터라 그것이 누군지 기억할 수 없었다. 그녀는 소리쳤다.

「고대관에서 기다리고 있겠어요. 네, 네. 혼자서요…….」

나는 차가운 청동 손잡이를 돌렸다.

「아에로를 타도 되겠죠?」

「아, 네. 물론이죠! 어서…….」

입구에서는 노파가 햇살 아래 졸고 있었다. 마치 식물처럼, 그녀의 꽉 달라붙은 입이 열린 것이, 즉 그녀가 말하기 시작한 것이 또다시 놀랍게 여겨졌다.

「당신 여자는 거기 혼자 남았우?」

「네.」

노파의 입은 다시 오그라들었다. 그녀는 머리를 설레설레 흔들었다. 심지어 허약해지고 있는 노파의 뇌 세포조차 그 여성이 한 행위의 어리석음과 위험성을 이해한 듯했다.

17시 정각에 나는 강의를 듣고 있었다. 나는 갑자기 내가 노파에게 거짓말을 했음을 깨달았다. 지금 I는 거기 혼자 있지 않을 것이다. 아마도 내가 본의 아니게 노파를 기만했다는 바로 그 사실이 나를 괴롭히고 강의를 경청할 수 없게 방해한 것 같다. 그렇다. 그녀는 혼자가 아니다. 그것이 바로 문제다.

21시 30분 이후에는 자유 시간이 있었다. 아직 보안국에 출두해 고발할 시간이 있었다. 그러나 나는 이 어리석은 이야기 후에 몹시 지쳐 있었다. 게다가 고발 행위에 법적으로 허용된 시간은 이틀이나 된다. 내일 하리라. 내겐 아직도 24시간의 여유가 있다.

일곱 번째 기록

개요: 속눈썹. 테일러. 사리풀과 은방울꽃.

밤. 녹색. 오렌지색. 푸른색. 붉은색 왕자의 악기. 파인애플처럼 노란 의상. 그리고 청동의 불상. 그것은 갑자기 청동 눈썹을 치켜뜬다. 그러자 불상에서 액체가 흘러나온다. 그리고 노란색 의상에서도, 거울에서도 액체가 뚝뚝 흐른다. 거대한 침대, 유아용 침대, 그리고 나에게서 액체가 흐른다. 그리고 일종의 죽음처럼 감미로운 공포······.

나는 잠에서 깼다. 적당히 푸르스름한 햇빛, 유리벽, 유리 의자와 탁자가 빛난다. 그리고 그것이 나를 안정시켰다. 심장의 두근거림이 멈추었다. 액체, 부처······. 이 무슨 부조리한 일인가? 분명히 나는 아프다. 이전에는 한 번도 꿈을 꾼 적이 없다. 꿈을 꾼다는 것은 고대인들에게는 가장 일상적이고 정상적인 일이었다고 한다. 그러나 뭐, 그들의 생이라는 것은 전체가 그토록 끔찍한 회전목마가 아니었던가. 녹색, 오렌지색, 부처, 액체. 그러나 우리는 꿈이란 심각한 정신질환임을 안다. 여지껏 나의 뇌수는 크로노미터처럼 정확했고 한 점의 티도 없는 명쾌한 조직체였다. 그러나 이제는······. 그래, 이제 나는 뇌수에 일종의 이물체가 있음을 느낀다. 아주 가느다란 눈썹 한 가닥이 눈에 박힌 것처럼. 나는 내 몸 전체를 느낄 수 있다. 그런데 눈썹이 박힌 눈, 그것을 단 1초라도 잊을 수 없다.

머리맡에서 들리는 활기차고 투명한 종소리. 7시다. 일어나야 한다. 좌우의 유리벽을 통해 보이는 것은 나, 내 방, 내 옷, 수천 번 반복되어 온 나의 움직임과 똑같은 이웃 번호들의 모습이다. 그 사실이 나의 원기를 북돋워 준다. 나는 저 거대하고 강력한 단일체의 한 부분으로서 나 자신을 인식한다. 그토록 정확한 아름다움이 또 있을까. 단 하나의 몸짓도, 굴곡도, 회전도 불필요한 것이 없다.

그렇다. 테일러란 인물은 고대인들 중 가장 우수한 천재였음이 틀림없다. 물론 그는 자신의 방법을 삶 전체로, 매 걸음 걸음마다로, 24시간 전체로 확장시키는 데까지는 생각이 미치지 못했다. 그는 자신의 체계를 1시부터 24시까지 통합시키지는 못했던 것이다. 그러나 어쨌든, 그들은 칸트인지 누구인지에 대해서는 도서관이 몇 개 찰 정도의 분량을 써댔지만 10세기 앞을 내다볼 수 있었던 예언자 테일러는 거의 거들떠보지도 않았다.

아침 식사 완료. 단일제국 찬가는 조화롭게 합창되었다. 네 명씩 질서 정연하게 엘리베이터로 갔다. 들릴 듯 말 듯한 모터의 윙윙 소리, 그리고 급속도로 아래로, 아래로. 가벼운 심장의 두근거림.

그런데 갑자기 저 어리석은 꿈, 아니면 그 꿈의 일종의 불명료한 기능이 다시 생각난다. 아, 그렇다. 어제 아에로를 탔을 때도 역시 이렇게 하강했다. 그런데 이 모든 것은 끝났다. 마침표. 내가 그녀에게 그토록 단호하고 준엄하게 대한 것은 몹시 잘한 일이다.

나는 지하철을 타고 작업장으로 갔다. 아직 불에 대한 영혼을 부여받지 못한 부동의 인쩨그랄, 그 우아한 선체가 햇빛을 받으며 선대에서 빛나고 있었다. 나는 눈을 감고 공식에 의한 상상을 했다. 나는 다시 한 번 마음속으로 인쩨그랄을 지구에서 출발시키는 데 필요한 최근의 속도를 계산한 것이다. 매초마다 인쩨그랄의 동체는 변화한다(폭발 연료가 소비되기 때문이다). 그 방정식은 초월량을 포함하는 매우 복잡한 것이었다.

마치 꿈속을 들여다보듯 누군가가 내 곁에 앉아 있었다. 확고한 숫자의 세계. 그 누군가는 나를 살짝 건드렸고, 〈죄송합니다〉라고 말했다.

나는 눈을 떴다. 그리고 처음에는 무엇인가 공중으로 맹렬하게 돌진하는 것을 보았다(인쩨그랄에서 시작된 연상 작용이었다). 그것은 인간의 머리통이었다. 그것이 돌진하는 것처럼 보인 이유는 귀가 양쪽으로 마치 장밋빛 날개처럼 삐져나와 있기 때문이었다. 그리고 축 처진 뒤통수의 곡선 ─ 새우등처럼 구부러진 등허리 ─ 두 번 휘어진 몸통 ─ S 자형으로……

나의 대수학적 세계의 유리벽을 통해 또다시 눈썹 한 오라기가 보인다. 무언가 불쾌한 것. 오늘은 반드시…….

「괜찮아요. 괜찮습니다. 자, 어서.」

나는 옆 사람에게 미소 지었다. 그리고 인사를 나누었다. 그의 번호판에서 S-4711이란 번호가 번쩍했다(내가 왜 맨 처음 그를 보았을 때 S 자를 연상했는지 이해가 간다. 그것은 의식에 의해 등록되지 않은 시각 영상이었다). 그리고 두 눈이 빛났다. 그의 눈은 두 개의 날카로운 천공기처럼 재빨리 회전하며 나의 내부로 깊이, 더 깊이 틀어박히며 조여졌다. 그리고 마침내 끝까지 틀어박혀 어떤 것을 보게 될 것이었다. 내가 감히 스스로에게도 말 못할 그것을······.

갑자기 한 오라기의 눈썹을 어떻게 처리할 것인지가 확실해졌다. 그들, 보안요원 중의 하나가 여기 있다. 무엇보다도 간단한 일은 미루지 말고 지금 당장 그에게 모조리 말하는 것이다.

「저는 어제 고대관에 갔습니다······.」

내 목소리는 이상했다. 짓눌린 것처럼 납작한 목소리. 나는 헛기침을 해보았다.

「그래요, 훌륭합니다. 그곳은 매우 교훈적인 결론을 위한 자료를 제공해 주니까요.」

「그렇지만 저, 나는 혼자가 아니었습니다. 번호 I-330을 동반했습니다. 그리고······.」

「I-330이라고요. 당신에겐 잘된 일이군요. 몹시 흥미롭고 재능 있는 여성이니까요. 많은 숭배자가 따르는 여성이죠.」

······그러나 사실 이 사람도 그때 산책을 하고 있었다. 어쩌면 그녀에게 등록되어 있을지도 모르지 않는가? 안 돼, 말하면 안 돼. 생각할 수도 없는 일이야. 분명히 그래.

「네, 네! 그럼요. 그렇고말고요! 매우.」

나는 미소 지었다. 점점 입을 크게 벌리며 점점 더 바보스럽게. 나는 그 미소 때문에 적나라하고 어리석게 보일 것이라고 느꼈다······.

천공기는 나의 가장 깊은 곳까지 다다랐다가 급속하게 회전하면서 제자리로 돌아갔다. S는 두 차례 미소 짓고 내게 고개를 끄덕인 뒤 출구 쪽으로 사라졌다.

나는 신문으로 얼굴을 가렸다(모든 사람들이 나를 보는 것처럼 느껴졌기 때문이다). 그리고 곧 한 가닥의 눈썹과 천 공기에 대해, 모든 것에 대해 잊어버렸다. 그 정도로 신문에 난 기사가 나를 동요시킨 것이다. 짤막한 한 줄의 기사.

〈믿을 만한 보고에 따르면 현재까지 검거되지 않은 조직의 흔적이 또다시 발견되었다. 그 조직은 국가의 은혜로운 속박에서 해방되는 것을 목적으로 삼는다.〉

〈해방?〉 놀라운 일이다. 인간이라고 하는 종(種)의 범죄 본능은 어느 정도까지 끈질긴 것일까. 나는 의식적으로 〈범죄〉라는 단어를 쓴다. 자유와 범죄는 밀접하게 연결되어 있다. 마치…… 그래, 마치 아에로의 운동과 그것의 속력처럼. 아에로의 속력이 0이라면 그것은 움직이지 않는다. 마찬가지로 인간의 자유가 0이라면 인간은 범죄를 저지르지 않는다. 명백하게도, 인간을 범죄에서 구원하는 유일한 수단은 그를 자유에서 구제해 주는 길밖에 없다. 그리고 이제 우리가 그것으로부터 구원되기가 무섭게(우주적인 차원에서 수세기는 물론 〈……하기가 무섭게〉와 맞먹는다), 느닷없이 비천한 변종들이 나타난 것이다.

아니, 이해할 수 없다. 어째서 나는 어제 즉시 보안국에 가지 않았을까. 오늘 16시 이후에 반드시 가리라.

16시 10분에 나는 밖으로 나갔다. 그리고 즉시 길모퉁이에서 O와 마주쳤다. 그녀는 이 만남으로 인해 온통 장밋빛 행복으로 가득 찼다.

〈그녀의 지성은 단순하고 원만하다. 마침 잘 만났다. 그녀는 나를 이해하고 지원해 줄 것이다.〉

……아니, 아니다. 나는 아무 지원도 필요 없다. 단호하게 결심했지 않은가.

음악 제작소의 나팔들이 행진곡을 우렁차게 노래했다. 저 똑같은 일간 행진곡 말이다. 이 일상성, 반복성, 거울성에 나타난 것은 얼마나 형언키 어려운 매력인가!

O는 나의 손을 잡았다.

「산책하러 가요.」

푸르고 둥근 눈동자가 나를 향해 크게 떠졌다. 안쪽으로 난 푸른 창문. 그리고 나는 그 무엇에도 걸리지 않고 안쪽으로 침투한다. 안쪽에는 아무것도 없다. 즉 아무것도 낯설거나 불필요한 것이 없다.

「아니, 산책이 아니에요. 나는 지금…….」

나는 그녀에게 내가 어디로 가고 있는지 말했다. 그러자 놀랍게도 그녀의 장밋빛 동그라미 입이 양 귀퉁이가 아래로 향한 장밋빛 초승달처럼 일그러졌다. 마치 신 음식이라도 씹은 것처럼. 그것이 나를 화나게 했다.

「당신들, 여성 번호들이란 치료가 불가능할 정도로 편견에 사로잡힌 듯하군요. 당신들에겐 추상적으로 생각하는 능력이 결여되어 있어요. 안됐지만 그건 순전히 둔감함을 의미해요.」

「당신이 첩자들에게 간다고요……. 휴! 그리고 저는 당신을 위해 식물원에서 은방울꽃 한 다발을 손에 넣었고요…….」

「어째서 〈그리고 저는〉이죠? 어째서 〈그리고〉란 말이오? 전적으로 여성의 말투로군요.」

인정하건대, 나는 성난 태도로 그녀의 은방울꽃을 낚아챘다.

「그래요, 이건 당신의 은방울꽃, 그래서요? 냄새를 맡아

봐요. 좋지요. 그렇죠? 그러면 다만 이 정도만이라도 논리를 갖도록 해봐요. 즉, 은방울꽃에서는 좋은 냄새가 난다 이런 얘기죠. 그렇지만 당신은 냄새에 대해 논할 수는 없나요? 〈냄새〉의 개념 자체에 대해. 이 냄새는 좋고 저 냄새는 나쁘다는 걸 말할 수는 없나요? 없-어-요, 네? 은방울꽃의 향기가 있다면 사리풀의 악취도 있게 마련이죠. 이것도 저것도 냄새임이 틀림없죠. 고대 국가에도 첩자는 있었고 우리에게도 첩자는 있어요...... 그래요, 첩자 말이에요. 나는 이런 단어를 쓰는 게 겁나지 않아요. 그러나 확실하지 않은가요. 그곳의 첩자는 사리풀이고 우리의 첩자는 은방울꽃이라는 점이. 그래요, 은방울꽃이란 말이에요, 맞지요!」

장밋빛 초승달이 경련을 일으켰다. 지금 나는 다만 그렇게 보였을 뿐이었음을 안다. 그러나 그때 나는 그녀가 웃으려고 한다고 믿었다. 그래서 더욱 크게 고함을 질렀다.

「그래요, 은방울꽃. 우스울 건 아무것도 없어요. 아무것도 없다고요.」

유연하고 둥근 머리통들이 우리 곁을 지나갔다. 그리고 우리를 돌아보았다. O는 상냥하게 내 손을 잡았다.

「당신 오늘은 어쩐지……. 어디 편찮으세요?」

꿈-노란색-부처……. 그때 모든 게 확실해졌다. 나는 의료국에 가야만 했다.

「그래요. 사실 당신 말이 옳아요. 나는 아파요.」

나는 몹시 기뻐하며 말했다(전적으로 설명할 수 없는 모순이다. 기뻐할 거리가 아무것도 없었으니까).

「그러니 지금 당장 의사에게 가세요. 당신도 아시다시피 당신은 건강해야 할 의무가 있어요. 그걸 당신께 증명할 필요는 없겠지요.」

「그래요, 사랑스러운 O, 그래요. 물론 당신 말이 맞아요. 절대적으로 옳아요!」

나는 보안국에 가지 않았다. 의료국에 가야만 했으므로 아무것도 할 수 없었다. 나는 그곳에서 17시까지 붙들려 있었다.

그리고 저녁에는(그런데 이건 아무래도 상관없다. 어차피 저녁에는 보안국이 문을 닫으니까) O가 찾아왔다. 커튼을 내리지 않았다. 우리는 오래된 수학 문제집의 문제들을 풀었다. 그것은 생각을 진정시켜 주고 정화시켜 주었다. O-90은 공책을 앞에 놓고 앉아 있었다. 고개를 왼쪽 어깨로 기울이고, 골몰한 나머지 입 안에서 혀로 왼쪽 볼을 밀면서. 그것은 말할 수 없이 어린애답고, 말할 수 없이 매력적이었다. 그리하여 내 안의 모든 것이 훌륭하고 정확하고 단순해졌다…….

그녀는 떠났다. 나는 혼자다. 두 번 심호흡을 했다(취침 전의 심호흡은 매우 유익하다). 그런데 갑자기 예기치 않은, 게다가 몹시 불쾌한 어떤 것을 연상시키는 냄새……. 나는 금방 내 침대 속에 은방울 꽃 다발이 숨겨져 있는 걸 발견했다. 그리고 즉시 모든 것이 되살아났다. 심연에서 떠올라 왔다. 아니, 이 은방울꽃을 내게 슬쩍 남겨 놓고 간 것은 그녀의 눈치 없음을 말해 줄 뿐이다. 그래, 나는 가지 않았다. 그래, 그러나 아픈 것은 내 죄가 아니지 않은가.

여덟 번째 기록

개요: 무리근. R-13. 3인조.

이 모든 것은 오래전 학교 시절에 $\sqrt{-1}$을 알게 된 상황과 흡사하다. 나는 선명하고 뚜렷하게 기억한다. 환한 구형 강의실. 수백 명 소년들의 둥근 머리통들. 그리고 수학 강의기 쁠랴빠. 우리는 그것을 쁠랴빠라는 별명으로 불렀다. 그것은 이미 상당히 낡고 허술한 기계였다. 당번 학생이 플러그를 꽂으면 확성기에서 처음에 흘러나오는 소리는 언제나 〈쁠랴-쁠랴-뜨슈슈슈〉였고, 그러고 나서야 수업이 시작되었다. 한번은 쁠랴빠가 무리수에 대해 이야기했다. 기억하건대, 나는 울며불며 책상을 주먹으로 치면서 통곡했다.

「나는 $\sqrt{-1}$을 원치 않아! 나에게서 저 $\sqrt{-1}$을 데려가 줘.」

무리근은 낯설고 이질적이고 끔찍한 어떤 것으로서 내 안으로 자라 들어갔다. 그것은 나를 괴롭혔다. 그것을 이해할 수도 무효로 할 수도 없었다. 그것이 이성의 밖에 있었기 때문이다.

그리고 이제 또다시 $\sqrt{-1}$이 나를 괴롭힌다. 나는 내가 쓴 기록들을 재검토해 보았다. 그리고 내가 스스로를 기만했음이 분명해졌다. 나는 다만 $\sqrt{-1}$을 인정치 않으려고 스스로에게 거짓말을 했다. 나는 아프다, 어떻다 등등은 모두 헛소리다. 일주일 전이었더라면 나는 거기 갔을 것이다. 생각하고 어쩌고 할 것 없이 거기 갈 수 있었다. 그러면 어째서 지금은…… 어째서……?

오늘은 이런 일이 있었다. 정각 16시 10분. 나는 반짝거리는 유리벽 앞에 서 있었다. 내 머리 위에서는 보안국 간판의 글씨들이 황금빛으로, 태양처럼 순결하게 빛났다. 유리 너머 저쪽 깊숙한 곳에는 푸르스름한 제복의 긴 대열이 보였다. 고대 교회의 현수등처럼 빛나는 얼굴들. 저들은 과업을 완수하기 위해 단일제국의 제단에 자신들의 사랑하는 이를, 친구를, 스스로를 바치기 위해 왔다. 그런데 나는, 나도 그들에게로 가고 싶었다. 그들과 함께 있고 싶었다. 그러나 그럴 수가 없었다. 두 발이 유리의 보도 속으로 녹아 붙은 것 같았다. 나는 멍청하게 서서 바라보고만 있었다. 그 자리에서 움직일 수가 없었다…….

「여보게, 수학자. 공상에 빠져 있군!」

나는 몸을 부르르 떨었다. 웃음으로 왁스칠을 한 검은 눈과 두툼한 흑인의 입술이 나를 향하고 있었다. 시인 R-13, 나의 오랜 친구. 그리고 그의 옆에는 장밋빛 O.

나는 성난 태도로 돌아보았다(만일 그때 그들이 날 방해하지 않았더라면 나는 마침내 $\sqrt{-1}$을 나에게서, 내 살점이 붙은 채로 떼어 버렸을 것이다. 즉 나는 보안국으로 들어갔을 것이다).

「공상에 빠져 있는 게 아닐세. 괜찮다면 경탄에 빠져 있다고 해야할 걸세.」

나는 몹시 퉁명스럽게 말했다.

「그래, 물론! 존경하는 친구여, 자네는 수학자보다는 시인이 되는 편이 나을 뻔했네. 시인 말일세. 자, 우리 〈시인 조합〉으로 오게나, 응? 원한다면 당장에 절차를 밟아 주겠네.」

R-13은 늘 숨을 헐떡거리며 말한다. 단어가 솟구쳐 나오며 그 두툼한 입술에서 침방울이 물보라처럼 인다. 〈p〉 발음은 언제나 분수다. 시인 $poet$은 분수인 것이다.

「나는 여태껏 그래 왔지만 앞으로도 지식을 위해 봉사할 걸세.」

나는 얼굴을 찌푸렸다. 나는 농담을 좋아하지도 않거니와 이해도 못한다. 그러나 R-13에게는 농담하는 악취미가 있다.

「지식이라! 자네의 그 지식이란 것이야말로 비겁함일세. 정말이라고. 자네는 단지 무한에 벽을 둘러치려 하고 있을 뿐이야. 그러나 벽 너머로 시선 던지기를 두려워하고 있어. 바로 그거라고! 시선을 던져 보게. 눈이 부셔 실눈을 뜰 걸세. 아무렴!」

「벽이란 기초야. 모든 인간적인……」

나는 말을 시작했다.

R는 분수처럼 침방울을 튀겼고, O는 장밋빛으로 동그랗게 웃었다. 나는 손을 저었다. 웃어라, 마음대로. 나에겐 그런 것에 신경을 쓸 겨를이 없었다. 어떻게 해서든 저 저주스러운 $\sqrt{-1}$을 삼켜 버리든지 압살하든지 해야 했다.

나는 제안했다.

「여보게나, 내 거처로 함께 가서 수학 문제를 풀지 않겠나 (어제의 조용한 시간이 떠올랐다. 어쩌면 오늘도 그와 같은 시간이 될지도 모른다).」

O는 R를 쳐다보았다. 그리고 맑고 동그랗게 나를 쳐다보

앉다. 그녀의 양볼은 감찰색의 부드럽고 욕망을 불러일으키는 색깔로 약간 물들어 있었다.

「그렇지만 오늘은……. 오늘은 저이에게 등록되어 있어요.」

그녀는 머리로 R를 가리켰다.

「그리고 저녁 때 저 사람은 시간이 없어요……. 그러니까……」

옻칠이라고 한 듯, 침에 젖은 입술이 선량하게 속삭였다.

「그래도 괜찮아요. 우리가 일을 치르는 데는 30분이면 족하지요. 안 그래요, O? 나는 자네 연습 문제집의 애호가는 아니야. 그러니 그냥 내 거처로 가서 얘기나 나누세.」

나는 혼자 남는 것이 무서웠다. 아니, 더 정확하게 말해서, 기이한 인연으로 나의 번호 D-503을 가진 듯 여겨지는 새롭고 낯선 어떤 존재와 단둘이 남겨지는 게 두려웠다. 그래서 나는 R의 거처로 갔다. 그가 정확하지 않고 율동적이지 않은 것은 사실이다. 그러나 어찌되었든 우리는 친구다. 3년 전 우리가 공동으로 저 사랑스러운 장밋빛 O를 선택한 것이 효과가 있었다. 즉 그것은 우리를 학교 시절보다 더욱 공고하게 결속시켜 준 것이다.

얼마 후, R의 방. 모든 것이 내 방의 것과 똑같아 보인다. 시간 율법표, 유리 의자, 탁자, 옷장, 침대. 그러나 R는 들어오자마자 의자를 두어 개 움직여 놓았다. 위상이 흐트러졌고 모든 것은 규정된 윤곽에서 벗어나 비(非)유클리드적으로 되어 버렸다. R, 그는 언제나 이 모양이다. 언제나. 테일러 시간과 수학 시간에 그는 언제나 열등생이었다.

우리는 낡은 뿔랴빠를 기억했다. 우리 소년들이 어떻게 그것의 모든 유리 다리들을 감사 표시의 노트장들로 도배하곤 했던지를(우리는 뿔랴빠를 몹시 좋아했다). 우리는 또한 교리 강의기도 기억했다(여기서 언급하는 것은 물론 고대인들의 〈신의 계율〉이 아닌 단일제국의 교리다). 교리 강의기는 목소리가 유별나게 컸다. 확성기를 통해 돌풍이 불 정도였다. 그리고 우리 소년들은 목청을 다해 그것이 읽는 텍스트를 따라서 외쳤다. 언젠가 모험적인 R-13이 그것의 메가폰 속으로 씹어 뱉은 종이 뭉치를 쑤셔 넣었다. 그러자 텍스트의 낭독이 아닌 씹어 뱉은 종이의 사격이 시작되었다. R는 물론 처벌받았다. 물론 그가 한 일은 나쁜 짓이었다. 하지만 우리는 이제 그때를 기억하며 웃었다. 우리 3인조 말이다. 고백하건대, 나 역시 웃고 있었다.

「만일 그것이 고대인들의 강사처럼 살아 있는 존재였더라면 어땠을까? 응?」

그가 〈b〉 발음을 할 때 그의 두툼하고 푸푸거리는 입술에는 분수가 만들어진다.

천장과 벽을 통해 들어오는 태양. 위에서 그리고 양옆으로 들어오는 태양. 바닥에서 반사되는 태양. O는 R의 무릎에 기대고 있다. 그녀의 푸른 눈에 반영되는 작은 태양의 방울. 나는 어쩐지 마음이 푸근해졌다. 정상으로 돌아온 것이다. $\sqrt{-1}$은 잠잠했다. 미동도 없이…….

「자네의 인쩨그랄은 어떤가? 행성인들을 개화시키기 위해 곧 날아 오를 건가? 서두르게, 서둘러! 그러지 않으면 우리 시인들은 너무 많은 작품을 생산해서 자네의 인쩨그랄에 다 싣지 못하게 될 걸세. 매일 8시에서 11시까지……」

R는 머리를 좌우로 흔들었다. 그리고 뒤통수를 긁적거렸다. 그의 뒤통수는 사각형을 이루며 뒤에서 잡아당겨진 트렁크 같다(고대의 그림 「사륜 마차에서」를 연상시킨다).

나는 활기를 되찾았다.

「아, 자네 역시 인쩨그랄을 위해 글을 쓰고 있나? 그래, 무엇에 관해 쓰고 있는지 말해 주겠나? 자, 예를 들어 오늘은 무얼 썼나?」

「오늘은 아무것도 안 썼네. 다른 일로 바빴다네……」

⟨b⟩가 나를 향해 정면으로 튀겼다.

「다른 어떤 것?」

R는 상을 찌푸렸다.

「그 어떤 것, 어떤 것! 원한다면 말해 주겠네. 사형 선고였네. 나는 사형 선고를 운문화했지. 우리 시인 중의 한 명청이가 사고를 쳤어……. 2년이나 함께 일해 온 사이였고 아무것도 잘못된 것이 없어 보였지. 그런데 갑자기 얼토당토않은 일이 생긴 거야. 이렇게 말하지 않았겠나. ⟨나는 천재다. 천재야. 내가 국법보다 더 높다.⟩ 그런 터무니없는 이야기를 했으니……. 그러나 뭐…… 헤!」

두툼한 입술은 축 처지고 눈에 서린 광택도 사라졌다. R-13은 벌떡 일어나 몸을 돌리더니 벽 너머 저 어딘가에 시선을 고정시켰다. 나는 꽉 잠긴 트렁크 같은 그의 뒤통수를 바라보았다. 그리고 생각에 잠겼다. 그는 저 트렁크 같은 머리통 속에서 무엇을 선별하고 있는 걸까?

어색하고 비대칭적인 침묵의 1분이 흘렀다. 나에게는 분명치 않았지만, 무엇인가가 있었다.

「다행스럽게도 저 온갖 종류의 셰익스피어니 도스또예프스끼니, 혹은 그 누구였는지 등등을 따지는 태곳적 시대는 지나갔네.」

나는 일부러 큰 소리로 말했다.

R는 얼굴을 돌렸다. 그에게서 아까처럼 낱말들이 튀며 쏟아져 나왔다. 그러나 그의 눈 속에는 이미 즐거운 광택이 더 이상 없는 듯 느껴졌다.

「그래, 수학자 선생. 다행스럽게도, 다행스럽게도, 다행스럽게도! 우리는 가장 행복한, 평균적인, 산술적인 존재들이지……. 자네의 표현을 빌리면 제로에서 무한까지, 백치에서 셰익스피어까지 통합시킨다 이런 얘기지…… 맞아!」

이유는 모르겠다. 그러나 전혀 뜻하지 않게 그녀가, 그녀의 어조가 떠올랐다. 그리고 그녀와 R 사이에 일종의 가늘기 그지없는 한 가닥 실이 이어지고 있었다(어떤 실일까?). 또다시 $\sqrt{-1}$이 뒤척거렸다. 나는 번호판을 열었다. 16시 25분. 장밋빛 감찰을 위해 그들에게 남은 시간은 45분.

「가야겠네……」

나는 O에게 키스하고 R과 악수하고 엘리베이터로 갔다.

거리로 나와 길을 건너며 뒤를 돌아보았다. 환하게 밝혀진, 속속들이 빛이 통하는 유리 건물. 여기저기 커튼이 내려진 불투명한 청회색 방들이 눈에 띄었다. 테일러화한 율동적이고 행복한 방들. 나는 7층에 있는 R의 방을 눈으로 찾아냈다. 커튼은 이미 내려져 있었다.

사랑스러운 O, 사랑스러운 R. 그에게도 역시(왜 〈역시〉인지는 모르겠다. 그러나 붓 가는 대로 쓰자) — 그에게도 역시 내겐 전혀 불분명한 무엇인가가 있다. 그러나 어쨌든지 나, 그, O, 우리는 삼각형이다. 2등변은 아닐지 몰라도. 우리 선조들의 언어로 말하자면(나의 독자인 행성의 당신들은 어쩌면 그들의 언어를 이해할는지도 모르겠다), 우리는 한가족이다. 그리고 가끔은 잠시만이라도 휴식을 취하는 것이 좋을 때가 있다. 자신을 그 모든 것에서 격리시켜 단순하고 강력한 삼각형 속에 가두어 버리는 것…….

아홉 번째 기록

개요: 예배식. 약강격(弱强格)과 강약격(强弱格). 주철의 손.

장엄하고 화창한 날. 이런 날에는 자신의 약점, 부정확한 점, 질병 등을 잊게 된다. 모든 것은 수정처럼 견고하고 영원하다. 마치 우리의 새로운 유리처럼……

〈입방체 광장〉. 관람석 — 66개의 강력한 동심원. 조용하고 빛나는 얼굴들로 이루어진 66개의 열. 눈은 빛나는 하늘을 반사한다. 아니, 어쩌면 빛나는 단일제국을 반사하는지도 모른다. 여성들의 입술은 피처럼 붉다. 제1열, 즉 행사 장소에서 가장 가까운 곳에는 부드러운 화채 같은 어린이들의 얼굴. 진지하고 엄숙한 고딕식 정적.

우리에게 전수된 기록에 따르면 고대인들도 〈예배식〉 때 이와 비슷한 것을 체험했다고 한다. 그러나 그들이 자신들도 모르는 어리석은 신을 섬긴 것과 달리, 우리는 가장 정확한 형상으로 우리에게 알려져 있는 현명한 신을 섬긴다. 그들의 신은 끝없는 고통의 추구밖에는 아무것도 제공해 주지 않았다. 그들의 신이 생각해 낸 것 중 가장 현명한 것은 아무도 그 이유를 모르는 자기희생이었다. 우리는 우리의 희생물을 우리의 신, 단일제국에게 바친다. 고요하고 심사숙고한 이성적인 희생물을. 이것은 단일제국에게 헌정된 장엄한 예배식이다. 2백년전쟁의 성스러운 세월에 대한 회고다. 하나에 대한 모두의, 개인에 대한 전체의 승리를 기념하는 장엄한 축제다…….

햇살로 충만한 입방체 계단에 그는 홀로 서 있었다. 흰색의, 아니 흰색도 아닌 무색의 유리 같은 얼굴, 유리 같은 입술, 다만 두 눈만이 검은색이다. 이제 몇 분 후에 그에게 닥쳐올 저 끔찍한 세계와 구멍을 빨아들이고 삼켜 버리는 듯하다. 황금색 번호판은 이미 회수되었다. 두 손은 선홍색 리본으로 묶여 있었다(이건 고대의 관습에서 비롯된 것이다. 이 모든 일이 단일제국의 이름으로 수행되지 않던 고대에는, 사형수는 저항할 권리가 있다고 스스로 느꼈으므로 그의 양손을 사슬로 결박 지어 놓는 것이 통례였다).

그리고 저 위, 입방체 연단 위, 〈처형 기계〉 옆에 금속으로 주조된 듯한 부동의 형체. 우리가 〈은혜로운 분〉이라고 부르는 인물이다. 아래쪽에서는 그의 얼굴을 볼 수가 없다. 다만 그것이 엄격하고 장엄한 사각의 윤곽으로 구획되어 있는 것만이 보인다. 그러나 그의 손……. 사진에서도 종종 그런 현상이 나타난다. 즉 극단적으로 가까운 거리에서 일차원에서 찍혀진 손은 거대하게 보이며, 사람의 시선을 모으고 다른 모든 것을 압도해 버린다. 아직은 평화롭게 무릎 위에 모아져 있는 저 강력한 두 손. 돌로 만들어진 손. 무릎은 그것의 중량을 간신히 견디어 내고 있다.

갑자기 그 거대한 두 손 중의 하나가 서서히 위로 올라갔다. 느릿느릿한 주철의 동작. 그러나 올려진 손의 신호에 맞추어 관람석에서 번호 하나가 입방체로 다가갔다. 〈국가 시인〉 중의 하나였다. 이 축제를 자신의 시로 장식하는 행운이 그에게 돌아온 것이다. 거룩한 청동의 약강격 시가 관람석으로 울려 퍼졌다. 그것은 계단에 서서 자신의 광기의 논리적 결과를 기다리고 있는 유리 눈을 한 광인에 관한 시였다.

……불. 약강격의 시에서 건물들이 흔들리고 황금빛 액체처럼 위로 튀기고 와르르 무너진다. 녹색 나무들이 경련을 일으키고, 수액이 흐르고, 남은 것은 해골의 검은 십자가뿐. 그러나 프로메테우스가 나타난다(그것은 물론 우리를 지칭한다).

> 그리고 그는 기계에, 강철에,
> 불의 쇠를 채웠다.
> 그리고 법률로써 혼돈을
> 다스렸도다.

모든 것이 새롭고 강철 같다. 강철의 태양, 강철의 나무, 강철의 인간. 갑자기 어느 미치광이가 〈쇠사슬에서 불을 풀어 놓아 자유롭게 해주었다〉. 그러자 다시 모든 것이 파멸한다…….

유감스럽게도 나는 시를 잘 기억하지 못하는 편이다. 그러나 한 가지는 분명하다. 이보다 더 교훈적이고 더 아름다운 이미지들의 선택은 있을 수 없었다.

또다시 느리고 무거운 동작. 그리고 계단에 두 번째 시인이 나타났다. 나는 자리에서 일어났다. 저럴 수가! 그러나 틀림없이 그였다. 두툼한 흑인의 입술…….

그는 어째서 자신의 고결한 과업에 대해 내게 미리 말해 주지 않았을까……. 그의 입술은 회색이다. 경련을 일으키고 있다. 이해할 수 있다. 〈은혜로운 분〉의 면전이니까. 모든 보안요원의 면전이니까……. 그러나 역시 저렇게 긴장할 수가…….

예리한 도끼처럼 격렬하고 빠른 강약격의 시. 전대미문의 범죄, 즉 〈은혜로운 분〉의 이름이 언급된 저 불경한 시에 관해서. 아니, 그것을 여기에 모두 적기에는 손이 말을 안 듣는다.

R-13은 창백한 모습으로 아무에게도 눈을 주지 않고 계단을 내려가 자리에 앉았다(그토록 수줍어하는 그의 태도는 전혀 예상 밖이었다). 몇 백 분의 1초만큼 짧은 순간 동안 누군가의 얼굴이 그의 옆에서 어른거렸다. 예리한 검은색 삼각형처럼. 그것은 금방 사라졌다. 나의 눈, 그리고 다른 이들의 수천 개의 눈도 저쪽, 저 위쪽의 처형 기계를 향했다. 인간의 것이라고 할 수 없는 손의 세 번째 무거운 동작. 보이지 않는 바람에 흔들리며 사형수는 걸어갔다. 서서히. 한 개 남은 계단. 그리고 한 걸음만 더. 그의 생의 마지막 걸음. 얼굴을 하늘로 향하고 고개를 뒤로 젖힌 채 그는 자신의 최후의 침상에 눕혀졌다.

마치 운명처럼 엄격한 석조 인간 〈은혜로운 분〉은 처형 기계의 주위를 맴돈 뒤 거대한 손을 지렛대에 얹었다. 속삭임도, 숨소리도 안 들렸다. 모든 눈은 그의 손에 집중되어 있었다. 무기가 된다는 것, 수십만 볼트의 합성격이 된다는 것은 엄청나게 열광적이고 매력적인 격동임이 틀림없었다. 얼마나 위대한 숙명인가!

측정할 수 없이 짧은 순간. 스위치를 넣으며 아래로 내려진 손. 참을 수 없이 강렬한 칼날처럼 번쩍이는 광선. 처형 기계의 파이프에서 나는 떨림처럼 들릴락 말락한 날카로운 소리. 사지를 벌린 몸통이 가볍고 번쩍이는 안개 속에 휩싸인다. 그리고 모든 사람이 보는 앞에서 녹고, 또 녹는다. 무서운 속도로 용해된다. 그리고 무(無). 남은 것은 다만 화학적으로 순수한 물의 웅덩이. 1분 전만 해도 심장에서 붉은 빛으로 격렬하게 용솟음치던 것 대신······.

이 모든 의식은 간단했다. 우리는 모두 알고 있었다. 물질의 해체, 인체 원소들의 분해, 그럼에도 그것은 매번 기적 같았다. 그것은 〈은혜로운 분〉의 초인적 힘의 시현이었다.

위쪽에 있는 〈그분〉 앞에서 열 명의 여성 번호들이 흥분으로 입을 반쯤 벌린 채 상기된 얼굴로 서 있었다. 바람에 하늘거리는 꽃들(물론 식물원에서 가져온 것이다. 개인적으로 말해서, 나는 꽃에서 아무런 아름다움도 발견할 수가 없다. 이미 오래전에 녹색의 벽 너머로 쫓겨난 야만적인 세계에 속하는 모든 것이 그렇듯이. 아름다운 것은 오로지 이성적이고 유익한 것들이다. 기계, 장화, 공식, 음식물, 기타 등등).

관례대로 열 명의 여성은 〈은혜로운 분〉의 액체가 아직 마르지 않은 제복을 꽃으로 장식했다. 사제장의 위풍당당한 걸음으로 그는 서서히 아래로 내려갔다. 그리고 천천히 관람석을 지나갔다. 그의 뒤에는 희고 가냘픈 나뭇가지처럼 위로 올라간 여성 번호들의 팔. 그리고 수백만이 하나가 되어 외치는 함성. 우리들 사이 어딘가에 보이지 않게 숨어 있는 보안요원들 전부를 위한 환호. 탄생과 더불어 모든 사람에게 주어지는, 자애로우면서도 엄격한 수호천사를 창조해 낸 고대인들의 상상력이 예견했던 것은 어쩌면 바로 그들, 보안요원들이었는지도 모른다.

그렇다. 모든 의식에는 고대의 종교에서 계승된, 뇌우와 폭풍처럼 정화시켜 주는 무언가가 있다. 이 글을 읽을 당신들은 그와 같은 순간을 체험해 보았는가? 만일 아니라면 유감이다…….

열 번째 기록

개요: 편지. 가두 녹음 피막. 털북숭이의 나.

어제는 나에게 화학자가 자신의 용액을 거르는 여과지와도 같은 날이었다. 모든 현탁입자들, 모든 찌꺼기들은 이 종이 위에 남아 있다. 그리고 오늘 아침 나는 깨끗하게 증류되어, 투명하게 되어 아래층으로 내려갔다.

아래층 현관에서는 작은 책상 뒤에 앉은 여성 감시원이 시계를 보며 들어오는 번호들을 기록하고 있었다. 그녀의 이름은 U. 그러나 그녀의 번호는 부르지 않는 편이 낫겠다. 그녀에 관해 뭔가 나쁜 말을 하게 될까 봐 두렵기 때문이다. 사실 그녀는 존경할 만한 나이 지긋한 여성이다. 마음에 들지 않는 유일한 점은 그녀의 두 뺨이 물고기 아가미처럼 축 늘어진 것이다(그것이 어째서 나쁘단 말인가 하고 반문할 수도 있다).

그녀는 펜으로 휘갈겨 썼다. 나는 장부에 적힌 내 번호 〈D-503〉을 보았다. 그 옆에 잉크 얼룩이 있었다.

그녀에게 그것에 대해 주의를 환기시키려는 순간 그녀는 고개를 들었다. 그리고 나를 향해 정말로 잉크 같은 미소를 뚝뚝 흘렸다.

「그리고 여기 편지가 있어요. 받으세요, 선생님. 네, 받으세요.」

나는 그녀가 일단 읽고 난 편지라도 보안국의 검열을 거쳐야 함을 알고 있었다(이 자연스러운 절차를 설명하는 것은 불필요하다고 생각한다). 편지는 12시까지 내 손에 들어올 것이다. 그러나 그녀의 미소가 나를 어리둥절하게 만들었다. 잉크 방울이 나의 투명한 용액을 흐려 놓았다. 얼마나 당황했던지 잠시 후 인쩨그랄의 조선소에서도 주의를 집중할 수가 없었다. 한번은 계산에 착오를 일으키기까지 했다. 그와 같은 일은 전에는 한 번도 일어난 적이 없었다.

12시. 또다시 장밋빛 또는 갈색의 생선 아가미, 미소, 그리고 마침내 편지는 내 손에 들어왔다. 이유는 모르겠으나 나는 그것을 그 자리에서 읽지 않고 주머니 속에 쑤셔 넣었다. 나는 서둘러 내 방으로 갔다. 편지를 뜯어서 눈으로 훑어보았다. 그리고 앉았다……. 그것은 번호 I-330이 내게 등록되었음을, 그리고 오늘 21시에 내가 그녀에게 가야 함을 알리는 공식 통보였다. 밑에 주소가 있었다…….

안 돼. 그 모든 일이 일어난 이 판국에, 그토록 명확하게 태도를 밝히고 난 이 마당에 어떻게……. 게다가 그녀는 내가 아팠다는 것을 알 도리도 없었지 않은가. 어쨌든 내가 갈 수 없었음을……. 그러나 이 모든 것에도 불구하고…….

머릿속에서 발전기가 빙글빙글 돌며 윙윙거렸다. 부처-노란색-은방울꽃-장밋빛 초승달……. 그래, 그리고 또 한 가지, 아직도 또 한 가지. O는 오늘 내게 오길 원했다. 그녀에게 I-330에 관한 이 통보를 보여 줄 것인가? 나도 모르겠다. 그녀는 믿지 않을 것이다(사실 어떻게 믿을 수 있겠는가?). 나는 이것과 아무런 관계가 없다는 사실을 나는 전혀…… 힘들고, 어리석고, 철저하게 비논리적인 대화가 될 것이다…….
안 돼. 그것만은 안 돼. 모든 것이 기계적으로 해결되도록 하자. 나는 다만 그녀에게 공식 통보의 사본을 보낼 것이다.

나는 서둘러 통보를 주머니 속에 쑤셔 넣으며 나의 끔찍한 원숭이 같은 손에 눈을 주었다. 산책 도중에 그녀가, 즉 I가 어떻게 내 손을 잡고 그것을 들여다보았는지 기억이 났다. 정말로 그녀는…….

21시 15분 전. 백야. 천지가 녹색 빛이 도는 유리 같다. 그러나 그것은 어딘가 다른, 깨질 것 같은 유리다. 우리의 진짜 유리가 아닌 얇은 유리의 껍질이다. 이 껍질의 이면에는 무엇인가가 선회하면서 돌진하며 윙윙거린다……. 만일 지금 강당의 지붕들이 둥글고 느릿느릿한 연기처럼 위로 부상한다 해도 놀라지 않을 것이다. 그리고 오늘 아침 책상 앞에 앉아 있던 그 여성처럼 나이 지긋한 달이 잉크의 미소를 짓는다 해도. 모든 건물들의 모든 커튼이 일시에 내려지고 커튼 안쪽에서는…….

해괴한 감각. 나의 늑골이 철선처럼 느껴졌다. 그것이 심장을 방해했다. 결정적으로 방해했다. 너무 조여 있어 공간이 모자랐다. 나는 I-330이라는 번호가 붙어 있는 황금빛 유리문 앞에 서 있었다. I는 등을 내 쪽으로 돌린 채 책상 앞에 앉아 무언가 쓰고 있었다. 나는 방 안으로 들어갔다…….

「여기…….」

나는 그녀에게 장밋빛 감찰을 내밀었다.

「오늘 이 통보를 받아서 이렇게 왔습니다.」

「정말로 정확하시군요! 잠시만 기다리세요. 괜찮죠? 앉으세요. 곧 끝내겠어요······.」

그녀는 다시 쓰던 편지로 눈을 내리깔았다. 저 내려진 커튼 안쪽에는 무엇이 있을까? 그녀는 무엇을 말할 것인가? 어떻게 이것을 파악하고 계산에 옮길 수 있을까? 그녀는 꿈의 세계라고 하는 야만적이고 케케묵은 영역에서 온 듯하다.

나는 묵묵히 그녀를 바라보았다. 늑골 — 철선, 또 답답함······ 그녀가 말을 할 때 그녀의 얼굴은 전속력으로 회전하는 빛나는 바퀴 같다. 바퀴살 하나하나를 분간할 수 없다. 그러나 지금 바퀴는 움직이지 않는다. 나는 괴상한 조합을 발견했다. 검은색 눈썹이 바로 관자놀이까지 높이 치올라가 있다. 날카롭고 조소적인 삼각형처럼. 그리고 꼭지가 위로 향한 또 하나의 삼각형 — 즉 코에서 입의 양 귀퉁이로 이어지는 두 개의 깊은 주름. 이 두 삼각형은 어쩐지 서로 모순되었다. 그것들은 얼굴 전체에 마치 십자가와도 같은 저 불쾌하고 자극적인 X 자를 그려 놓았다. 십자가로 말소된 얼굴.

바퀴는 회전하기 시작했다. 바퀴살은 하나로 얼버무려졌다······.

「그런데 보안국에는 정말로 안 가셨지요?」

「나는······ 갈 수가 없었어요. 아팠거든요.」

「그래요. 저도 그렇게 생각했죠. 무엇인가가 당신을 저지했음이 틀림없다고. 그것이 무엇이든 상관없지요(예리한 치아, 미소). 하지만 그 덕분에 당신은 이제 내 손아귀에 들어왔어요. 기억하시죠. 48시간 안에 보안국에 출두하지 않은 모든 번호는······.」

내 심장은 너무나 강렬하게 고동쳤기 때문에 늑골 — 철선이 구부러졌다. 나는 마치 어린애처럼 어리석게 넘어졌고,

어리석게 침묵했다. 그리고 내 스스로가 뒤얽혀져 있음을 느꼈다. 손도, 발도…….

그녀는 일어서서 나른하게 기지개를 켰다. 그리고 단추를 눌렀다. 가볍게 살랑거리는 소리를 내며 사방에서 커튼이 내려왔다. 나는 세상과 격리되었다. 그녀와 단둘이 남겨졌다.

I는 내 뒤 어딘가에 있었다. 옷장 옆에. 제복이 사각사각 소리를 내며 바닥으로 떨어졌다. 나는 듣고 있었다. 온몸으로 듣고 있었다. 그리고 그것을 기억했다……. 아니 그건 백분의 1초 동안 내 마음속에서 반짝했을 뿐이었다…….

얼마 전에 나는 새로운 유형의 가두 녹음 피막의 곡선을 산정해야 했다(지금 그 피막은 우아하게 장식되어 보안국을 위해 모든 거리에서 사람들의 대화를 기록하는 일을 하고 있다). 장밋빛으로 전율하는 요면의 피막 — 단 하나의 기관, 즉 귀 하나만으로 이루어진 괴상한 존재. 나는 이제 바로 그와 같은 피막이었다.

옷깃의 단추가 달그락거렸다. 가슴에서, 그리고 가슴보다 더 아래쪽에서. 유리 같은 비단이 어깨에서, 무릎에서, 그리고 바닥에서 사각거렸다. 나는 듣고 있었다. 그것은 보는 것보다 훨씬 더 분명했다. 청회색의 비단 뭉텅이에서 발 하나가 빠져나왔다. 그리고 다른 한쪽도…….

팽팽하게 긴장된 피막은 전율하며 정적을 기록한다. 아니, 정적이 아니다. 철선 — 늑골을 망치로 내리치는 듯한 격렬한 심장의 박동, 그리고 그 박동 사이의 끝없는 휴지부를 기록한다. 그리고 나는 듣고 있다. 보고 있다. 내 뒤에서 그녀가 잠시 동안 생각하고 있음을.

옷장의 문, 그다음에 무슨 뚜껑이 절그렁거리는 소리, 그리고 또다시 비단, 비단…….

「자, 다 됐어요.」

나는 몸을 돌렸다. 그녀는 사프란처럼 노란, 고대의 의상처럼 꾸며진 얇은 드레스를 입고 있었다. 그것은 차라리 아무것도 안 입은 것보다 천 배는 더 사악했다. 장밋빛으로 타오르는 두 개의 예리한 점이 얇은 직물을 통해 보였다. 재 속에 보이는 두 개의 석탄 덩어리. 부드럽게 동그란 두 개의 무릎…….

그녀는 나지막한 안락의자에 앉았다. 그녀 앞의 사각형 탁자에는 뭔지 독물 같은 녹색의 액체가 가득 찬 병과 자루 달린 두 개의 자그마한 술잔이 놓여 있었다. 그리고 그녀의 입가에서 연기가 피어올랐다. 가늘기 짝이 없는 종이 파이프에서 피어오르는 연기(그것을 고대인들이 뭐라고 불렀는지는 기억이 안 난다).

피막은 계속해서 전율했다. 망치가 내 안에서 붉게 달아오른 철선 — 늑골을 내리치고 있었다. 나는 타격 하나하나를 선명하게 들었다. 그리고…… 만일 그녀도 이 소리를 듣고 있다면 어쩌나 하는 생각이 갑자기 들었다.

그러나 그녀는 평화롭게 연기를 뿜으며 나를 바라보고 있을 뿐이었다. 그리고 태연하게 나의 장밋빛 감찰 위로 재를 털었다.

가능한 한 냉정한 어조로 나는 물었다.

「이봐요, 그러려면 도대체 왜 내게 등록했지요? 그리고 어째서 나를 이곳에 오도록 했지요?」

그녀는 듣지 못한 것 같았다. 병에 든 액체를 술잔에 따라 홀짝거리며 마셨다.

「매혹적인 리큐어군요. 좀 드시겠어요?」

그제야 나는 그것이 술이라는 걸 알아차렸다. 어제의 일이 번개처럼 스치고 지나갔다. 〈은혜로운 분〉의 돌 같은 손. 참을 수 없이 날카로운 칼날 같은 광선. 입방체 위에서 고개를 뒤로 젖히고 사지를 벌린 시체. 나는 몸을 부르르 떨었다.

「이봐요.」

나는 말했다.

「당신도 아시겠죠. 니코틴, 그리고 특히 알코올로 스스로를 중독시키는 자는 누구나 단일제국의 가차 없는 처형을 받는다는 것을……」

검은색 눈썹. 관자놀이까지 높이 치켜진 눈썹. 조소하는 듯한 예리한 삼각형.

「소수를 재빨리 제거하는 것이 다수에게 자신을 파멸할 기회를 주는 것보다 현명하다. 그리고 회화, 기타 등등. 그것은 파렴치할 정도로 옳은 얘기죠.」

「그래요, 파렴치할 정도로……」

「그래요, 일군의 이런저런, 대머리의, 나체의 진실을 거리로 내보내는 것……. 아니, 상상해 보세요. 당신도 아시는 나의 변함없는 숭배자 말이에요. 그가 옷이라는 거짓을 벗어 버리고 있는 그대로의 모습으로 대중 앞에 나타나는 걸 상상해 보시라고요……. 휴!」

그녀는 웃었다. 그러나 내게는 그녀의 구슬픈 하반부 삼각형이 선명하게 보였다. 양쪽 입가에서 코로 이어지는 깊게 파인 주름. 그리고 왠지 그 주름으로 확실해진 것이 있다. 저 두 번 구부러진 인물, 등은 새우등처럼 굽고, 귀는 마치 날개 같은 그 인물이 그녀를 포옹했을 거다. 그녀를…… 그가…….

그러면 이제부터 그때 내가 느낀 비정상적인 감각을 전달해 보기로 하겠다. 이 글을 쓰는 지금 나는 매우 잘 이해하고 있다. 그 모든 것은 반드시 그렇게 될 수밖에 없었음을. 다른 모든 정직한 번호들처럼 그에게도 쾌락에 대한 동등한 권리가 있음을. 그리고 그렇지 않다면 불공평할 것임을……. 그래, 분명히 그렇다.

I는 매우 기이하게 오랫동안 웃었다. 그러고 나서 뚫어지게 나를 보았다. 속속들이.

「중요한 것은, 나는 당신이 전혀 두렵지 않다는 거예요. 당신은 굉장히 다정한 분이에요. 오, 확신하건대, 당신은 보안국에 출두해서 내가 리큐어를 마시고 담배를 피운다는 사실을 고발할 생각은 안 할 거예요. 당신은 아프거나 바쁘거나 할 거예요. 아니면 무슨 다른 이유가 있겠죠. 게다가 확신하건대, 당신은 이제 나와 함께 이 매혹적인 독약을 마실 겁니다…….」

이 얼마나 뻔뻔스럽고 조소에 찬 어조인가. 나는 결정적으로 이제 그녀를 또다시 증오하고 있음을 느꼈다. 그러나 어째서 〈이제〉란 말인가. 나는 그동안 그녀를 줄곧 증오해 오지 않았던가.

그녀는 녹색 독물을 한 잔 입에 털어 넣었다. 사프란 속에서 장밋빛으로 빛나며 몇 발자국을 움직였다. 그리고 내 의자 뒤에 멈추어 섰다…….

갑자기 손이 내 목에 감기고 입술과 입술이…… 아니 어딘지 그보다 훨씬 깊은 곳까지, 훨씬 끔찍한 곳으로……. 맹세하건대, 그건 전혀 뜻밖의 일이었다. 그리고 어쩌면 그 이유는 단지…… 나는 지금 매우 명백하게 이해할 수 있다. 그 이후에 일어난 일은 내 스스로가 원했던 것이 아니라는 사실을.

견딜 수 없이 달콤한 입술(내 생각에 그것은 〈리큐어〉의 맛이었다), 그리고 내 입속으로 흘러 들어오는 한 모금의 타는 듯한 독물, 또 한 모금, 또 한 모금……. 나는 지구에서 떨어져 나온 길 잃은 유성처럼 맹렬한 속도로 선회하며 아래로, 아래로 급강하했다. 계산되지 않은 어떤 궤도를 따라…….

그 이후의 일은 다만 대략적으로, 다소 그럴싸한 유추를 통해서 기술할 수밖에 없다.

이전에는 다음과 같은 생각이 한 번도 머릿속에 떠오른 적이 없다. 내 상태란 실제로 그런 것이었다. 우리, 지구에 사는 우리는 항상 부글부글 끓어오르는 불바다 위를, 지구의 자궁 속에 숨겨져 있는 불바다 위를 걷고 있다. 그러나 우리는 결코 그것에 대해 생각하지 않는다. 그런데 갑자기 우리의 발밑에 있는 얇은 껍질이 유리처럼 되어 버렸다고 치자. 그리고 우리가 갑자기 그것을 감지할 수 있게 되었다고 치자…….

나는 유리처럼 되었다. 그리하여 나는 나의 내부를 속속들이 볼 수 있었다.

두 명의 내가 있었다. 하나는 이전의 나, 이전의 D-503, 번호 D-503. 또 다른 하나는……. 이전에 그는 다만 자신의 털북숭이 손을 껍질 밖으로 슬쩍 내밀곤 했다. 그러나 지금 그는 온몸이 밖으로 나왔다. 껍질이 소리를 내며 찢어지고 있었다. 그리고 이제 산산이 부서질 것이었……. 그러고 나서는?

지푸라기를 부여잡듯이 전력을 다해 의자의 팔걸이를 꽉 잡고서 나는 물었다. 나 자신, 즉 이전의 내 목소리를 듣기 위해서.

「어디서, 어디서 당신은 저…… 저 독물을 구했지요?」

「아, 그거! 간단해요. 내 숭배자들 중의 하나인 어느 의사가…….」

「〈……들 중의〉라니요? 〈들〉, 누구?」

그때 제2의 내가 갑자기 펄쩍 뛰어오르며 소리쳤다.

「나는 허락하지 않겠어! 나 이외에는 아무도. 누구든…… 죽여 버리겠어. 왜냐하면 나는 당신을…… 나는 당신을…….」

나는 제2의 내가 털북숭이 손으로 그녀를 난폭하게 부둥켜안는 것을 보았다. 그녀의 얇은 비단을 갈기갈기 찢고 이빨로 물어뜯었다. 나는 정확히 기억한다. 문자 그대로 이빨로.

어떻게 그렇게 되었는지 모른다. 그녀는 내 손아귀에서 빠져나갔다. 그리고 그녀의 눈에는 저 저주스러운, 침투할 수 없는 커튼이 드리워졌다. 그녀는 등을 옷장에 기댄 채 서서 내 말을 듣고 있었다.

나는 기억한다. 나는 바닥에 주저앉아서 그녀의 다리를 감싸 안고 무릎에 키스하고 있었다. 그리고 애원했다.

「지금, 지금 당장, 제발…….」

예리한 치아. 예리하고 조소를 띠는 삼각형의 눈썹. 그녀는 몸을 굽혀 묵묵히 내 번호판을 떼어 냈다.

「그래! 그래. 사랑스러운 당신.」

나는 성급하게 제복을 벗기 시작했다. 그러나 I는 여전히 묵묵히 내 번호판에 매달린 시계를 내 눈앞에 갖다 대었다. 22시 25분.

나의 흥분은 가라앉았다. 22시 30분 이후에 거리에 나간다는 것이 무엇을 의미하는지 알고 있었다. 나의 모든 광기는 곧 사라졌다. 나는 나로 돌아왔다. 한 가지 분명한 것은 나는 그녀를 증오한다는 사실이었다. 증오한다! 증오한다!

인사도 없이, 뒤돌아볼 겨를도 없이 나는 방에서 나왔다. 뛰면서 간신히 번호판을 가슴에 도로 달고, 비상계단을 지나 (엘리베이터에서 누군가와 마주칠까 두려웠으므로) 텅 빈 거리로 뛰쳐나갔다.

모든 것이 제자리에 있었다. 단순하고 일상적이고 합법적이었다. 화염처럼 번쩍이는 유리 건물들, 창백한 유리 하늘, 녹색 빛이 도는 부동의 밤. 그러나 그 고요하고 서늘한 유리 밑에서 소리 없이 맹렬한 털북숭이의 무언가가, 적자색의 무언가가 소용돌이치고 있었다. 나는 늦지 않기 위해 숨을 헐떡이며 질주했다.

갑자기 서둘러 단 번호판이 옷에서 떨어져 나가고 있음을 느꼈다. 그것은 옷에서 떨어져 유리 보도로 잘그랑 소리를 내며 떨어졌다. 나는 그걸 주우려고 몸을 굽혔다. 순간적인 정적 속에서 누군가의 발소리가 뒤에서 들렸다. 뒤를 돌아보았다. 모퉁이에서 등이 굽은 왜소한 인간의 형상이 사라졌다. 적어도 나는 그때 그렇게 느꼈다.

나는 있는 힘을 다해 뛰었다. 귀에서 윙윙 소리가 들렸다. 입구에서 나는 멈추었다. 시계는 1분이 모자라는 22시 30분을 가리키고 있었다. 나는 귀를 기울여 보았다. 뒤에는 아무도 없었다. 모든 것은 어리석은 환상이었음이 틀림없었다. 독물의 효력이었던 것이다.

그날 밤은 고통 그 자체였다. 내가 누워 있는 침대는 위로 올라갔다가 아래로 내려앉았다가 다시 올라갔다. 정현 곡선을 그리며 요동쳤다. 나는 자기암시를 했다.

「밤에, 번호들은 반드시 자야 한다. 그것은 의무다. 낮에 일하는 것이 의무인 것처럼 낮에 일하기 위해서는 반드시 자야 한다. 밤에 자지 않는 것은, 범죄다……」

그러나 여전히 잘 수 없었다. 잘 수가 없었다.

나는 파멸하고 있다. 나는 단일제국에 대한 나의 임무를 완수할 수 없는 처지에 놓여 있다…… 나는…….

열한 번째 기록

개요: ……아니, 불가능하다. 그냥, 개요 없이.

황금빛이 도는 저녁, 희미한 안개. 하늘은 우윳빛 장막으로 가려져 있다. 저쪽, 저 멀리, 그리고 저 높이 무엇이 있는지 보이지 않는다. 고대인들은 자신들의 가장 위대한, 그리고 지극하기 짝이 없는 회의론자 — 즉 신이 거기 있다고 믿었다. 우리는 거기 있는 것은 수정같이 푸르고 적나라하며 무례한 무(無)일 뿐임을 안다. 지금 나는 거기 무엇이 있는지 모른다. 나는 지나치게 많은 것을 알아 버렸다. 지식, 무류성을 절대로 확신하는 지식 — 그것은 신앙이다. 나에게는 자신에 대한 확고한 신앙이 있었다. 나는 내가 자신의 내부에 있는 모든 것을 알고 있다고 믿었다. 그러나 지금은…….

나는 거울 앞에 있다. 그리고 난생처음으로, 그래 정확하게 난생처음으로 자신을 명확하고 분명하게, 의식적으로 바라보고 있다. 놀라워하면서 나 자신을, 제3의 인물을 보듯 바라보고 있다. 여기 내가 있다. 그는 동시에 제3의 인물이다. 일자로 그린 듯한 검은 눈썹, 그리고 그 사이에 상처처럼 나 있는 수직의 주름(그것이 전에도 있었는지 모르겠다).

불면으로 인해 그늘진 강철 같은 회색 눈동자. 그리고 그 강철의 이면에는……. 확실히 나는 한 번도 거기에 무엇이 있는지 알지 못했다. 그리고 나는 〈그곳〉에서 (이 〈그곳〉은 바로 지척에 있으며 동시에 무한히 멀다) 나 자신을 본다. 제3의 인물을 본다. 그리고 확실하게 알아차린다. 그 — 일자로 그은 듯한 눈썹의 사나이 — 는 낯선 이방인이며 나는 생전 처음 그와 만났다는 사실을. 그리고 나, 진짜 나는 그가 아니다…….

아니다. 마침표. 이 모든 것은 헛소리다. 이 모든 것은 어리석은 감각이다. 잠꼬대다. 어제 중독된 결과다. 무엇에 의한 중독이었을까. 녹색 독물에 의한 중독, 아니면 그녀에 의한 중독? 매한가지다. 나는 순전히 그토록 정확하고 첨예한 인간의 이성이 얼마나 괴상하게 혼돈되고 엉망진창이 될 수 있는지를 보여 주기 위해 이것을 기록한다. 고대인들을 경악케 했고, 영원성까지도 길들일 수 있었던 그 이성이…….

번호 지시 장치의 소리 — 그리고 R-13의 번호. 좋아. 나는 기쁘기까지 하다. 지금 내가 혼자 있다면…….

20분 후.

종이의 위상에서, 즉 이차원의 세계에서는 내가 쓰고 있는 이 글의 행들은 함께 연결되어 있다. 그러나 다른 세계에서는…… 나는 숫자의 개념을 상실하고 있다. 20분 — 이것은 어쩌면 2백 분, 아니 20만 분일지도 모른다. R과 나 사이에서 일어난 일을 평화롭게, 규칙적으로 단어 하나하나를 계산해 가며 기록한다는 것은 몹시 조잡하다. 그것은 다리를 포개고 침대 옆의 안락의자에 앉아 호기심에 가득 찬 눈길로 스스로가 침대 위에서 경련으로 몸을 뒤틀고 있는 것을 보는 것과 마찬가지다.

R-13이 들어왔을 때 나는 완전히 담담하고 정상적이었다. 진심으로 경탄해 마지않으며 나는 그가 얼마나 멋지게 사형선고를 강약격의 운문으로 읊었는지 말하기 시작했다. 그리고 무엇보다도 그 광인을 참살하고 퇴치해 버린 것은 바로 그의 강약격 시였음에 대해서도.

「……그리고 그것뿐이 아닐세. 만일 내게 〈은혜로운 분〉의 처형 기계의 개략적인 도안이 맡겨진다면 반드시, 반드시 자네의 시를 거기 써넣겠네.」

나는 말을 끝냈다.

갑자기 R의 눈이 광택을 잃고 입술은 회색이 되었다.

「왜 그러나?」

「뭐라고? 흠…… 그저 넌덜머리가 나, 주위의 모든 인간들이 사형선고, 사형선고, 해대니까. 더 이상 그것에 관해 듣고 싶지 않아. 그뿐이야. 그래, 듣고 싶지 않아!」

그는 얼굴을 찌푸렸다. 그리고 뒤통수를 긁었다. 그의 뒤통수 — 내겐 낯설고 이해 불가능한 짐을 담고 있는 작은 트렁크. 휴지, 그는 트렁크에서 마침내 무언가를 찾아냈다. 그것을 꺼내어 풀어서 펼쳐 놓았다. 그의 두 눈은 웃음의 광택을 찾았다. 그는 벌떡 일어났다.

「그리고 나는 자네의 인쩨그랄를 위해 집필 중이네……. 그렇지. 집필 중이야!」

그는 원래 모습으로 되돌아왔다. 입술은 푸푸 소리를 내며 침을 튀기고 단어들이 분수처럼 흩어졌다.

「자네는 이해하는가? (〈p〉 발음을 할 때 솟구치는 분수) 낙원에 대한 고대의 전설……. 그것은 사실 우리에 관한, 현재에 관한 것일세. 그렇고말고! 잠깐만 생각해 보게. 낙원에서 가능한 선택은 두 가지밖에 없었어. 자유가 없는 행복이냐, 아니면 행복 없는 자유냐였어. 세 번째는 없었네. 저들, 바보들은 자유를 선택했어. 그리고 이해하겠지만 그들은 그 뒤 몇 세기 동안 구속을 갈구했지. 구속을 말일세. 이해하겠나. 거기에서 바로 세계고가 연유하는 걸세. 수세기 동안이나! 그리고 우리가 마침내 행복을 되찾는 길을 생각해 냈지······. 아니, 조금 더 들어 보게! 고대의 신과 우리는 나란히 한 책상에 앉아 있다네. 그래! 우리는 결정적으로 신이 악마를 정복하도록 도와주었지. 인간이 금지된 일에 끼어들도록 하고 유해한 자유를 맛보도록 한 것이 바로 저 악마야. 그것은 교활한 뱀이야. 그리고 우리는 그것의 대가리를 밟아 놓았지 ─ 콱! 하고 말이야. 그리하여 만반의 태세를 갖추었다네. 다시 낙원이야. 우리는 다시 아담과 이브처럼 천진무구해졌어. 선과 악에 관한 그 어떤 분규도 없어. 모든 것은 매우 간단해졌어. 낙원처럼, 어린애처럼 단순해졌어. 〈은혜로운 분〉, 처형 기계, 입방체, 가스종, 보안요원.」

「이 모든 것은 선이야. 이 모든 것은 장엄하고 아름답고 고상하고 고결하고 수정처럼 맑아. 그것들은 우리의 비자유, 즉 우리의 행복을 지켜 주기 때문이지. 이것 대신 고대인들은 윤리니, 비윤리니 하며 이러쿵저러쿵 탁상공론을 하고 머리통을 처박고 했겠지······. 좋아. 어찌되었건, 한마디로 말해서 이거야말로 나의 낙원에 관한 시 아닐까? 그리고 무엇보다도 어조가 더할 나위 없이 진지하다네······. 어떤가. 이해하겠나? 그럴싸하지, 안 그래?」

왜 이해 못하겠는가. 기억하건대, 나는 이런 생각을 했다.

〈그의 외모는 저토록 어리석고 비대칭적인데, 그의 이성은 어쩌면 저렇게 올바르게 사고할 수 있을까?〉 따라서 그는 내게, 즉 진짜 나에게 몹시 가깝게 느껴졌다(나는 물론 아직도 이전의 내가 진짜 나이며 지금의 나는 질병의 소산으로 간주한다).

R는 내 얼굴에서 내 생각을 읽었음이 틀림없었다. 그는 내 어깨를 껴안았다. 그리고 웃음을 터뜨렸다.

「아, 자네는…… 아담이야! 그리고 참, 이브에 관한 것인데……」

그는 호주머니를 뒤져 수첩을 꺼내 페이지를 넘겼다.

「내일모레……. 아니, 이틀 후에 O의 장밋빛 감찰은 자네에게 배당되어 있어. 자네는 어떤가? 전처럼 그 여자가 오길 원하는가…….」

「그럼, 여부가 있겠나.」

「알았네, 그렇게 말하지. 자네도 알겠지만 그 여자는 수줍어해. 흥미로운 이야기야! 나를 대하는 그 여자의 태도란 순전히 장밋빛 감찰에 의한 사무적인 것이야. 그러나 자네에 대한 감정은…… 그녀는 우리의 삼각형을 비집고 들어온 제4의 인물이 누구인지 말을 안 해줘. 누군가? 고백하게, 죄인이여!」

내 안에서 커튼이 휘말려 올라갔다. 그리고 비단이 사각거리는 소리, 녹색의 술병, 입술……. 그리고 밑도 끝도 없이 다음과 같은 말이 내게서 터져 나왔다(참을 수 있었더라면!).

「말해 주게. 자네 과거에 니코틴이나 알코올을 맛본 적 있나?」

R는 입술을 빨았다. 그리고 눈을 치떠서 나를 쏘아보았다. 나는 매우 선명하게 그의 생각을 들을 수 있었다. 〈자네

는 친구야. 친구지. 그렇지만 어쨌든……〉

그는 대답했다.

「글쎄, 뭐라고 해야 좋을까? 개인적으로는 없어. 그러나 어떤 여성을 알고 있었는데……」

「I.」

나는 소리쳤다.

「어떻게……. 자네가, 자네도 그녀와?」

그는 웃음으로 가득 찼다. 웃음으로 목이 메어서 곧 폭발할 지경이었다.

내 방의 거울은 책상으로 중간이 가로막혀 있었다. 따라서 안락의자에서 나는 오로지 내 이마와 눈썹만 볼 수 있었다.

그리고 나 — 진짜 나 — 는 거울 속에서 일그러지고 씰룩거리는 눈썹의 선을 보았다. 진짜 나는 제2의 내가 외치는 야만적이고 혐오감을 유발하는 소리를 들었다.

「〈역시〉라니? 아니야. 〈역시〉가 무슨 소리야? 아니야, 원컨대 나는……」

흑인의 입술이 넓게 늘어나고 눈은 휘둥그레졌다……. 나 — 진짜 나 — 는 제2의 내 목덜미를 거세게 휘어잡았다. 무거운 숨을 내뿜는 털북숭이의 야만적인 제2의 나. 진짜 나는 R에게 말했다.

「용서해 주게. 〈은혜로운 분〉의 이름으로. 나 몹시 아프네. 잠을 못 자겠어. 도대체 어디가 나쁜 건지 알 수가 없어.」

두툼한 입술이 순간적으로 가볍게 미소 지었다.

「괜찮네, 괜찮아! 이해해. 이해하고말고. 나는 이 모든 것과 친숙하네. 물론 이론적으로만. 잘 있게나!」

문간에서 그는 공처럼 뒤로 돌아서 책상으로 돌아와 책을 한 권 놓았다.

「내 최근작이네. 이걸 주려고 왔는데 잊을 뻔했군. 잘 있게.」

〈P〉가 나에게 튀었다. 그는 공처럼 굴러가 버렸다…….

나는 혼자 남았다. 좀 더 정확하게 제2의 나와 함께 남았다. 나는 안락의자에 다리를 포개고 앉아서, 일종의 〈그곳〉에서부터 호기심에 가득 차, 나 자신이, 그래, 나 자신이 침대 위에서 경련으로 몸을 뒤틀고 있는 것을 바라본다.

어째서, 그래, 어째서 지난 3년간 나와 O는 줄곧 그토록 사이좋게 지내 왔을까. 그리고 이제 단 한마디 말, 그녀, I에 대한 단 한마디 말……. 정말이지 사랑이니 질투니 하는 모든 광기가 다만 천치 같은 고대의 책 속에만 존재하는 것은 아닌 걸까? 그리고 가장 기이한 것은 나 자신이다! 방정식, 공식, 숫자……. 그리고 이것 — 아무것도 이해하지 못하겠다! 아무것도…… 내일은 R에게 가리라. 그리고 말하리라.

거짓말이다. 나는 가지 않을 것이다. 내일도, 모레도, 결코, 절대로 안 갈 것이다. 그를 만날 수도 없고, 만나기를 원치도 않는다. 끝장이다! 우리의 삼각형은 와해되었다.

나는 혼자다. 저녁, 희미한 안개. 하늘은 황금빛이 도는 우유색 장막으로 가려져 있다. 저 높은 곳에 무엇이 있는지 알 수 있다면. 그리고 내가 누구인지, 어떤 내가 정말 나인지 알 수 있다면.

열두 번째 기록

개요: 무한성에 대한 한정. 천사. 시에 관한 명상.

나는 내가 건강을 되찾을 것이며, 되찾을 수 있으리라 생각한다. 흡족하게 수면을 취했다. 그 어떤 꿈도, 병의 증상도 없다. 내일은 사랑스러운 O가 내게 올 것이다. 모든 것은 단순하고 정확하고 한정적일 것이다. 원처럼. 나는 이 단어 〈한정적〉을 두려워하지 않는다. 인간에게 지고한 이성적인 직업이란 무한한 끊임없는 한정을, 무한을 편안하고 쉽게 소화할 수 있는 소량으로, 미분으로 분해하는 것을 지향하기 때문이다. 그 여성이 결여한 것은 바로 그 미에 대한 이해력이다. 그러나 이건 어디까지나 우연한 연상이다.

지하철 바퀴의 율동적이고 운율적인 회전 소리를 듣는 가운데 다음과 같은 일이 일어났다. 나는 혼잣말로 열차 바퀴의 운동에 율격을 붙였다. 그리고 R의 시(그가 어제 가져온 시집 속에 있는)에도 운을 붙여 읽었다. 그리고 내 어깨 뒤에서 누군가가 조심스럽게 몸을 굽혀 책장을 넘겨다보고 있음을 느꼈다. 나는 돌아보지 않고 다만 곁눈질을 했다. 날개처럼 펼쳐진 귀와 두 번 구부러진 몸통……. 그자다! 그를 방해하고 싶지 않으므로 나는 못 본 척했다. 그가 어떻게 여기 있는지 모르겠다. 열차에 탈 때는 못 본 것 같았는데.

 사소한 이 사건은 그 자체로서 내게 각별히 훌륭한 영향력을 미쳤다. 그것은 나를 원기 왕성하게 해주었다고 말할 수 있겠다. 누군가의 꿰뚫는 듯한 눈길이 사랑에 가득 차서, 아주 사소한 실수에서나, 아주 사소한 부정확한 발걸음에서 나를 보호해 주고 있다고 느끼는 것은 유쾌한 일이다. 다소 감상적으로 들릴지는 모르겠으나 내 머릿속에는 또다시 똑같은 연상이 떠오른다. 고대인들이 꿈꾸던 수호천사 말이다. 그들이 단지 꿈꾸고 있었을 뿐인 것들 중에서 얼마나 많은 것들이 우리 시대에 실현되었는가.

 내가 등 뒤의 수호천사를 지각했던 당시 나는 〈행복〉이라는 제목의 소네트를 음미하고 있었다. 그것은 아름다움과 사상의 깊이에 있어 보기 드문 작품이라고 말해도 틀리지 않을 것 같다. 처음 4행은 이렇다.

> 영원한 애인 2×2
> 정열로 영원히 결합된 4
> 이 세상에서 가장 열렬한 연인들 ─
> 절대로 떨어지지 않는 2×2

 남은 부분도 모조리 구구단의 현명하고 영원한 행복에 관한 것이다.

 모든 진정한 시인은 불가피하게 콜럼버스다. 콤럼버스 이전에도 아메리카는 수세기 동안 존재했다. 그러나 그것을 발견할 수 있었던 인물은 오로지 콜럼버스뿐이었다. 구구단은 R-13 이전에도 수세기 동안 존재해 왔다. 그러나 숫자의 처녀림에서 신엘도라도를 발견한 인물은 R뿐이다. 사실, 이 기적 같은 세계의 행복보다 더 현명하고 티 없는 행복이 어디 있겠는가. 강철은 녹이 슨다. 고대의 신은 고대의 인간, 실수를 범하는 인간을 창조했다. 그것이 신의 실수였다. 구구단은 고대의 신보다 더 현명하고 더 절대적이다. 그것은 절대로 — 알겠는가, 절대로 — 실수하지 않는다. 구구단의 엄격하고 영원한 법칙을 따라서 사는 번호보다 더 행복한 번호는 없다. 망설일 것도 오해할 것도 없다. 진리는 하나, 진리의 길도 하나니까. 진리 — 2×2, 진리의 길 — 4. 만일 이 행복하고 이상적으로 곱셈이 된 그들이 그 무슨 자유에 대해, 즉 명백한 실수에 대해 생각하기 시작한다면 정말로 부조리하지 않겠는가? 내게 공리처럼 명백한 것은 R-13이 가장 근본적인 것을 파악할 수 있었다는 것이다. 가장······.

그 순간 나는 또다시 — 처음에는 뒤통수에, 그다음에는 왼쪽 귀에 — 수호천사의 따뜻하고 부드러운 숨결을 느꼈다. 그는 내가 이미 무릎 위에 둔 책을 덮고 생각을 어디 먼 데에 두고 있음을 눈치 챈 모양이었다. 그때 나는 내 뇌수라도 펼쳐 보일 준비가 되어 있었다. 그것은 너무도 평화롭고 기쁨에 찬 느낌이었다. 기억하건대 나는 뒤를 돌아보기까지 했다. 나는 집요하게 묻는 듯한 시선을 그의 눈에 던졌으나 그는 이해하지 못했다. 아니면 이해하기 싫었는지도 모른다. 그는 내게 아무것도 묻지 않았다. 미지의 독자여, 내게 남은 단 한 가지 일은 당신들에게 모든 걸 다 말하는 것이다(당신들은 나에게 아까 그 순간의 수호천사만큼이나 소중하고 가까우며 또한 닿을 수가 없다).

내 사고의 노정은 이러했다. 즉 부분에서 전체로. 부분 —

R-13. 장엄한 전체 — 우리의 〈국가 시인 및 작가 연구소〉. 나는 생각했다. 어떻게 고대인들은 자신들의 문학과 시의 어리석음을 눈치 채지 못했을까? 예술 언어의 가장 웅대하고 화려한 힘이 완전히 헛되게 낭비되었다. 작가가 자신에게 떠오르는 것을 썼다는 것은 그저 우스울 뿐이다. 그 못지않게 우스꽝스럽고 어리석은 점은 다음과 같다. 고대인들에게 바다는 24시간 내내 우둔하게 해변에서 부서졌고 파도에 포함된 수백만 킬로그램미터의 에너지는 연인들의 감정을 뜨겁게 하는 데 낭비되었다. 우리는 파도의 사랑스러운 속삭임에서 전력을 얻어냈다. 그리고 맹렬하게 거품을 무는 야수를 가축으로 만들었다. 그와 똑같은 방식으로 과거의 야만적인 시의 요소를 우리는 길들이고 복종시켰다. 이제 시란 더 이상 파렴치한 나이팅게일의 휘파람 소리가 아니다. 시란 국가에 대한 봉사다. 시란 유용물이다.

우리의 유명한 〈수학 찬가〉. 그것이 없었다면 우리는 학교에서 그토록 진심으로, 그토록 다정하게 산술의 4법칙을 사랑할 수 없었을 것이다. 그리고 고전적인 이미지 〈가시〉. 보안요원은 장미의 가시다. 국가라고 하는 섬세한 꽃을 거친 손길로 보호해 주는 가시다……. 다음의 노래를 기도처럼 암송하는 순진무구한 어린이의 입을 보고 그 누구의 목석 같은 심장이 감동받지 않을 수 있을까. 〈못된 사내아이가 손으로 장미를 잡았다. 그러나 강철의 가시가 바늘처럼 찔렀다. 개구쟁이는 울면서 집으로 도망친다.〉 기타 등등. 그리고 〈은혜로운 분께 바치는 매일 송가〉는 어떤가. 그것을 읽은 뒤 그 누가 저 〈번호 중의 번호〉의 헌신적 업적 앞에 경건하게 무릎 꿇지 않을 수 있을까? 그리고 저 끔찍하게 붉은 〈판

결의 꽃〉? 〈작업에 늦은 자〉의 영원한 비극? 상비용 시집 『성(性)의학』?

생 전체가 그것이 지닌 모든 복잡성과 아름다움 속에서 영원히 단어의 황금 속으로 끼워졌다.

우리 시인들은 더 이상 공상에 빠지지 않는다. 그들은 지상으로 내려왔다. 그들은 우리와 함께 음악 제작소에서 흘러나오는 엄격하고 기계적인 행진곡에 발맞추어 걷는다. 그들의 수금(竪琴)은 아침마다 들리는 전기 칫솔의 움직임 소리다. 〈은혜로운 분〉의 처형 기계에서 튀는 불꽃의 뇌우 같은 빠지직 소리며, 단일제국 찬가의 장엄한 메아리며 수정처럼 빛나는 변기의 낯익은 종소리다. 내려가는 커튼의 자극적인 사각사각 소리, 최신판 요리책의 즐거운 목소리, 가두 녹음 피막의 가느다란 속삭임들이다.

우리의 신은 여기, 낮은 곳에, 우리와 함께 있다. 보안국에, 취사장에, 작업장에, 화장실에 있다. 신은 우리처럼 되었다. 그러므로*ergo* 우리는 신처럼 되었다. 그리고 우리는 당신들, 미지의 행성인 독자들에게 갈 것이다. 당신들의 삶을 우리의 삶처럼 신적으로, 이성적으로 정확하게 만들어 주기 위해…….

열세 번째 기록

개요: 안개. 그대. 전적으로 어리석은 사건.

새벽에 잠에서 깨었다. 눈에 비친 것은 장밋빛의 견고한 창공. 모든 것이 멋지고 둥그렇다. 저녁에 O가 올 것이다. 나는 의심의 여지없이 건강하다. 미소를 짓고 다시 잠들었다.

아침 종. 일어나다. 주위는 완전히 변해 있다. 천장과 벽 유리를 통해 사방 천지에 보이는 것은 안개뿐이다. 미치광이 같은 구름이 더욱 두텁게, 더욱 가볍게, 그러다가 더욱 가깝게 보인다. 이미 하늘과 땅의 경계는 사라지고 모든 것이 둥둥 떠 있고, 녹아내리고, 낙하한다. 붙잡을 것이라곤 아무것도 없다. 건물들도 더 이상 안 보인다. 유리 벽들은 물속에 잠긴 소금 결정체처럼 안개 속에 용해되었다. 보도에서 바라보면 건물 내부에 있는 인간들의 어두운 형상이 유해한 우윳빛 용액 속에 걸려 있는 듯하다. 낮게 혹은 높게 걸려 있다. 그리고 조금 더 높은 곳, 10층에 걸려 있다. 모든 것이 연기에 휩싸인다. 어쩌면 소리 없는 불이 맹렬히 타오르고 있는지도 모른다.

정확하게 11시 45분에 나는 일부러 시계를 보았다. 숫자를 잡기 위해, 적어도 숫자를 구하기 위해.

11시 45분, 시간 율법표에 따라 제정된 일상의 육체노동 수업에 가기 전에 내 방에 잠시 올라갔다. 갑자기 전화벨이 울렸다. 목소리. 심장으로 기다란 바늘이 서서히 쑤시고 들어왔다.

「아, 집에 계시는군요? 다행이네요. 모퉁이에서 절 기다리세요. 우리는…… 어디로 가는지는 만나면 알 거예요.」

「당신은 내가 지금 작업에 나가야 한다는 것을 잘 알고 있습니다.」

「당신은 자신이 내가 시키는 대로 하리라는 것을 잘 알고 있지요. 안녕. 2분 뒤에……」

2분 뒤에 나는 모퉁이에 서 있었다. 단일제국이 나를 조종하는 것이지, 그녀가 나를 조종하는 것이 아님을 보여 줄 필요가 있었다. 〈내가 시키는 대로……〉 목소리로 미루어 그녀는 확신하고 있다. 흠, 이제 그녀와 얘기를 좀 해야겠다. 진정한…….

회색 안개로 짜여진 것 같은 회색 제복들이 내 곁에 성급하게 나타났다가 순식간에 안개 속으로 용해되었다. 나는 시계에서 시선을 뗄 수가 없었다. 나는 예리하고 전율하는 초침이었다. 8분, 10분…… 3분 전, 2분 전 12시…….

물론 이미 작업에 늦었다. 나는 얼마나 그녀를 혐오하는가. 그러나 그녀에게 보여 줄 필요가 있었다…….

길모퉁이. 회색 안개 속에 보이는 피 — 칼로 난 예리한 상처 — 입술.

「제가 기다리게 한 것 같군요. 하지만 상관없죠. 어차피 이제 당신은 지각이니까.」

나는 얼마나 저 여자를……. 그러나 맞다. 이미 늦었다.

나는 묵묵히 그녀의 입술을 보았다. 모든 여성들은 입술이다. 다만 입술일 뿐이다. 어떤 것은 장밋빛의 탄력 있게 둥근 입술. 어떤 것은 고리형. 세계로부터 차단시켜 주는 부드러운 울타리. 그러나 저 입술은. 1초 전만 해도 그것은 없었다. 그런데 이제 갑자기 칼로 베어 낸 듯한, 심지어 감미로운 핏방울이 떨어지는 듯한 입술이 나타났다.

그녀는 가까이 다가와 내 어깨에 기댔다. 그리고 우리는 하나가 되었다. 무엇인가가 그녀에게서 내게로 흘러 들어온다. 그리고 나는 그래야만 한다고 생각한다. 신경 하나하나, 머리카락 하나하나, 심장의 고통스럽도록 달콤한 박동 하나하나가 그것을 알려 준다. 그리고 그것에 복종한다는 것은 얼마나 큰 희열인가. 어쩌면 쇳조각 하나라도 자석에 달라붙을 때 그러한 희열에 차서 저 불가피하고 정확한 법칙에 복종할 것이다. 위로 던져진 돌멩이가 잠시 머뭇거리다가 다시 아래로 곤두박질치며 떨어질 때도, 그리고 임종의 고통 후 마지막 숨을 내쉬고 죽은 인간에게도 같은 희열이 있을 것이다.

기억하건대, 나는 망연자실한 미소를 지었다. 그리고 아무 까닭 없이 이렇게 말했다.

「안개…… 몹시.」

「그대는 안개를 사랑하나요?」

이 고대의 단어, 오래전에 망각한 단어 〈그대〉, 노예에 대한 주인의 〈그대〉가 날카롭게, 천천히 내 안으로 들어왔다. 그래, 나는 노예다. 그것은 필요한 일이며, 또한 훌륭한 일이다.

「그래, 좋아해…….」

나는 큰 소리로 자신에게 말했다. 그러나 그녀에게는 이렇게 말했다.

「나는 안개를 증오해요. 나는 안개를 두려워해요.」

「그것은 즉 사랑한다는 얘기죠. 그대는 안개가 자신보다 강력하기에 두려워해요. 그리고 두려워하기 때문에 증오하지요. 또 정복할 수 없기에 사랑하지요. 사실상 우리는 정복할 수 없는 것만을 사랑할 수 있죠.」

그래, 맞다. 바로 그렇기 때문에, 바로 그렇기 때문에 나는……

우리는 단둘이 하나처럼 걸었다. 어딘가 멀리서, 안개 저편에서 태양이 조용히 노래했다. 모든 것은 탄력 있는 자줏빛, 황금빛, 장밋빛, 붉은빛으로 충만해졌다. 세계는 그 전체가 하나의 무한한 여성이다. 그리고 우리는 그녀의 자궁 안에 있다. 우리는 아직 태어나지 않은 채 즐겁게 성숙하고 있다. 분명한 것은, 파괴될 수 없을 정도로 분명한 것은 내게는 모든 것이 태양이며, 안개며, 장밋빛, 황금빛이라는 점이다. 나에게는…….

나는 우리가 어디로 가고 있는지 묻지 않았다. 아무래도 상관없다. 그저 걸어가는 것, 걸어가며 성숙하는 것, 더욱더 탄력 있게 충만되는 것, 그것이면 족하다.

「자, 여기.」 I는 문 앞에 멈추어 섰다. 「오늘은 그 사람 혼자 당번이에요……. 그이에 대해 말했죠. 〈고대관〉에서 말이에요.」

나는 내 안에서 성숙해 가는 것을 조심스럽게 보존하며 멀리서 눈으로만 간판을 읽었다. 〈의료국〉, 완전히 이해가 갔다.

황금빛 안개로 가득 찬 유리의 방. 천연색 병과 통들이 진열된 유리 천장. 전선, 파이프에서 일어나는 푸르스름한 불꽃.

그리고 어떤 여위어 빠진 인물. 그의 몸은 마치 종이에서 오려 낸 것 같았다. 그가 어느 쪽으로 몸을 돌리건 마찬가지였다. 왜냐하면 예리하게 다듬어진 옆모습만이 보였으니까. 칼날같이 빛나는 코, 가위 같은 입술.

나는 I가 그에게 무슨 말을 했는지 듣지 못했다. 그녀가 이야기하는 것을 보면서 나 자신이 걷잡을 수 없이 행복하게 미소 짓고 있음을 느꼈다. 가위 입술이 예리하게 번득였다. 의사가 말했다.

「그래요, 그래, 이해합니다. 가장 위험한 병이죠. 그보다 더 위험한 병은 없을 정도죠……」

그는 웃었다. 그리고 종잇장같이 얄팍한 손으로 무언가를 써서 I에게 주었다. 그리고 내게도 무언가를 써서 주었다.

그것은 우리가 아프기 때문에 작업할 수 없음을 증명해 주는 진단서였다. 나는 단일제국에서 나의 일을 훔쳤다. 나는 도둑놈이다. 나는 〈은혜로운 분〉의 처형 기계 밑으로 들어가야 한다. 그러나 이 같은 생각은 마치 책 속의 것인 양 내게 소원하고 무관했다……. 나는 1초의 망설임도 없이 종잇장을 집었다. 나 — 나의 눈, 입, 손, 내 전체는 그것이 마땅한 일임을 알고 있었다.

길모퉁이의 반쯤 빈 차고에서 우리는 아에로를 집어탔다. 저번 날처럼 I가 역시 운전대에 앉았다. 시동기를 〈전진〉 표시로 움직였다. 우리는 대지에서 분리되어 공기 속을 항해했다. 우리 뒤에 모든 것이 있었다. 장밋빛과 황금빛 안개, 태양. 칼날같이 여윈 의사의 옆모습. 갑자기 그가 사랑스럽고 친근해 보였다. 이전에는 모든 것이 태양을 중심으로 돌고 있었다. 그러나 이제 나는 모든 것의 중심이 나임을 알고 있었다. 서서히, 희열에 차서, 눈을 반쯤 감고…….

고대관 입구의 노파. 광선 같은 주름살이 파인 쪼그라지고 사랑스러운 입. 아마도 그동안 쭉 쪼그라 붙어 있다가 지금에야 비로소 열렸을 것이다. 그것은 미소를 띠었다.

「아, 이 말썽쟁이! 너는 다른 모든 번호들처럼 일하는 것을……. 하지만 좋아. 아무려면! 무슨 일이 생기면 뛰어가 알려 주겠어…….」

무겁고 불투명하고 삐꺼덕거리는 문이 닫혔다. 그와 동시에 나의 심장은 고통스럽도록 넓게 열렸다. 점점 더 넓게, 활짝. 그녀의 입술 — 나의 입술. 나는 계속해서 빨아들였다. 그녀에게서 떨어져 나와 나를 향해 크게 뜬 그녀의 눈을 묵묵히 바라보았다. 그리고 또다시…….

어둠이 반쯤 드리운 방. 푸른빛. 사프란의 노란색. 어두운 녹색의 모로코 가죽. 부처의 황금빛 미소. 번쩍이는 거울. 내가 일전에 꾸었던 꿈이 이제야 이해가 된다. 모든 것은 황금빛과 장밋빛 액체로 가득 차 있다. 이제 그것은 그릇에서 넘쳐 나와 솟구칠 것이다.

모든 것은 성숙해졌다. 나는 필연적으로 자석에 달라붙은 쇳조각처럼, 정확한 불변의 법칙에 대한 감미로운 복종심으로 그녀 속으로 파고 들어갔다. 장밋빛 감찰도, 시간 계산도, 단일제국도, 나 자신도 없었다. 존재하는 것은 다만 달콤하고 예리하게 악문 이빨. 나를 향해 크게 뜬 황금빛 눈. 그리고 나는 그 눈을 통과하여 서서히 안으로 들어갔다. 점점 더 깊게. 그리고 정적. 다만 구석의 세면대에서(수천 미터 저쪽인 듯 여겨지지만) 물이 똑똑 떨어지는 소리. 나는 우주다. 그리고 물방울에서 물방울 사이의 시간은 수세기, 수시대다.

제복을 입고 나는 I에게 몸을 굽혔다. 그리고 두 눈으로 그녀를 내 안으로 빨아들였다. 마지막으로.

「알고 있었어요. 나는 그대를 알고 있었어요……」

I가 말했다. 몹시 조용하게. 그녀는 재빨리 일어나 제복을 입고 늘 그렇듯이 그 물어뜯는 듯한 예리한 미소를 지었다.

「자, 타락한 천사여. 이제 당신은 파멸했어요. 두렵지 않으세요? 자, 그럼 안녕! 혼자서 돌아가세요. 네?」

그녀는 옷장의 벽으로 박아 넣은 거울 문을 열었다. 그리고 어깨 너머로 나를 바라보며 기다렸다. 나는 〈순순히!〉 나갔다. 그러나 문지방을 넘자마자 불현듯 그녀와 어깨를 밀착하고 싶다는 생각이 들었다. 그저 1초 동안만이라도 어깨로. 더 이상은 원치 않았다.

나는 그 방으로 되돌아갔다. 그녀는 아마 아직도 거울 앞에 서서 제복 단추를 채우고 있을 거라고 생각했다. 나는 뛰어 들어가 우뚝 섰다. 옷장 문의 열쇠에 달린 구식 고리가 아직도 흔들리는 것을 분명히 보았다. 그러나 그녀는 없었다. 사라질 만한 곳이 없었다. 방의 출구는 단 하나였으니까. 그러나 아무튼 그녀는 없었다. 나는 샅샅이 뒤져 보았다. 심지어 옷장을, 그 안에 있는 조잡한 고대의 의상들을 더듬어 보기까지 했다. 그러나 아무도 없었다.

행성에 사는 나의 독자여, 당신들에게 전적으로 믿을 수 없는 이 사건에 관해 이야기한다는 것이 어쩐지 꺼림칙하다. 그러나 이 모든 일이 사실이라면 어떻게 하겠는가. 그리고 사실 오늘은 아침부터 계속 믿을 수 없는 일들이 일어났다. 이 모든 것은 고대의 질병인 몽환과 유사한 것이 아닐까? 만일 그렇다면 아무래도 상관없다. 어리석은 일이 하나 더 많건 적건 상관없다. 더구나 나는 조만간에 이 모든 난센스들을 일종의 삼단논법으로 결론지을 것임을 확신한다. 이 점이 나를 위로해 준다. 당신들도 이 점에서 위안을 찾기 바란다.
 ……나는 얼마나 충만한가! 당신들이 내가 얼마나 충만한지 알 수 있다면!

열네 번째 기록

개요: 〈나의〉. 안 돼. 차가운 바닥.

 어제 일에 관한 것이 아직 더 있다. 취침 전의 개인 시간 동안 바빴으므로 다 기록할 수가 없었다. 그러나 그 모든 것은 마치 내 안에 새겨져 있는 것 같다. 그리고 어쩐지 견딜 수 없이 차가운 바닥이 유별나게 기억에 남는다. 틀림없이 영원히 그럴 것이다…….

 저녁 때 O가 오기로 되어 있었다. 그녀에게 할당된 날이었다. 나는 커튼을 내릴 권리를 취득하기 위해 당직원에게 내려갔다.

 「무슨 일이 있습니까. 오늘 선생님은 어쩐지…….」

 당직원이 물었다.

 「저는…… 아픕니다.」

 사실 그건 맞는 말이었다. 나는 물론 아프다. 그 순간 나는 진단서 생각이 났다. 그래서 주머니를 뒤졌다. 부스럭 소리가 났다. 그러니까 즉 모든 게, 모든 게 실제로 일어났다는 얘기다…….

 나는 당직원에게 그 서류를 내밀었다. 두 뺨이 달아오름을 느꼈다. 시선을 주지 않고도 당직원이 놀라서 나를 바라보고 있는 걸 알았다.

21시 30분. 내 방의 왼쪽 방에서 커튼이 내려갔다. 오른쪽 방에는 이웃의 모습이 보인다. 그는 책을 읽고 있다. 마디마디 툭 불거진 대머리. 그의 이마는 거대한 포물선 같다. 나는 고통스럽게 방 안을 왔다 갔다 한다. 그런 일이 일어났는데 어떻게 그녀, 즉 O와 관계를 가질 수 있겠는가? 오른쪽에서 나를 향한 시선을 느낀다. 이마에 난 주름살이 선명하게 보인다. 판독 불가능한 일련의 노란색 시행처럼. 그리고 어쩐지 그 시행들의 내용은 나에 관한 것이란 생각이 든다.

22시 15분 전. 기쁨에 찬 장미색 회오리바람이 내 방에서 분다. 장밋빛 두 팔이 튼튼한 고리처럼 내 목 주위를 감는다. 그러나 고리가 점점 느슨해지고 풀어지고 있음을 느낀다. 두 팔이 아래로 내려갔다…….

「당신 달라졌어요. 당신은 이전의 당신이 아니에요. 나의 당신이 아니에요!」

「〈나의〉라니! 그 무슨 야만스러운 용어입니까. 나는 한 번도 누구에게 소유당한 적이 없어요…….」

나는 말문이 막혔다. 그렇다. 확실히 전에는 그런 적이 없다. 그러나 지금은 어떤가……. 사실 나는 지금 우리의 이성적인 세계에서 살고 있는 게 아니다. 나는 유해한 고대의 세계에…… $\sqrt{-1}$의 세계에 살고 있다.

커튼이 내려온다. 내 이웃은 책상에서 바닥으로 책을 떨어뜨렸다. 그리고 내려오는 커튼과 바닥 사이의 마지막, 순간적인 좁은 틈새를 통해 노란 손이 책을 집는 게 보였다. 속으로 나는 생각했다. 전력을 다해 저 손을 잡을 수만 있다면…….

「오늘 산책 도중에 당신을 만나고 싶다는 생각이 들었어요. 할 말이 많아요. 당신께 하고 싶은 말이 얼마나 많은지 몰라요……」

사랑스러운 O, 가엾은 O! 장밋빛 입. 양 귀퉁이가 아래로 처진 장밋빛 초승달. 그러나 일어났던 일을 그녀에게 모조리 말할 수 없다. 그녀를 내 범죄의 공범자로 만들지 않기 위해서라도. 그녀에게 보안국으로 갈 여력이 없음을 나는 안다. 따라서…….

O는 누웠다. 나는 천천히 그녀에게 키스했다. 순진하고 포동포동한 손목의 주름에 키스했다. 푸른 눈은 감겼다. 장밋빛 초승달은 서서히 꽃봉오리가 피듯 열렸다. 나는 그녀의 온몸에 키스했다.

불현듯 모든 것이 얼마나 황폐해지고 약해졌는지를 느꼈다. 할 수가 없다. 해선 안 된다. 해야만 한다. 그러나 안 된다. 내 입술은 곧바로 차가워졌다…….

장밋빛 초승달이 파르르 떨었고, 어두워졌고, 오그라들었다. O는 시트로 몸을 감쌌다. 그리고 얼굴을 베개에 파묻었다.

나는 침대 옆 바닥에 앉았다. 얼마나 절망적으로 차가운 바닥이었던가. 나는 묵묵히 앉아 있었다. 고통스러운 한기가 바닥에서 점점 위로 올라왔다. 어쩌면 저 푸른 벙어리 같은 행성 간의 공간에도 이것과 똑같이 묵묵한 한기가 있을 것이다.

「이해해 줘요. 그럴 생각은 없었어…….」

나는 말을 더듬었다……. 나는 있는 힘을 다해…….

사실이다. 나, 진짜 나는 그럴 생각이 아니었다. 그러나 어쨌든 그녀에게 무슨 말로 설명할 수 있었겠는가. 쇳조각이 원하건 말건 자석의 법칙은 불가항력적이고 정확하다는 것을 그녀에게 어떻게 설명하겠는가.

O는 베개에서 얼굴을 들고 눈을 감은 채 말했다.

「저리 가세요.」

그러나 눈물 때문에 그녀의 말은 〈더리 가세요〉처럼 들렸다. 이 사소하고 무의미한 일이 내 가슴속에 어쩐지 깊이 새겨져 버렸다.

나는 온몸이 한기에 젖어 감각을 잃은 채 복도로 나갔다. 유리 너머에는 분간할 수 없을 정도로 엷은 안개 연기. 그러나 밤이 되면 안개는 다시 하강하여 모든 것을 덮어 버릴 것이다. 밤이 되면 무슨 일이 일어날 것인가?

O는 묵묵히 내 옆을 지나 엘리베이터 쪽으로 미끄러져 갔다. 문소리가 쾅 하고 났다.

「잠깐 기다려요.」

나는 소리쳤다. 두려워졌다.

그러나 엘리베이터는 이미 소리를 내며 아래로, 아래로, 아래로 내려갔다……

그녀는 내게서 R를 빼앗아 갔다.

그녀는 내게서 O를 빼앗아 갔다.

그러나 그럼에도, 그럼에도……

열다섯 번째 기록

개요: 종. 유리 바다. 나는 영원히 불타야 한다.

인쩨그랄이 건설되고 있는 조선소에 들어가자 부기사와 마주쳤다. 그의 얼굴은 언제나처럼 둥글고 흰 도기 같았다. 접시 같았다. 그가 말할 때는 마치 접시에다가 뭔가 무지무지하게 맛있는 음식을 담아 대접하는 듯하다.

「당신은 병에 걸려 좋았겠지만 어제 당신이 없는 사이에, 지휘자가 없는 사이에 뭐라고 할까, 사고가 터졌습니다.」

「사고요?」

「네! 종이 울렸고 우리는 작업을 마쳤습니다. 그래서 모두들 조선소에서 나가기 시작했습니다. 상상도 못할 일이지만 퇴근하던 노동자가 번호 없는 인간 하나를 붙잡았습니다. 곧 수술국으로 데려갔습니다. 거기서 그가 어떻게 왜 그렇게 되었나 등등을 알아낼 것입니다.」 미소 — 맛있는 음식.

수술국에서는 우리의 가장 숙련된 의사들이 〈은혜로운 분〉의 지도 아래 일한다. 거기에는 여러 가지 기구가 있다. 그중 주된 것은 저 유명한 가스종이다. 그것은 옛날 초등학교 때 했던 실험과 같다. 즉 유리 뚜껑 밑에 생쥐를 집어넣는다. 공기 펌프로 뚜껑 속의 공기가 점점 희박해지도록 한다.

기타 등등. 그러나 물론 가스종은 여러 가지 종류의 가스를 사용하는 훨씬 완벽한 기구다. 따라서 당연한 일이겠지만, 그건 이미 조그만 무방비 상태의 짐승에 대한 희롱이 아니다. 거기에는 숭고한 목표가 있다. 단일제국의 보안을 위한, 다시 말해, 수백만의 행복을 위한 과업이 그것이다. 수술국의 작업이 순조롭게 진행 중이던 약 5세기 전경에 수술국을 고대의 종교 재판과 비교한 멍청이들이 있었다. 그러나 그것은 기관 절개 수술을 시행하는 의사와 노상강도를 비교하는 것처럼 어리석은 일이다. 양자 모두 손에 같은 나이프를 쥐고 있을지 모른다. 그리고 양자 모두 같은 일을 한다. 살아 있는 인간의 모가지를 자른다. 그러나 하나는 은혜로운 사람이고 다른 하나는 범인이다. 하나는 +마크로 표시되지만 다른 하나는 −마크로 표시된다.

이 모든 것은 지나치게 명백하다. 논리의 기계가 한 번 회전하기만 하면 1초 안에 이 모든 것이 명백해진다. 그리고 그 기계의 톱니는 당장에 저 마이너스 마크를 낚아챈다. 그러나 그 위에는 또 다른 문제가 있다. 옷장의 고리는 아직도 흔들거리고 있었다. 문이 바로 조금 전에 쾅 닫힌 것이었다. 그러나 그녀, I는 없었다. 사라졌다. 논리의 기계는 그것을 도저히 해결할 수 없었다. 꿈이었을까? 그러나 나는 지금도 여전히 내 오른쪽 어깨에 이해할 수 없는 달콤한 통증을 느낀다. 내 오른쪽 어깨에 기댄 I. 나와 함께 안개 속에 있는 그대. 「〈그대는 안개를 사랑하나요?〉 그래요. 안개를 사랑해요······. 모든 걸 사랑해요. 모든 것이 — 탄력 있고, 새롭고, 경이롭고, 모든 것이 훌륭합니다······.」

「모든 것이 훌륭합니다······.」

나는 큰 소리로 말했다.

「훌륭하다니요.」

도자기 같은 눈이 휘둥그레졌다.

「훌륭할 게 뭐가 있단 말씀입니까? 만일 한 명의 번호 없는 인간이 숨어들 수 있었다면 그건 바로 그자들이 사방에, 천지에, 언제나 있다는 얘기입니다. 그자들은 여기 있어요. 그자들은 인쩨그랄 근처에도 있고, 또…….」

「네, 그런데 그자들이란 누굽니까?」

「그자들이 누구라는 걸 제가 어떻게 알겠습니까. 그러나 저는 그자들의 존재를 느낍니다. 이해하십니까? 언제나 그렇습니다.」

「참, 얘기 들었습니까? 환각을 제거하는 일종의 수술법을 발명했다던데요(실제로 나는, 일전에 그 비슷한 것에 대해 들었다).」

「네, 압니다. 그런데 그게 무슨 상관이 있습니까?」

「왜냐하면 내가 만일 당신 처지라면 나는 거기 가서 그 수술을 받게 해달라고 요청했을 테니까요.」

레몬 같은 시큼한 어떤 것이 접시 위에 선명하게 나타났다. 가엾은 인간. 자신에게 환각증이 있을지도 모른다는 완곡한 힌트가 그에게는 모욕적으로 느껴졌으리라……. 일주일 전이라면 나 역시 모욕감을 느꼈을 것이다. 그러나 지금은, 지금은 아니다. 왜냐하면 나에게도 그런 증상이 있음을, 나는 환자임을 알기 때문이다. 더더군다나 나는 병을 치유하고 싶지 않다. 나는 원치 않는다. 그뿐이다. 우리는 유리 계단을 통해 위로 올라갔다. 우리 아래에 있는 모든 것이 마치 손바닥에 놓인 듯이 보였다.

당신들이 누구건 간에 이 글을 읽는 당신들의 머리 위에는 태양이 빛난다. 당신들이 지금 내가 아픈 것처럼 언젠가 아파 본 경험이 있다면 당신들은 아침 태양이 어떤 것인지, 그것이 어떻게 보일 수 있는지 알 것이다. 장밋빛의 투명하고 따뜻한 황금 덩어리, 공기 자체도 연분홍빛이고 모든 것은 부드러운 태양의 피로 충만되어 있다. 모든 것이 살아 있다. 돌맹이는 살아 있고 부드럽다. 쇠는 살아 있고 따뜻하다. 사람들은 살아 있고 모두 미소 짓는다. 한 시간 후에는 모두 사라질지 모른다. 한 시간 후에는 장밋빛 피를 흘릴지도 모른다. 그러나 당분간은 살아 있다. 그리고 나는 인쩨그랄의 유리 체액 속에 맥박이 뛰고 무엇인가가 흐르고 있는 것을 바라본다. 인쩨그랄은 경이롭고 위대한 자신의 미래에 대해서 생각하고 있다. 창공으로, 저 위쪽으로, 영원히 추구하지만 결코 아무것도 찾지 못하는 당신들에게로 자신이 운반할 불가피한 행복의 무거운 짐에 대해서 생각하고 있다. 당신들은 찾을 것이다. 당신들은 행복할 것이다. 당신들은 행복해지도록 되어 있다. 그리고 이미 그때가 가까워지고 있다.

인쩨그랄의 동체는 거의 완성되었다. 황금처럼 영원하고 강철같이 유연한 우리들의 유리로 만들어진 이완되고 우아한 타원형. 안쪽에서 유리 동체에 횡단 갈빗대(늑재)와 종단 갈빗대(종재)가 단단히 조여져 있다. 선미에는 엄청난 로켓 원동기를 움직이기 위한 연료가 가득 채워져 있다. 3초마다 폭발하기로 되어 있다. 3초마다 강력한 인쩨그랄의 꼬리는 화염과 가스를 우주 공간으로 투하할 것이다. 그리고 전속력으로 날 것이다. 전속력으로 — 행복의 불꽃에 싸인 티무르……

아래쪽에서 사람들이 테일러의 법칙에 따라 하나의 거대한 기계 지렛대처럼 규칙적이고 신속하게, 박자에 맞추어 구부렸다 폈다 몸을 돌렸다 하는 것이 보였다. 그들의 손에서 파이프가 번쩍거렸다. 그들은 유리 벽과 가장자리와 선반과 즉재, 각재 등을 불로 자르고 땜질했다. 유리 궤도를 따라 투명한 유리 괴물, 크레인이 서서히 움직이고 있는 것도 보였다. 그들은 인간들과 똑같이 순종적으로 돌고 굽히고, 인쩨그랄의 뱃속으로 화물을 집어넣었다. 인간화한 기계와 기계화한 인간은 결국 동일한 것이다. 그것은 가장 고상하고 외경스러운 미였고, 조화였고, 음악이었다……. 지금 즉시, 아래로 가자. 저들에게로 그들과 함께!

나는 어깨를 나란히 한 채 그들 속으로 녹아들고 강철 같은 리듬에 사로잡힌다……. 규칙적인 운동, 홍조 띤 탄력 있고 동그란 빰. 생각의 광기로 흐려지지 않은 거울 같은 이마. 나는 거울의 바다를 항해한다. 둥둥 떠다닌다. 휴식을 취한다.

갑자기 누군가가 평화롭게 내게 몸을 돌렸다.

「어떠세요? 오늘은 좀 나으세요?」

「낫다니요?」

「아, 네, 어제 안 나오셨지 않습니까. 그래서 우리는 선생님이 뭔가 위험한 병에 걸렸다고 생각했죠…….」

이마가 빛난다. 어린애처럼 순진한 미소.

피가 얼굴로 솟구쳤다. 나는 그 눈동자를 향해 거짓말을 할 수가 없었다. 입을 다물었다. 그리고 밑으로 가라앉았다…….

위쪽 승강구에 도자기 얼굴이 동그란 백색 물체처럼 빛나며 나타났다.

「이보세요, D-503! 이리 좀 오세요! 받침대가 달린 지독

한 틀이 생겼어요. 그리고 중심 모멘트가 평방 외력을 가하고 있어요.」

그의 말이 채 끝나기도 전에 나는 황급히 뛰어 올라갔다. 수치스러운 일이지만, 나는 뛰어가면서 구원되었다. 눈을 뜰 기력이 없었다. 발밑의 번쩍거리는 유리 계단 때문에 눈을 뜰 수 없었고 계단을 하나하나 올라가면서 점점 더 절망에 빠졌다. 나, 중독된 죄인인 내가 설 땅은 이곳에 없다. 이제 나는 다시는 저 정확한 기계의 리듬에 섞일 수 없을 것이다. 저 거울 같은 순진무구한 바다 위를 떠다닐 수 없을 것이다. 나는 영원히 불타야 한다. 몸부림쳐야 한다. 눈을 숨길 만한 구석을 찾아야 한다. 이 상태를 극복할 힘을 마침내 되찾기 전에는 영원히······.

속속들이 꿰뚫고 들어오는 얼음 같은 불꽃. 나는 그렇다 치자. 아무래도 좋다. 그러나 그녀에 관해서도 반드시, 그리고 그녀 역시······.

나는 승강구에서 갑판으로 엉금엉금 기어갔다. 그리고 우뚝 섰다. 이제 어디로 가야 하는가. 나는 왜 이곳으로 왔는가. 위를 쳐다보았다. 대낮의 기진맥진한 태양이 침침하게 떠 있었다. 아래쪽에는 회색 유리의 죽은 인쩨그랄이 있었다. 분홍빛 피가 거기에서 흘러나왔다. 이 모든 것은 순전히 환각이며, 모든 게 전과 같다는 사실은 분명했다. 그러나 또 동시에 분명한 것은······.

「어쩐 일이세요, 503. 귀가 먹었습니까? 아무리 불러도······ 무슨 일입니까?」

바로 내 귀 뒤에서 부기사가 소리쳤다. 벌써 오랫동안 소리치고 있었나 보다.

어찌된 일일까? 나는 키를 잃었다. 모터는 전력을 다해 웡 웡거리고 아에로는 요동치며 돌진한다. 그러나 핸들이 없다. 나는 내가 어디를 향해 돌진하고 있는지 모른다. 아래로, 땅으로 아니면 위로, 태양으로, 불길 속으로……

열여섯 번째 기록

개요: 노란색. 이차원의 그림자. 치유될 수 없는 영혼.

며칠 동안 나는 쓰지 않았다. 며칠인지 모른다. 매일매일이 똑같기 때문이다. 매일매일이 똑같은 노란색이기 때문이다. 건조한 백열의 모래. 그림자 한 점, 물 한 방울 없다. 그저 끝없이 노란 모래. 나는 그녀 없이 살 수 없다. 그러나 그녀는 그때 고대관에서 불가사의한 방법으로 사라진 이래······.

그 이후에 나는 그녀를 단 한 번 산책 도중에 보았을 뿐이다. 이틀, 사흘, 아니면 나흘 전에. 잘 모르겠다. 매일매일이 똑같으므로. 그녀는 어렴풋이 나타났다. 순간적으로 황색의 공허한 세계는 충만해졌다. 그녀와 손을 잡고 있던 인물은 키가 그녀의 어깨까지밖에 안 오는 두 번 구부러진 S, 그리고 얇은 종잇장 같은 의사였다. 그리고 누군가 네 번째 인물, 그의 손가락만이 기억에 남는다. 그의 손가락들은 제복 소매 밖으로 광선 다발처럼 뻗어 있었다. 비정상적으로 가늘고 희고 기다란 손가락이었다. I는 내 쪽을 향해 손을 흔들었다. 그리고 옆 사람의 고개 너머로 그 광선형 손가락을 한 인물에게 몸을 굽혔다. 인쩨그랄이라는 말이 들렸다. 네 사람 모두 나를 돌아보았다. 그러고 나서 그들은 청회색 하늘 속에서 사라져 버렸다. 그리고 또다시 메마른 황색 여정이 내 앞에 펼쳐졌다.

그날 저녁은 그녀의 장밋빛 감찰이 내게 배당된 날이었다. 나는 번호 지시 장치 앞에 서 있었다. 그리고 다정함과 질투로 가득 찬 나는 그것이 소리 내기를 기도하고 있었다. 흰색 단면에 곧 I-330이란 숫자가 나타나길 고대하면서. 문소리가 쾅 났다. 엘리베이터에서 창백한 인간, 키 큰 인간, 분홍색 인간, 거무스름한 인간 등 각종 인간들이 나왔다. 사방에서 커튼이 내려졌다. 그러나 그녀는 없었다. 그녀는 오지 않았다.

어쩌면 내가 이것을 쓰고 있는 이 순간, 22시 정각에 그녀는 눈을 내리깔고 누군가에게 똑같이 어깨를 기대고 똑같이 말하고 있는지도 모른다. 〈그대는 사랑하나요?〉 누구에게일까? 그자는 누구일까? 광선형 손가락? 통통한 입술로 침방울을 튀기는 R, 아니면 S?

S…… 어찌하여 늘 그의 평평한, 마치 웅덩이 속을 걷는 듯한 저벅저벅하는 발소리가 내 뒤를 쫓는 것처럼 들릴까? 어째서 그는 날마다 내 뒤에 있는 걸까? 마치 그림자처럼 내 앞에, 내 옆에, 내 뒤에 청회색을 띠는 이차원의 그림자가 어른거린다. 그것을 넘어가기도 하고 밟기도 하지만 여전히, 변함없이, 여기 내 옆에 있다. 보이지 않는 탯줄로 나에게 연결된 듯하다. 어쩌면 그 탯줄이란 그녀, 즉 I가 아닐까? 모르겠다. 어쩌면 보안요원들은 이미 알고 있는지도 모른다. 내가…….

만일 누군가가 당신들에게 당신들의 그림자가 당신들을 보고 있다고 말해 준다면 어떨까? 항상 보고 있다고 말이다.

알겠는가? 당신들에겐 갑자기 기묘한 느낌이 일어날 거다. 자기의 팔이 남의 팔처럼 거추장스럽게 느껴질 것이다. 내 느낌이 바로 그렇다. 발걸음은 박자가 맞지 않으며, 팔은 어리석게 흔들린다. 아니면 주위를 꼭 둘러봐야만 하는데 그럴 수 없는 상태와 비슷하다. 목이 사슬로 결박당해 있다. 나는 달린다. 더욱더 빨리 달린다. 그러나 내 뒤에는 나보다 더 빨리 달리는 그림자. 그놈한테서 도망칠 수가 없다. 절대로······.

나는 내 방에 있다. 결국 혼자다. 그러나 혼자가 아니다. 전화가 있지 않은가. 또다시 전화기를 든다.

「네, 말씀하세요. I-330입니다.」

수화기를 통해 들리는 가벼운 소음. 누군가의 발소리가 낭하에서, 그리고 그녀의 방문을 지나 가까워진다. 그리고 정적······. 나는 수화기를 던진다. 참을 수 없다. 더 이상. 가자. 그곳으로, 그녀에게로.

이 일은 어제 일어났던 일이다. 나는 그곳으로 달려갔다. 16시부터 17시까지 한 시간 동안 꼬박 그녀가 사는 건물 주위를 배회했다. 대오를 지은 번호들이 내 곁을 지나갔다. 수천의 다리가 박자에 맞추어 사방으로 흩어져 갔다. 백만 개의 다리가 달린 거대한 해수처럼 내 옆을 흔들거리며 흘러갔다. 그러나 난 혼자였다. 난 파도에 떠밀려 무인도로 내팽개쳐진 인간이었다. 나는 찾고 있었다. 청회색의 파도 속에서 누군가를 찾고 있었다.

자, 이제 곧 어딘가에서 관자놀이까지 치켜세운, 예리하고 조소에 찬 눈썹 모서리가 나타날 것이다. 그리고 어두운 창문 같은 눈도. 그 안쪽에서는 벽난로가 타고 누군가의 그림자가 어른거린다. 나는 곧장 안쪽으로 들어가리라. 그리고 그녀를 〈그대〉라고 부를 것이다. 반드시 〈그대〉라고 부를 것이다.

「그대는 아는가, 그대 없이 나는 살 수가 없는 것을. 그런데 어째서 그대는?」

그러나 그녀는 대답이 없다. 갑자기 정적. 갑자기 음악 제작소에서 흘러나오는 음악. 나는 이미 17시가 넘었으며 모두들 이미 오래전에 사라졌고 나만 혼자 남아 있다는 것을 깨닫는다. 늦었다. 주위에 있는 것은 노란색 햇살로 가득 찬 유리의 공허. 물에 비친 듯 유리의 매끈한 표면 위에 반영된 번쩍거리는 벽들을 본다. 그것들은 다리를 위로 한 채 거꾸로 매달려 있다. 나 역시 우스꽝스럽게 다리를 위로 한 채 거꾸로 매달려 있다.

당장 의료국으로 가야 한다. 내가 환자임을 증명해 주는 진단서를 발급받아야 한다. 그렇지 않으면 나는 — 그러나 어쩌면 여기 이대로 남아 조용히 기다리는 게 상책일지도 모른다. 그들이 나를 발견해서 수술국으로 끌고 갈 때까지. 단숨에 모든 것이 끝날 것이다. 단숨에 모든 것이 사면될 것이다.

가벼운 살그랑 소리. 그리고 내 앞에는 두 번 구부러진 그림자. 나는 쳐다보지 않으면서도 회색의 강철 같은 천공기 두 개가 전속력을 다해 내 안으로 뚫고 들어옴을 느꼈다. 나는 전력을 다해 미소 지었다. 그리고 말했다. 무엇이든지 간에 말해야만 했다.

「나는…… 나는 의료국에 가야 합니다…….」

「무슨 일이지요? 왜 여기 서 있는 거죠?」

우스꽝스럽게 거꾸로 매달린 채 나는 입을 다물었다. 수

치심으로 온통 화끈거리면서.

「따라오시오.」

S가 엄격하게 명령했다.

나는 얌전히 걸었다. 내 것이 아닌 남의 팔처럼 부자연스럽게 팔을 흔들면서. 눈을 들 수가 없었다. 나는 줄곧 물구나무서기를 한 야만적인 세계 속에서 걷고 있었다. 기계 받침대는 위로 올라가 있고 인간의 발은 천장에 풀로 붙여져 있었다. 그리고 그 밑에는 포장도로의 두꺼운 유리로 동결된 하늘이 있었다. 그 무엇보다도 오욕스러웠던 것은 내가 마지막으로 보는 세상을 그런 식으로, 비정상적인 거꾸로 된 모습으로 본다는 사실이었다. 그러나 눈을 들 수가 없었다.

우리는 걸음을 멈추었다. 내 앞에 계단이 있었다. 한 발자국만 내디디면 흰 가운을 입은 형상과 거대한 무언의 종이 보일 것이다.

나사의 전동 장치 힘을 빌리기라도 하듯 나는 간신히 내 발밑의 유리에서 눈을 떼었다. 갑자기 내 눈에 의료국이라는 황금빛 글자가 번쩍했다……. 어째서 그는 나를 수술국이 아닌 이곳으로 데려왔을까. 어째서 그는 나를 구제해 주었을까. ……그러나 그때는 그런 생각은 떠오르지도 않았다. 나는 한걸음에 계단을 뛰어 올라갔다. 그리고 문을 꼭 닫았다. 한숨을 쉬었다. 깊게, 마치 아침부터 숨을 안 쉬었던 것처럼. 그때까지 맥박도 멈춰 있었던 것처럼. 그리고 그때야 비로소 처음 숨을 쉰 것처럼. 그때야 비로소 가슴에 수문이 열린 듯이…….

두 명의 의사가 있었다. 한 명은 키가 작고 뚱뚱한 짧은 다리를 한 의사였다. 환자를 바라보는 눈이 뿔 같았다. 또 한

명은 비쩍 마른 인물이었다. 번득이는 가위 같은 입, 칼날 같은 코. 그때 그 의사였다.

나는 그에게, 즉 칼날에게 나를 던졌다. 마치 친족이라도 만난 듯, 불면증, 꿈, 그림자, 황색 세계 등에 관해 지껄였다. 가위 입이 번득였다. 그는 미소 짓고 있었다.

「중증입니다! 당신 내부에 영혼이 형성된 게 틀림없어요.」

영혼*dusha*? 그것은 오래전에 잊혀진 고대의 해괴한 단어 아닌가. 우리는 가끔 〈사이좋게*dusha v dushu*〉, 〈무관심하게*ravnodushno*〉, 〈살인귀*dushegub*〉라는 말을 쓴다. 그러나 영혼이라니…….

「그건…… 많이 위험한가요?」

나는 중얼거렸다.

「치유가 불가능합니다.」

가위로 자르듯이 그가 말했다.

「아니…… 구체적으로, 그게 무엇인지요? 저는, 도저히…… 도저히 상상이 안 됩니다.」

「흠…… 이걸 어떻게 설명하나……. 당신은 수학자이시죠?」

「네.」

「그럼 이렇게 생각해 봅시다. 여기 평면이, 표면이 있습니다. 그리고 이것은 거울입니다. 그 표면에 당신과 내가 있습니다. 자, 보세요. 우리는 햇빛 때문에 눈을 가늘게 뜹니다. 그리고 여기 파이프에서는 푸른 전광이 튀깁니다. 그리고 저쪽에서는 아에로의 그림자가 슬쩍 어른거렸습니다. 표면에서만 순간적으로 그런 거죠. 그러나 이렇게 한번 상상해 보십시오. 일종의 화염으로 인해 이 불투광성 표면이 갑자기

푹신푹신해졌다고 칩시다. 그렇게 되면 그 위로 아무것도 미끄러지지 않게 되죠. 안쪽으로, 즉 우리가 어린애처럼 호기심에 차서 들여다보는 유리계로 모조리 침투해 들어가 버립니다. 어린애는 우리가 생각하듯 바보가 아닙니다. 평면은 이제 용적을, 부피를, 그리고 세계를 갖게 되었습니다. 당신은 바로 이처럼 변형된 평면과 같습니다. 유리의 안쪽, 당신의 내부에는 태양과 아에로의 프로펠러에서 나오는 회오리바람, 당신의 전율하는 입술, 그리고 누군가 다른 사람의 입술이 들어가 있습니다. 아시겠어요. 차가운 거울은 반사하고 튀겨 버리지요. 그러나 이것은 빨아들입니다. 따라서 모든 것의 흔적이 남습니다. 영원히. 당신이 일단 누군가의 얼굴에서 희미한 주름살을 한 번 보았다고 칩시다. 그것은 이미 당신 속에 영원히 새겨집니다. 당신이 정적 속에서 물방울이 똑똑 떨어지는 소리를 언젠가 들었다고 칩시다. 그러면 당신은 지금도 그 소리를 듣게 됩니다……」

「네, 맞아요. 정말 그래요……」

나는 그의 손을 잡았다. 나는 그때 실제로 듣고 있었던 것이다. 세면대의 수도꼭지에서 정적 속으로 서서히 똑똑 떨어지는 물방울 소리를. 나는 그것이 영원히 그럴 것임을 알고 있었다. 그러나 어쨌든지, 도대체 왜 갑자기 영혼이란 것이 생겼을까? 그전엔 없었다. 영혼이란 건 없었다. 그런데 갑자기……어째서 다른 사람에겐 없고 나에게는 있게 되었을까…….

나는 더욱 굳게 그 말라빠진 손에 매달렸다. 구명대를 잃을까 봐 두려웠다.

「왜냐고요? 그러면 왜 우리에겐 깃털도 날개도 없죠? 왜 날개의 토대가 되는 견갑골만이 있죠?」

「그것은 우리에게 날개란 이미 불필요하기 때문이죠. 아에로가 있기 때문에 날개란 거추장스러울 뿐입니다. 그리고 우리에겐 날아갈 곳이 없어요. 우린 끝까지 다 날아왔거든요. 우리는 원하는 걸 찾았어요. 그렇죠?」

나는 망연자실하게 고개를 끄덕거렸다. 그는 나를 바라보았다. 그리고 란셋처럼 날카롭게 웃었다. 다른 의사는 우리가 하는 말을 듣고 자신의 연구실에서 뚱뚱한 다리로 쿵쾅거리며 나타났다. 그는 나의 여윈 의사를 향해 황소뿔 같은 시선을 던졌다. 그리고 내게도.

「무슨 일이죠? 뭐요? 영혼요? 지금 말하고 있는 게 영혼이라고요? 아, 빌어먹을! 우리는 머지않아 콜레라 전염 시대로 퇴보할 거예요. 당신에게 말했잖습니까.」 소뿔은 여윈 의사를 향했다. 「내가 말하지 않았던가요. 모두에게서, 모두에게서 환각증을…… 환각증을 제거해야 한다고요. 그러기 위해서는 단 한 가지 방법, 수술만이 있을 뿐입니다. 수술 말이에요……」

그는 거대한 엑스레이 안경을 끼고 오랫동안 주위를 왔다 갔다 했다. 그리고 나의 두개골을, 뇌수를 들여다보았다. 그런 다음 노트에 무엇인가를 기입했다.

「정말로, 정말로 흥미롭군요! 이것 보세요, 두뇌 소독에 동의하지 않겠습니까? 단일제국을 위해서 엄청나게 유용한 일일 텐데요. 우리가 전염병을 예방하는 것을 도와주는 셈일 테고……. 물론 당신에게 특별한 사유가 없다면 말이지요…….」

「그렇지만 D-503은 인쩨그랄의 조선 담당 기사예요. 그러니까 대뇌 소독은 그의 작업에 방해가 될지도…….」

여윈 의사가 말했다.

「아.」

다른 의사는 중얼거리고 자신의 사무실로 뒤뚱거리며 돌아갔다.

우리는 단둘이 남았다. 종잇장 같은 손이 가볍게, 친절하게 내 손을 잡았다. 프로필 같은 얼굴이 내 쪽으로 가깝게 숙여졌다. 그가 속삭였다.

「비밀을 가르쳐 주겠어요. 이건 당신만 겪는 병이 아니에요. 내 동료가 전염병에 관해 말한 것도 다 이유가 있어서였죠. 기억해 보세요. 당신 스스로도 누군가에게서 그와 비슷한 것을 눈치 채지 않았던가요. 매우 비슷한, 매우 닮은……」

그는 나를 유심히 바라보았다. 그는 무엇을 암시하고 있는가. 누구를 가리키고 있는가? 정말로…….

「여보세요…….」

나는 의자에서 벌떡 일어났다. 그러나 그는 이미 큰 소리로 다른 이야기를 시작했다.

「불면증…… 그리고 당신의 꿈에 대한 치료책으로 권할 수 있는 게 한 가지 있어요. 더 많이 걷도록 해요. 내일부터 당장, 아침부터 걷기 시작하세요……. 고대관까지만이라도.」

그는 또다시 나를 꿰뚫어 보았다. 그리고 히쭉 웃었다.

내게는 명명백백하게 그 미소의 얇은 질감 속에 감추어진 단어가 느껴졌다. 이름, 유일한 이름이……. 아니면, 그것 역시 다만 환각증이었을 뿐일까?

나는 간신히 그가 내일과 모레분의 진단서를 쓸 때까지 기다렸다. 묵묵히 다시 한 번 그와 악수를 하고 밖으로 뛰어나갔다.

심장은 마치 아에로처럼 가볍고 신속하게 나를 위로, 위로 들어 올린다. 난 알고 있었다. 내일 어떤 기쁨이 찾아올 것임을. 그것은 어떤 기쁨일까?

열일곱 번째 기록

개요: 유리를 통해서. 나는 죽었다. 복도.

정말 어리둥절하다. 어제 모든 것이 다 해결되었고 X들이 모두 잡혔다고 생각한 바로 그 순간에 나의 방정식에는 새로운 미지수가 등장했다.

이 이야기 전체에서 좌표의 시작은 물론 고대관이다. 그 점에서 X축, Y축, Z축이 그려졌고, 머지않은 과거 어느 때인가부터 나의 전 세계는 그 축들 위에 구축되어 왔다. X축, 즉 59번가를 따라 나는 좌표의 시발점을 향해 걸었다. 내 안에서는 어제 일어난 일들이 복잡하게 소용돌이쳤다. 물구나무를 선 건물과 사람들, 고통스럽도록 낯선 손, 번득이는 가위, 세면대에서 날카롭게 떨어지는 물방울. 그래, 언젠가 그랬다. 이 모든 것이 나의 살점을 떼어 내며 맹렬하게 소용돌이쳤다. 그곳, 화염으로 용해된 표면의 저쪽, 〈영혼〉이 있는 곳에서.

의사의 처방대로 하기 위해 나는 일부러 빗변이 아닌, 직각을 낀 두 변을 따라 걸었다. 나는 두 번째 변에 접어들었다. 녹색의 벽 기슭에 난 곡선 도로. 〈벽〉 너머의 보이지 않는 녹색 대양에서 뿌리, 꽃, 가지, 잎사귀들의 거센 파도가 내게

몰려왔다. 나는 발돋움을 하고 섰다. 이제 저 파도가 나를 몰아칠 것이다. 그리고 나는 인간, 즉 가장 면밀하고 가장 정확한 메커니즘에서 다른 어떤 것으로 변신할 것이다……

그러나 다행스럽게도 나와 저 거친 녹색의 대양 사이에는 유리 벽이 있다. 아, 벽과 경계선이 갖는 위대하고 거룩한, 한정적인 현명함이여! 그것은 아마도 인간의 모든 발명 중에서도 가장 위대한 것이리라. 인간은 최초로 벽을 세웠을 때에야 비로소 야생동물의 상태에서 벗어났다. 우리가 녹색의 벽을 세웠을 때에야 비로소 인간은 야만인이 아닐 수 있게 되었다. 즉 우리가 녹색의 벽으로 우리의 기계적이고 완벽한 세계를 나무, 새, 짐승 등의 비이성적인 흉측한 세계로부터 격리하게 되었을 때.

무슨 짐승 같은 것의 뭉툭한 주둥이와 똑같은 생각을 미련하게 반복하는, 나에게는 불가사의한, 희미하고 침침한 노란 눈동자가 유리를 통해 희미하고 침침하게 나를 보고 있었다. 우리는 오랫동안 서로의 눈을 응시했다. 그 눈길은 마치 표면 세계에서 이면 세계로 이어지는 통로 같았다. 내 안에서 한 가지 생각이 맴돌고 있었다. 〈어리석고 더러운 나뭇잎 더미에서 계산되지 않은 삶을 영위하는 저 노란 눈의 생명체가 우리보다 더 행복하다면?〉

나는 손을 내저었다. 노란 눈이 껌벅거렸다. 그리고 뒷걸음질 치자 나뭇잎 사이로 사라졌다.

가엾은 생물! 그것이 우리보다 더 행복할지도 모른다는 것은 언어도단이다! 그것은 나보다 행복할지 모른다. 그러나 나는 예외 아닌가. 나는 병자니까.

그래. 그리고 나는……. 고대관의 어두운 적색 담이 보였다. 그리고 노파의 사랑스러운, 오그라든 입도. 나는 노파를 향해 혼신을 다해 뛰어갔다.

「그 여자 있어요?」

오그라든 입이 서서히 벌어졌다.

「누구 말씀이신지⋯⋯ 그 여자라니요?」

「몰라서 물어요? 당연히 I 말입니다. 제가 그 여자와 그때 함께 있었잖습니까. 아에로를 타고서⋯⋯.」

「아, 맞아, 그랬지⋯⋯ 그렇고말고, 그랬지.」

광선 — 입 가장자리의 주름살, 나를 속속들이 꿰뚫고 들어오는 노란 눈에서 발산되는 교활한 광선. 점점 더 깊숙이⋯⋯ 그리고 마침내.

「좋아요⋯⋯. 그 여자 여기 있어요. 좀 전에 왔어요.」

그녀는 여기 있다. 나는 노파의 발 근처에 은빛 나는 쓴 쑥이 한 다발 있는 것을 보았다(고대관의 정원 역시 박물관이다. 따라서 그것은 유사 이전의 형태 그대로 용의주도하게 보존되어 있다). 쑥은 노파의 손이 있는 곳까지 가지가 돋아 있었다. 노파는 가지를 쓰다듬었다. 그녀의 무릎에 노란색 줄무늬 같은 햇살이 비쳤다. 그리고 일순간 나, 태양, 노파, 쑥, 노란색 눈 — 우리는 모두 하나가 되었다. 우리는 일종의 혈관으로 단단히 얽혀 있었다. 우리의 혈관에 공통으로 흐르는 것은 맹렬하고 화려한 피였다⋯⋯.

지금 이것을 기록한다는 것이 부끄럽게 느껴진다. 그러나 난 이 글을 쓰기 시작했을 때 끝까지 허심탄회할 것을 약속했다. 그러므로 계속하겠다. 나는 몸을 굽혀 오그라들고 부드럽고 이끼가 낀 입에 키스했다. 노파는 입을 닦아 내고 웃기 시작했다.

어둠침침하고 공명하는 낯익은 방들을 지나쳐 곧장 그리로, 침실로 뛰어갔다. 문의 손잡이를 잡았다. 그런데 갑자기 〈만일 그녀가 혼자가 아니라면?〉 하는 생각이 들었다. 나는 멈춰 서서 귀를 기울였다. 그러나 들리는 것은 가까운 곳에서 두근거리는 소리뿐이었다. 심장이 마치 내 몸 밖에서 뛰고 있는 것 같았다.

나는 방으로 들어갔다. 아무 흔적도 없는 침대, 거울, 옷장 문에 달린 또 하나의 거울, 열쇠 구멍 속에는 구식 고리가 달린 열쇠, 그리고 아무도 없었다.

나는 낮은 소리로 불렀다.

「I, 그대는 여기 있소?」

눈을 감은 채 숨을 죽이고서 더욱 낮게 마치 내가 이미 그녀 앞에 무릎을 꿇고 있듯이 말했다.

「I, 내 사랑!」

고요했다. 다만 수도꼭지에서 흰 세면통 속으로 성급하게 떨어지는 물방울 소리만이 들렸다. 어째서인지 지금 설명할 수는 없지만 그것이 불쾌하게 느껴졌다. 나는 꼭지를 꽉 잠그고 방에서 나왔다. 여기 그녀는 없다, 확실히. 그것은 즉 그녀가 다른 〈방〉에 있다는 얘기다.

넓고 침침한 층계를 따라 아래로 내려갔다. 방문을 몇 개 밀어 보았다. 모두 잠겨 있었다. 〈우리의〉 방 하나를 제외하곤 모든 문은 잠겨 있었다. 그러나 거기엔 아무도 없었지 않은가…….

그런데도 나는 이유도 모른 채 다시 그리로 갔다. 나는 서서히, 힘겹게 걸었다. 구두창이 갑자기 쇳덩어리가 된 것 같았다. 그때 내가 무슨 생각을 했는지 분명히 기억한다.

〈중력의 수치는 불변이라는 것은 착오다. 따라서 나의 모든 공식들도…….〉

갑자기 정적이 깨졌다. 바로 밑에서 문소리가 쾅 났다. 그리고 누군가 빠른 속도로 마룻바닥을 쿵쿵 밟는 소리가 났다. 나는 다시 가벼워졌다. 더할 나위 없이 가벼워져서 난간으로 갔다. 그리고 몸을 굽혔다. 한마디 말로, 한 번의 외침으로 모든 것을 말했다.

「그대!」

가슴이 덜컥 내려앉았다. 아래쪽. 창들의 사각형. S의 머리통이 분홍색 날개귀를 흔들며 휙 지나간 것이다.

그때 내 머릿속을 번개처럼 스치고 지나간 것은 아무런 전제도 없는 단순 명백한 결론이었다(지금도 전제는 모르겠다).

〈절대로, 절대로 그가 나를 보아서는 안 된다.〉

나는 벽에 찰싹 붙어 발끝으로 살금살금 미끄러지듯 위로 올라갔다. 그 잠기지 않은 방으로.

잠시 문가에 섰다. 위를 향해 다가오는 희미한 발소리가 들렸다. 문이 문제였다! 나는 문에게 애원했다. 그러나 그것은 나무로 된 문이기 때문에 삐꺼덕 소리와 쇳소리가 났다. 녹색, 붉은색, 싯누런 부처가 회오리바람처럼 나를 스치고 지나갔다. 나는 옷장의 거울 문 앞에 섰다. 창백한 얼굴, 날카롭게 곤두선 눈, 입술……. 피가 부글부글 끓어올랐다. 또다시 문이 삐꺼덕하는 소리가 들렸다. 그자다. 그자다.

나는 옷장 문의 열쇠를 잡았다. 고리가 흔들렸다. 그게 무엇인가 생각나게 했다. 또다시 전제가 불필요한, 단순 명백하고 순간적인 결론, 더 정확하게 파멸 같은 생각이 스치고 지나갔다.

〈I는 지금 여기…….〉

나는 재빨리 옷장 문을 열고 안으로 들어갔다. 어둠 속에서 문을 꼭 닫았다. 그리고 한 걸음 내딛는 순간 발밑에서 지진이 일어났다. 나는 천천히, 부드럽게 아래로 떠내려갔다. 눈앞이 캄캄해졌다. 나는 죽었다.

나중에 이 모든 기이한 사건들을 기록해야 했을 때 나는 과거의 기억과 다른 책에서 읽은 것들을 더듬어 보았다. 그러나 지금 나는 그것이 물론 일시적인 죽음의 상태였다는 것을 안다. 그것은 고대인들에겐 친숙한 것이었지만 내가 아는 한 우리에겐 전혀 알려지지 않은 것이다.

얼마나 오랫동안 죽어 있었는지는 알 수 없다. 기껏해야 5초에서 10초 정도였을 것이다. 그러나 한참 후에야 나는 비로소 부활했다. 그리고 눈을 떴다. 어두웠다. 아래로, 아래로 내려가고 있음을 느꼈다. 무엇인가 붙잡기 위해 손을 내밀었다. 그리고 재빨리 스쳐가는 껄끄러운 벽에 손을 긁혔다. 손가락에서 피가 났다. 따라서 그것이 내 병든 상상력의 유희가 아님은 확실했다. 그러면 무엇인가, 무엇인가?

나는 규칙적으로 헐떡이는 내 숨소리를 들었다(이것을 고백하자니 부끄럽지만 모든 것이 매우 기상천외했고 불가사의했으므로 그럴 수밖에 없었다). 1분, 2분, 3분. 여전히 아래로, 마침내 부드러운 진동과 함께 내 발밑에서 낙하하던 것이 멈추었다. 어둠 속에서 더듬더듬 손잡이 같은 것을 찾아내어 그것을 밀었다. 문이 열렸다. 침침한 불빛이 보였다. 내 뒤에서 자그마한 사각형 갑판이 위쪽으로 재빨리 올라갔다. 나는 달려갔지만 이미 늦었다. 나는 그곳에 격리되어 버렸다……. 〈그곳〉이 어디인지 나는 모른다.

복도, 수백 킬로그램짜리 정적. 둥근 천장에는 무수한 전등이 달려 있었다. 명멸하며 흔들리는 끝없는 점선처럼. 우리 지하 도로의 〈통로〉와 약간 비슷했지만 훨씬 좁았고 우리의 유리가 아닌 다른 옛 시대의 재료로 만들어져 있었다. 2백년전쟁 당시 인간들의 피난처였던 지하 토굴 생각이 일순간 떠올랐다……. 그러나 어쨌든 계속 가야 했다.

내 생각에 약 20분쯤 걸었던 것 같다. 왼쪽으로 돌아섰다. 복도는 넓어졌고 등불은 더 밝아졌다. 어디선가 불분명하고 둔탁한 소음이 들렸다. 기계 소리 같기도 하고 사람의 목소리 같기도 했다. 나는 무겁고 불투명한 문에 도달했다. 소음은 그곳에서 새어 나왔다.

나는 문을 두드렸다. 더 크게 한 번 더 두드렸다. 문 안쪽에서 소음이 잠잠해졌다. 무언가 철컥 소리를 냈다. 문이 무겁게 서서히 열렸다.

우리 둘 중 누가 더 기겁을 했는지 모르겠다. 내 앞에 있는 인물은 칼날 같은 코의 그 말라깽이 의사였다.

「당신도? 여기?」

그의 가위 같은 입이 철컥 소리를 냈다. 그리고 나, 나는 마치 인간의 언어를 단 한마디도 알지 못하는 사람 같았다. 나는 입을 다문 채 그를 바라보았다. 그리고 그가 내게 하는 말을 한마디도 이해하지 못했다. 그러나 그곳에서 떠나라고 말했음이 틀림없다. 그가 잠시 후 재빨리 종잇장같이 납작한 배로 밀어서 나를 복도의 밝은 부분 끝까지 몰아냈기 때문이다. 그는 나의 등을 밀었다.

「죄송합니다. 저는 다만…… 저는 그 여자가, I-330이 거기 있다고 생각했는데, 그런데 제 뒤에서…….」

「거기서 기다려요.」

의사는 자르듯 말하고 사라졌다.

마침내! 마침내 그녀는 내 옆에 있다. 여기, 그리고 이제 〈여기〉가 어디건 아무 상관도 없다. 눈에 익은 사프란 노란색의 비단, X 자 미소, 커튼이 드리워진 눈…… 내 입술과 손과 무릎이 떨린다. 그리고 머릿속에는 어리석기 짝이 없는 생각이 떠오른다.

〈진동은 소리다. 진동은 소리가 나야 한다. 그런데 어째서 들리지 않을까?〉

그녀의 눈이 나를 향해 활짝 열렸다. 나는 속으로 들어갔다.

「더 이상 견딜 수가 없어요. 어디 있었어요? 어째서……」

잠시도 그녀에게서 눈을 떼지 않으며 나는 말했다. 마치 비몽사몽간의 헛소리처럼, 속사포처럼, 단편적으로. 어쩌면 그냥 생각뿐이었는지도 모르지만.

「그림자가, 내 뒤에…… 나는 죽었어요. 옷장에서…… 왜냐하면 그 사람은 당신의…… 가위처럼 말했어요. 나한테 영혼이 생겼대요……. 치유가 불가능하대요…….」

「치유 불가능한 영혼! 가엾어라!」

I는 웃었다. 그녀의 웃음이 내게 튀었다. 비몽사몽은 모조리 사라졌다. 천지가 반짝반짝 빛났다. 웃음소리가 울렸다. 그리고 그 모든 것이 얼마나, 얼마나 좋았던지.

모퉁이에서 또다시 의사가 나타났다. 기적처럼 멋진 말라깽이 의사.

「자.」

그는 그녀 옆에 섰다.

「괜찮아요! 나중에 말씀드리겠어요. 이 사람은 우연히…….

저는 15분쯤 후에 돌아가겠다고 전해 주세요.」

의사는 모퉁이로 사라졌다. 그녀는 기다렸다. 둔탁한 문 소리가 났다. 그러자 I는 천천히, 아주 천천히, 점점 더 깊숙이 내 심장에 예리하고 감미로운 바늘을 찌르며 밀착해 왔다. 어깨로, 팔로, 그리고 온몸으로 — 그리고 우리는 함께, 함께, 단둘이, 한몸처럼 걸어갔다.

우리가 어느 지점에서 암흑 속으로 들어가게 되었는지 기억나지 않는다. 우리는 암흑 속에서 층계를 따라서 위로 끝없이 묵묵히 걸었다. 볼 수는 없었지만 그녀도 나처럼 걷고 있는 걸 알고 있었다. 눈을 감은 채, 장님처럼, 고개를 위로 쳐들고, 입술을 깨물고. 나는 음악 소리를 들었다. 그것은 내 육체의 희미한 떨림이었다.

나는 고대관 정원에 있는 무수한 통로들 중 하나에서 정신을 차렸다. 일종의 토담 울타리, 벌거벗은 석조 늑재, 그리고 누런 이빨처럼 드러난 무너진 벽. 그녀는 눈을 떴다. 〈내일모레 16시에〉라는 말을 남기고 떠났다.

이 모든 것이 실제로 일어났을까? 모르겠다. 내일모레 알아내리라. 단 하나 그것이 실제로 일어났다는 흔적은 오른손 손가락 끝에 벗겨진 살가죽이다. 그러나 오늘 인쩨그랄 건축 현장에서 부기사가 내게 확인해 주지 않았던가. 내가 실수로 그 손가락 끝으로 연마륜을 건드렸다는 것을. 그 때문에 손가락 끝의 살가죽이 벗겨졌을 것이다. 그러나 어쩌면 실제로 그 일이 일어났을지도 모른다. 가능성이 매우 높은 일이다. 모르겠다. 아무것도.

열여덟 번째 기록

개요: 논리의 밀림. 상처와 고약. 결코 다시는.

 어제 자리에 눕자마자 잠의 심연 속으로 가라앉았다. 화물량을 초과한 난파선처럼. 조용히 출렁이는 녹색의 수심. 나는 서서히 바닥에서 위로 떠오른다. 그리고 해저 중간 어느 지점에서 눈을 뜬다. 내 방. 움직이지 않는 녹색의 아침. 옷장의 거울 문에 반사된 태양의 파편이 눈을 찌른다. 그것이 시간 율법표에 의해 규정된 수면 시간을 정확하게 지키는 것을 방해한다. 옷장 문을 열어 놓는 것이 좋을 것이다. 그러나 나는 전신이 거미줄에 걸린 것 같다. 거미줄은 눈 속에도 있다. 일어날 기운이 없다.

 그런데도 나는 일어났다. 그리고 옷장 문을 열었다. 갑자기 온통 분홍빛의 I가 거울 문 뒤에서 옷을 휘젓고 나왔다. 기억하는 한 나는 전혀 놀라지 않았다. 하도 이상한 일을 많이 당해서 익숙해져 버린 것이다. 서둘러 옷장 속으로 들어갔다. 그러고 나서 거울 문을 안에서 닫았다. 숨을 헐떡이며, 성마르게, 장님처럼, 게걸스럽게 I와 한몸이 되었다. 어둠 속에서 날카로운 태양 광선이 번개처럼 바닥에서, 옷장의 벽에서, 그리고 더 위쪽에서 부서지고 있는 것이 문틈 사이로 보였다. 또 그 잔인하게 번득이는 빛의 칼날은 뒤로 젖혀져 노출된 I의 목으로 떨어졌다……. 너무나도 끔찍한 무엇인가가 거기 있었다. 나는 견딜 수가 없었다. 소리를 질렀다 — 다시 눈을 떴다.

내 방. 여전히 녹색의 얼어붙은 아침. 옷장 문에 태양의 파편이 떨어진다. 나는 침대에 있다. 꿈이었다. 그러나 아직도 심장은 세차게 두근거리고 떨리고 용틀임 친다. 손가락 끝과 무릎에 통증을 느낀다. 그것은 의심할 여지없이 실제로 일어난 일이었다. 나는 이제 무엇이 꿈이고 무엇이 생시인지 모른다. 견고하고 타성적인 삼차원의 모든 것을 뚫고 무리수(無理數)가 움트고 있었다. 단단하고 연마된 평면 대신 주위에는 무언가 꺼칠꺼칠하고 털이 많은 것이 있었다…….

종이 울릴 때까진 아직도 시간이 많이 남았다. 나는 눕는다. 그리고 생각한다. 그러자 엄청나게 기묘한 논리의 쇠사슬이 풀리기 시작했다.

표면 세계에서는 모든 방정식, 모든 공식에 곡선이나 입체가 상응한다. 그러나 무리수의 공식, 나의 $\sqrt{-1}$에 상응하는 입체는 알려져 있지 않다. 한 번도 본 적이 없다……. 그러나 두려운 것은 바로 그 입체가 보이지는 않지만 존재한다는 사실이다. 그것은 반드시 존재해야만 한다. 불가피하다. 왜냐하면 마치 스크린에서처럼 수학 세계에서 그 기묘하고 따끔거리는 그림자가 지나가기 때문이다. 수학과 죽음은 결코 실수하지 않는다. 우리의 세계인 표면계에서 그것이 보이지 않는다면 그것은 — 불가피한 일이겠지만 — 완전히 다른 거대한 세계가 있다는 얘기다. 표면의 저쪽에…….

나는 벌떡 일어났다. 종소리를 기다릴 겨를 없이 방안을 왔다 갔다 하기 시작했다. 나의 수학 — 그것은 여태까지 나의 궤도를 벗어난 삶에서 유일하게 견고하고 확고부동한 섬이었다. 그러나 이제 그것마저도 궤도를 벗어나 빙글빙글 돌며 부유한다. 도대체 저 어리석은 〈영혼〉이란 무엇을 의미하는 걸까. 그것은 나의 제복, 나의 장화만큼 사실적인 어떤 걸까? 그것들은 지금 내 눈에 보이지는 않지만(옷장 속에 있으므로) 존재하는 것이 틀림없다. 그렇다고 치면, 장화는 질병이 아닌데 어째서 〈영혼〉은 질병일까?

나는 야만스러운 논리의 밀림 속에서 출구를 찾았으나 발견하지는 못했다. 그것은 저쪽, 녹색의 벽 너머에 있는 것만큼이나 알 수 없고 기분 나쁜 밀림이었다. 또 특수하고, 이해할 수 없고, 말없이 말하는 존재였다. 어떤 두꺼운 유리를 통해 무엇인가가 보였다. 무한히 거대한, 그리고 동시에 무한히 미세한 전갈형의 어떤 것이었다. 보이지는 않지만 느낄 수 있는 마이너스 침을 가진 $\sqrt{-1}$. 어쩌면 그것은 다른 그 어떤 것도 아닌, 바로 내 〈영혼〉인지도 모른다. 그것도 고대인들이 말한 전설의 전갈처럼 자진해서 스스로를 찌른다…….

종이 울렸다. 하루가 시작되었다. 이 모든 것은 죽지도 사라지지도 않고 그저 일광으로 덮인다. 마치 보이는 물체들이 죽지 않은 채 밤이 되면 밤의 암흑으로 뒤덮이는 것처럼, 머릿속에는 희미하고 불분명한 안개가 끼어 있다. 안개 속에서 길쭉한 유리 탁자들과 묵묵히 느린 박자에 맞추어 무언가 씹고 있는 둥근 머리통들이 보인다. 멀리서 안개를 뚫고 메트로놈이 똑딱거린다. 그리고 그 친숙하고 사랑스러운 음악에 맞추어 나는 다른 모든 번호들과 함께 기계적으로 50까지 센다. 50은 한 입 먹을 때마다 씹는 동작의 횟수다. 그것은 법으로 제정된 숫자다. 나는 기계적으로 박자에 맞추어 아래층으로 내려간다. 그리고 모든 번호들이 그러하듯 나도 외출자 명부에 내 이름을 기록한다. 그러나 나는 모든 이들과 달리 독립해 혼자 살아 있는 느낌이 든다. 소리를 흡수하는 부드러운 벽에 의해 격리된 채. 그리고 그 벽 안쪽에는 ― 나의 세계가 있다…….

그러나 한 가지 말해 두고 싶다. 만일 이 세계가 단지 나의 세계일뿐이라면 그것이 어째서 이 기록에 등장하는가? 어째서 여기에 저 어리석은 〈꿈〉, 옷장, 끝없는 복도들이 등장하는가? 애통하게도 나는 단일제국에 대한 경의의 표시인 위풍당당하고 엄숙한 수학적 서사시 대신에 일종의 환상적 모험소설을 쓰고 있다. 아, 이것이 실제로 그저 소설일 뿐이라면! 그리고 엑스와 $\sqrt{-1}$과 전락으로 가득 찬 이 삶이 진짜 나의 삶이 아니라면 얼마나 좋을까.

그러나 어쩌면 이것은 오히려 잘된 일인지도 모른다. 우리와 비교할 때 미지의 독자들은 어린아이일 확률이 높다(아시다시피, 우리는 단일제국에 의해 양육되었다. 따라서 인간에게 허용된 가장 높은 정점에 도달했다). 그러므로 어린아이인 당신들은 내가 주는 쓴 약이 모험소설이라고 하는 두꺼운 시럽으로 정교하게 사탕발림되어야만 비로소 얌전히 삼킬 것이다.

저녁.
당신들은 이런 느낌을 아는가. 당신은 아에로를 타고 푸른 나선형을 따라 위로 질주한다. 창문은 열려 있고 당신의 얼굴 위로 회오리바람이 휙 지나간다. 지구는 없다. 당신은 지구 따위는 잊어버린다. 지구는 토성, 목성, 금성처럼 너무나 멀리 있다. 나는 지금 그런 식으로 살고 있다. 내 얼굴을 스치는 회오리바람. 그리고 나는 지구 따위는 잊었다. 저 사랑스러운 장밋빛 O도 잊었다. 그러나 어쨌든 지구는 존재하며, 조만간에 지구에 착륙해야만 한다. 나는 내 섹스 일정표에 그녀의 이름, O-90이 쓰여 있는 날 앞에서 눈을 감을 따름이다.

오늘 저녁, 먼 곳의 지구는 나 자신을 떠올리게 했다.

나는 의사의 처방에 따라(진심으로, 진심으로 병에서 회복되기를 원하므로) 두 시간이나 꼬박 직선으로 구획된 텅 빈 유리의 거리를 돌아다녔다. 시간 율법표에 따라 모든 번호는 강당에 있었다. 오직 나만이……. 사실 그것은 부자연스러운 모습이었다. 상상해 보라. 전체에서, 손에서 잘려 나간 인간의 손가락을. 그리고 손가락 하나하나가 새우처럼 등을 구부리고 유리 보도를 깡충깡충 뛰어다니는 것을. 그 손가락이 바로 나다. 그러나 가장 이상하고 부자연스러운 것은 그 손가락이 전혀 다른 손가락들과 함께 손에 붙어 있기를 원하지 않는다는 점이다. 홀로, 아니면…… 그래 좋다. 이미 아무것도 숨길 게 없으니까 다 말하겠다. 그녀와 단둘이 있고 싶다. 또다시 내 모든 것을 어깨를 통해, 마주 쥔 손가락을 통해 그녀 속으로 밀어 넣으며…….

해가 질 무렵 나는 집으로 돌아갔다. 벽 유리에, 그리고 축전탑의 황금 첨탑에 마주치는 번호들의 목소리와 웃음에 저녁의 장밋빛 먼지가 끼어 있었다. 그런데 한 가지 이상한 점이 있다. 즉 지는 햇빛은 아침의 불타는 햇빛과 정확하게 동일한 각도에서 떨어진다. 그런데도 모든 것이, 심지어 장밋빛까지도 완전히 다르다. 그것은 몹시 조용하고 약간 고즈넉하다. 그러나 아침이 되면 다시 명랑하고 소란스러울 것이었다.

아래층 현관에서 여성 감시원 U가 장밋빛 먼지를 뒤집어쓴 봉투 더미에서 편지 한 통을 끄집어내어 내게 주었다. 다시 한 번 말하지만 그녀는 몹시 존경받을 만한 여성이며, 확신하건대 나에게 더할 나위 없는 좋은 감정을 품고 있다. 그런데도 난 저 축 늘어진 물고기 아가미 같은 뺨을 볼 때마다 어쩐지 불쾌해졌다.

마디투성이의 손으로 나한테 편지를 내밀며 그녀는 한숨을 쉬었다. 그러나 그 한숨은 나와 세계를 분리시킨 커튼을 그저 살짝 건드렸을 뿐이다. 내 모든 것은 손에서 떨리고 있는 봉투로 완전히 투사되었다. 나는 봉투 안에 I가 보낸 편지가 있다고 믿어 의심치 않았다.

그러자 U는 두 번째 한숨을 쉬었다. 그 한숨은 너무도 노골적이고 두 줄로 밑줄이라도 그은 것처럼 강조되어 있어 나는 봉투에서 눈을 들었다. 그리고 내려뜬 눈의 수줍은 차일 너머로 아가미 사이의 다정하고 엷은 막으로 감싸는 듯한 현혹하는 미소를 보았다.

「가여워라. 가엾기도 하지.」

한숨에 이번에는 세 줄 밑줄이 그어졌다. 그리고 보일락 말락 하게 편지로 던진 눈길(의무상 그녀는 편지의 내용을 당연히 알고 있었다).

「아니, 제가…… 왜요?」

「아니에요, 사랑스러운 분. 나는 당신 자신이 알고 있는 것보다 당신을 더 잘 알아요. 벌써 오랫동안 당신을 관찰해 왔어요. 당신에겐 누군가 인생 경험이 많은 사람이 동반자로 필요하다는 걸 깨달았어요.」

그녀의 미소를 온몸에 바르고 있는 기분이었다. 그것은 내 손에서 떨리고 있는 편지 때문에 내가 받을 상처를 덮어 줄 고약 같았다.

그녀는 마침내 수줍은 차일 너머로 아주 조용조용히 내게 말했다.

「생각해 보겠어요. 사랑스러운 분. 〈생각〉해 보겠어요. 진정하세요. 만일 스스로에게 충분한 정력이 있다고 느낀다면……아니, 아니, 우선 좀 더 생각해 봐야 해요.」

위대하신 〈은혜로운 분〉이여! 정말로 내 운명이……. 정말로 그녀는 그 얘기를 하려는 걸까.

내 눈 속에는 뭔가 깜박거리는 것이 들어 있다. 수천의 정현 곡선, 편지가 뛰고 있다. 나는 빛이 있는 곳으로, 벽으로 다가간다. 해가 지고 있다. 그리고 그곳에서 내게로, 바닥으로, 나의 손으로, 편지로 어두운 핑크 빛의 슬픈 먼지가 더욱 두텁게 내려앉는다.

봉투를 열고 즉시 서명부터 본다. 그리고 나는 상처를 받는다. 그것은 I에게서 온 편지가 아니다. I가 아니다……. 그것은 O에게서 온 것이었다. 그리고 제2의 상처 — 편지지 아래의 오른쪽 모서리에 얼룩이 번져 있다. 무엇을 흘렸을까……. 나는 얼룩을 참지 못한다. 그것이 잉크건 다른 무엇이건 간에. 전에는 다만 불쾌한 얼룩 때문에 눈이 불쾌했을 뿐이다. 그런데 지금은 이 흐릿한 작은 반점이 마치 먹구름처럼 보인다. 그것 때문에 주위가 점점 납덩이처럼 무거워지고 어두워진다. 아니면 이건 또다시 영혼 때문일까?

편지.

당신은 아시겠지요……. 아니 어쩜 알지 못할지도 모르죠. 나는 제대로 쓸 수가 없어요. 그러나 상관없어요. 이제 아시겠어요. 당신 없이 내겐 단 하루도, 단 한 번의 아침도, 단 한 번의 봄도 없으리라는 것을요. R는 내게 그냥……. 그러나 그건 당신께 중요한 게 아니지요. 나는 그에게 어쨌든 감사해요. 그 사람이 없었다면 요즈음 내가 어떻게 살았을지 모릅니다. 요즈음의 몇 날 몇 밤이 내겐 10년, 아니 20년같이 여겨졌습니다. 그리고 내 방은 사각형이 아닌 원형으로 보입니다. 끝없이 돌고 또 돌지만 모든 것이 그저 똑같을 뿐입니다. 어디에도 그 어떤 출구도 없습니다.

당신 없이는 살 수 없어요. 왜냐하면 당신을 사랑하기 때문입니다. 그리고 당신에게는 이 세상에서 그 누구도, 그 여자 말고는 그 누구도 필요치 않다는 것을 절실히 깨달았기 때문입니다. 당신은 이해하나요? 이해하겠죠. 그러니까 내가 당신을 사랑한다면 나는 반드시…….

나의 조각들을 한데 모아 적어도 뭔가 이전의 O-90을 닮은 모습으로 원상 복구하는 데는 2, 3일 정도가 필요합니다. 그리고 나 스스로 출두하여 당신에 대한 나의 등록을 취소하겠어요. 당신에겐 그것이 잘된 일일 것입니다. 반드시 잘된 일일 거예요. 결코 다시는 당신을 만나지 않겠어요. 안녕.

O

결코 다시는. 물론 그편이 더 좋다. 그녀 말이 옳다. 그러나 도대체 왜, 왜……．

열아홉 번째 기록

개요: 제3의 무한소. 이마 아래에서부터. 난간을 지나.

 그곳, 침침한 전등의 떨리는 점선이 있는 이상한 복도에서……. 아니면…… 아니, 그곳이 아니다. 더 나중에, 고대관의 정원이 있는 일종의 버림받은 구석 같은 곳에 우리가 함께 있었을 때 그녀는 말했다. 〈내일모레〉라고. 그 〈내일모레〉가 바로 오늘이다. 모든 것에 날개가 달린 것 같다. 나날들도 나는 것만 같다. 그리고 우리의 인쩨그랄은 이미 날개를 달았다. 로켓 원동기 설치를 끝냈고 오늘은 연료를 채우지 않고 그것을 가동시켜 보았다. 얼마나 화려하고 힘찬 불꽃의 사격인가. 내게는 불꽃 하나하나가 그녀, 유일한 그녀에 대한 예포다. 오늘이란 날에 대한 예포다.
 최초의 운행이 시작된 순간에 우리 조선대의 번호 열 명이 무심코 원동기의 포구 아래 있었다. 그들은 흔적도 없이 사라졌다. 일종의 부스러기와 그을음밖에 아무것도 없었다. 나는 여기에 자랑스럽게 기록하거니와, 그 사고로 우리의 작업 리듬은 1초도 깨지지 않았으며 아무도 떨지 않았다. 우리와 우리 작업대는 마치 아무 일도 일어나지 않은 것처럼 전과 똑같이 정확하게 직선, 혹은 곡선의 동작을 계속했다. 열

명의 번호 — 단일제국 인구의 1억 분의 1도 채 안 되는 숫자다. 그것은 제3열의 무한소에 지나지 않는다. 산술적으로 무지한 동정심이란 고대인들에게나 있었다. 우리에게 그것은 우스꽝스러울 뿐이다.

어제 내가 그 무슨 가엾은 흐릿한 반점, 혹은 어떤 얼룩에 대해 생각하고 심지어 그것을 이 기록 속에 언급할 수 있었다는 게 우스꽝스럽게 느껴진다. 그것은 우리의 벽처럼 다이아몬드의 견고함을 지녀야 하는 표면을 〈부드럽게〉 하는 것과 같은 이치다(고대의 속담 〈호박에 침 주기〉를 상기해 보라).

16시. 나는 보충 산책에 나가지 않았다. 어쩌면 그녀가 바로 지금, 모든 것이 햇살 속에서 아우성치는 지금 오고 싶어 할지도 모르기 때문이다…….

나는 건물 속에 거의 혼자 남은 셈이었다. 햇살이 꿰뚫고 지나가는 벽을 통해 멀리, 오른쪽, 왼쪽, 그리고 아래쪽 방들이 보인다. 공기 중에 매달려서 마치 거울처럼 서로를 모사하는 텅 빈 방들. 일광의 먹으로 살짝 획을 그은 듯한 푸르스름한 층계를 따라 서서히 위쪽으로 미끄러져 올라가는 회색의 여윈 그림자가 보일 뿐이다. 이미 발소리가 들린다. 나는 문을 통해 본다. 그리고 내게 고약처럼 붙은 미소를 느낀다. 그것은 다른 층계를 따라 아래로 내려간다…….

번호 지시 장치의 신호 소리. 나는 당장 그 좁은 흰색 틈으로 다가갔다. 신호판에는 나도 모르는 어떤 남성 번호가 나타났다(그것이 자음으로 시작되므로 남성인지 알 수 있다). 엘리베이터가 윙윙거렸고 쿵 하고 정지했다. 내 앞에 평평하게, 삐뚜름하게 모자를 내려쓴 이마와 눈이 나타났다. 매우 기묘한 인상이었다. 그는 눈언저리에서부터 눈을 치뜨며 말하고 있는 듯했다.

「그 여자한테서 온 편집니다.」 눈을 치뜨며, 차양 밑에서 말하고 있었다. 「반드시 거기 쓰여 있는 대로 하라는 부탁입니다.」

그는 눈을 치뜨며 모자의 차양 밑으로 주위를 살폈다. 그래, 아무도, 아무도 없어. 그러나 마음대로 하라지. 그는 다시 한 번 주위를 살펴보고 나서 내게 봉투를 내밀고 떠났다. 나는 혼자 남았다.

아니, 혼자가 아니었다. 봉투에서 나온 것은 장밋빛 감찰과 희미한 그녀의 체취였다. 그녀다. 그녀가 올 것이다. 내게 올 것이다. 그 사실을 내 눈으로 직접 확인하기 위해 나는 서둘러 편지를 읽었다.

뭐라고? 아니 이럴 수가! 나는 다시 한 번, 행을 뛰어넘으며 읽었다.

「감찰을…… 반드시 커튼을 내리세요. 마치 내가 실제로 당신 방에 있는 것처럼…… 그들이 반드시 내가 ……라고 생각해야 돼요. 미안해요. 정말로…….」

나는 편지를 갈기갈기 찢었다. 순간 거울 속에 나의 일그러지고 흐트러진 눈썹이 비쳤다. 나는 감찰을 집어 그녀의 편지와 마찬가지로 찢으려고 했다.

「반드시 거기 쓰여 있는 대로 하라는 부탁입니다.」

손에 힘이 빠졌다. 쥐었던 손이 펴졌다. 감찰은 손아귀에서 빠져나와 책상 위로 떨어졌다. 그녀는 나보다 강하다. 나는 그녀가 하라는 대로 할 것이다. 그러나…… 그러나 그녀와 만날지도 모른다. 저녁때까지는 아직 멀었으니까……. 감찰은 책상 위에 있다. 거울에는 나의 일그러지고 흐트러진 눈썹이 있다. 오늘은 어째서 의사의 진단서를 받지 않았을까. 산책하러 가야 하는데. 녹색의 벽 주위를 끝없이 배회하고 침대로, 밑바닥으로 떨어져야 하는데……. 그러나 13호 강당으로 가야 한다. 자신을 나사로 단단히 조여야 한다. 두 시간, 두 시간 동안 감정의 동요 없이…… 소리치고 발을 구르고 하는 것이 필요한 때에.

강의. 매우 기묘하다. 번쩍거리는 강의기에서 흘러나오는 것은 평상시와 같은 금속성의 목소리가 아니라 부드럽고 보풀이 인, 이끼가 낀 듯한 목소리다. 그것은 여성의 목소리다. 내게 언젠가 나타났던 여인처럼 어른거린다. 체구가 작고 갈고리 같은 노파. 고대관의 그 노파와 흡사한 노파.

고대관……. 모든 것이 일시에 분수처럼 아래에서 솟아오른다. 강당 전체를 비명으로 채우지 않으려면 나는 전력을 다해 스스로를 조여야 한다. 보풀이 인 듯한 부드러운 낱말들이 나를 뚫고 지나간다. 다만 한마디의 말만이 기억에 남는다. 무엇인가 어린애, 어린애의 생산에 관한 것이다. 나는 마치 감광판 같다. 모든 것의 흔적을 스스로에게 남긴다. 낯설고 이상하고 무의미한 정확성과 함께. 황금의 낫처럼 확성기에 빛이 반사된다. 그 아래쪽에는 어린 아기가 있다. 살아 있는 표본이 가슴을 오그리고 누워 있다. 아주 작은 제복 자락을 입에 물고 단단히 주먹을 쥐고 있다. 안으로 꽉 쥐어진 작은 엄지손가락. 가볍고 포동포동한 그림자. 손목의 주름. 마치 감광계처럼 나는 기록한다. 그런데 갑자기 장밋빛의 맨다리가 탁자 가장자리에서 중심을 잃는다. 부채 같은 손가락들이 공중에 펼쳐진다. 그리고 이제, 이제 아기는 바닥으로 떨어지려고 한다…….

갑자기 여인의 비명 소리, 연단을 향해 그녀의 제복이 투명한 날개처럼 날아갔다. 그녀는 어린애를 받아 안았다. 손목의 통통한 주름에 입술을 댄 채 그놈을 탁자 중앙으로 옮겨 놓고 연단에서 내려왔다. 내 속에 새겨진 인상은 양쪽 입가가 아래로 처진 초승달 모양의 입, 액체로 가득 찬 접시 같은 푸른 눈이었다. 그것은 O였다. 나는 마치 엄숙한 공식을 읽을 때처럼 이 작은 사건의 불가피성과 합법성을 깨달았다.

그녀는 내 뒤에서 약간 왼쪽으로 떨어진 곳에 앉았다. 나는 뒤를 돌아보았다. 그녀는 얌전하게 어린애가 놓여 있는 탁자에서 눈을 떼어내게 시선을 주었다. 내 안에는 또다시 그녀, 나, 그리고 연단의 탁자가 세 개의 점처럼 기록되었다. 그리고 그 점들을 이어 주는 직선도. 그것은 아직 보이지는 않지만 불가피한 어떤 사건의 투사와도 같았다.

집으로. 불빛 때문에 수천 개의 눈을 가진 것처럼 보이는 땅거미 지는 녹색의 거리를 지나. 내 몸 전체가 하나의 시계처럼 똑딱거리는 소리를 들었다. 시곗바늘이 내 안에 있었다. 이제 잠시 후면 그것은 어떤 숫자를 가리키게 될 것이고, 그러면 나는 돌이킬 수 없는 어떤 짓을 할 것이었다. 그녀는 누군가에게 그녀가 나와 함께 있다는 것을 확신시킬 필요가 있다. 나에겐 그녀가 필요하다. 그리고 그녀에게 무엇이 〈필요〉한지는 나하고 상관이 없다. 나는 낯선 커튼이 되고 싶지 않다. 되고 싶지 않다. 그뿐이다.

내 뒤를 따라오는 낯익은 발소리. 웅덩이를 지나가는 듯한 저벅저벅하는 소리. 나는 그것이 S임을 알기 때문에 뒤돌아보지 않았다. 그는 내 뒤를 따라 바로 현관까지 갈 것이다. 그러고 나서 어쩌면 아래 보도에 서 있을 것이다. 그의 눈은 위쪽으로, 내 방 속으로 송곳처럼 뚫고 들어올 것이다. 그곳에서 범죄적인 어떤 것을 감추는 커튼이 내려올 때까지…….

그자, 즉 나의 수호천사가 결정을 도와주었다. 나는 그 일을 하지 않기로 결정했다. 결정했다.

나는 방으로 올라와 스위치를 켰다. 나는 내 눈을 의심했다. 탁자 옆에 O가 서 있었다. 아니, 더 정확하게, 걸려 있었다. 벗어 놓은 옷처럼 옷의 안쪽에는 심이 빠져 있었다. 팔에도, 다리에도 심이 빠져 있었다. 심이 빠진 채 공중에 매달린 목소리.

「제가 보낸 편지 때문에 왔어요. 받으셨죠? 네? 대답이 필요해요. 오늘 당장 필요해요.」

나는 어깨를 으쓱했다. 그녀에게 모든 죄가 있다는 듯한 태도로 물기로 가득 찬 푸른 눈을 바라보는 것이 즐거웠다. 나는 즉시 대답하지 않았다. 그리고 즐거움에 차서 그녀의 한마디 말에 못을 박으며 말했다.

「대답? 글쎄…… 당신 말이 옳아요. 무조건. 모조리.」

「그럼, 그 말은……」 아주 미세한 전율이 미소로 가려졌다. 그러나 내겐 그 전율이 보였다. 「그래요. 잘됐군요! 지금 당장 떠나겠어요.」

내리깐 눈, 다리, 팔. 그녀는 그대로 탁자 위쪽에 걸려 있었다. 탁자 위에는 구겨진 장밋빛 감찰이 아직 그대로 놓여 있었다. 나는 원고 뭉치 — 즉 〈우리들〉을 재빨리 펼쳐서 감찰 위에 덮었다(어쩌면 O에게라기보단 나 스스로에게 감추기 위해서였는지 모른다).

「나는 아직도 쓰고 있어요. 벌써 170페이지나 돼요. 예상 밖의 모든 것들이 쓰여지고 있어요…….」

목소리. 아니, 목소리의 그림자.
 「기억하세요……. 그때 제가 7페이지에……. 그때 제가 떨어뜨렸죠……. 그리고 당신은…….」
 푸른 접시의 가장자리를 넘어 들리지 않게, 성급하게 떨어지는 물방울. 뺨을 따라, 더 아래로. 가장자리를 넘어 성급하게 나오는 말.
 「견딜 수가 없어요. 지금 떠나겠어요……. 결코 다시는…… 그리고 아무래도 좋아요. 그러나 한 가지 원하는 게 있어요. 당신의 아기를 가져야만 해요. 임신하게 해주세요. 그러면 나는 떠나겠어요!」
 나는 제복 밑에서 그녀의 온몸이 떨리고 있는 것을 보았다. 그리고 나 역시 떨고 있음을 느꼈다. 나는 뒷짐을 지었다. 그리고 웃었다.
 「뭐라고요? 〈처형 기계〉 밑으로 사라지고 싶단 말이에요?」
 둑을 넘어 흐르는 물줄기처럼 나를 향해 쏟아지는 말.
 「상관없어요! 그러나 아무튼 나는 그 생명체를 내 안에서 느낄 거예요. 단 며칠만이라도……. 그리고 단 한 번만이라도 그 생명체의 주름을 볼 수 있다면, 아까 그 탁자 위에 있던 아기의 주름 같은 거 말이에요. 단 하루만이라도!」
 세 개의 점. 그녀. 그녀, 나, 그리고 탁자 위의 통통한 주름이 파인 작은 주먹…….
 언젠가 어렸을 때 축전탑에 간 적이 있다. 꼭대기에서 나는 유리의 난간을 통해 몸을 굽혔다. 아래에 점 같은 인간들이 보였다. 심장이 감미롭게 콩콩 뛰었다. 〈만일?〉 그때 나는 더욱 세게 난간을 붙잡았을 뿐이다. 그러나 지금의 나는 아래로 뛰어내렸다.

「그토록 원한단 말이에요? 어떤 결과를 초래하리라는 것을 잘 알면서……」

마치 정면으로 태양을 향한 듯 감겨진 눈. 촉촉하게 빛나는 미소.

「네, 네! 원해요!」

나는 원고 뭉치 아래에서 감찰을 끄집어냈다. 〈그녀〉의 감찰 말이다. 그리고 아래층 당직원에게 뛰어 내려갔다. O는 내 손을 낚아채며 무언가 소리쳤다. 그러나 나는 나중에 돌아와서야 그 의미를 알았다.

그녀는 침대 모서리에 앉아 있었다. 양손을 무릎 위에 꽉 쥐고서.

「그건, 그건…… 그 여자의 감찰이죠?」

「매한가지요. 그래요. 그녀 것이에요.」

무언가 쨍그랑했다. 자, 빨리. 그러나 O는 그저 희미하게 흔들거릴 뿐이었다. 두 손을 무릎 위에 놓은 채 앉아 있을 뿐이었다. 말없이.

「자, 빨리……」

나는 거칠게 그녀의 손을 잡았다. 손목에 붉은 자국이 났다(내일이면 푸른색으로 변할 것이다). 그곳, 어린애같이 통통한 주름살이 팬 곳에.

「이게 마지막이야.」

나는 스위치를 돌렸다. 생각의 불이 꺼졌다. 어둠. 불꽃. 그리고 나는 난간을 뚫고 아래로…….

스무 번째 기록
개요: 방전, 아이디어의 재료, 제로 절벽.

방전. 그것이 아마 가장 적절한 정의일 것이다. 지금 이해하건대 그것은 방전과 똑같았다. 최근 들어 나의 맥박은 매일 점점 건조해지고 점점 빨라지고 점점 팽팽해졌다. 양극이 점점 가까워진다. 건조한 빠드득 소리. 1밀리미터만 더. 폭발. 그리고 정전.

나의 내부는 이제 매우 조용하고 매우 공허하다. 모두들 떠난 텅 빈 건물에 혼자 몸져누워 있을 때 생각의 금속성 노크 소리가 선명하고 분명하게 들리는 것과 비슷하다.

어쩌면 이 〈방전〉이 마침내 나의 저 고통스러운 〈영혼〉이라는 병을 치료해 주었는지도 모른다. 적어도 지금 나는 아무런 고통 없이 O의 모습을 머릿속에 그리고 있다. 입방체 계단에 서 있는 O. 가스종 속의 O. 만일 그녀가 수술국에서 내 이름을 댄다면……. 마음대로 하라지. 마지막 순간에 나는 경건하게 감사하는 마음으로 〈은혜로운 분〉의 심판의 손길에 입 맞출 것이다. 단일제국에 대하여 나는 한 가지 권리를 보유하고 있다. 그것은 징벌을 받아들이는 권리다. 나는 이 권리를 포기하지 않을 것이다. 우리들 번호 가운데 그 누구도 자신의 이 유일한, 따라서 더욱 값진 권리를 거부해서도 안 되며 거부할 수도 없다.

……조용하게, 금속성의 뚜렷한 생각들이 노크를 한다. 미지의 아에로가 내가 사랑하는 추상 개념의 푸른 하늘로 나를 운반한다. 그리고 나는 가장 순수한, 그리고 희박한 공기 중에서 〈진정한 권리〉에 대한 나의 판단이 공기 넣은 타이어처럼 가벼운 펑 소리를 내며 터지는 것을 바라본다. 그리고 나는 그것이 순전히 고대인들의 어리석은 편견, 즉 〈권리〉에 관하여 그들이 지닌 생각의 찌꺼기임을 분명하게 안다.

진흙으로 만들어진 아이디어가 있는가 하면, 황금 혹은 우리의 값진 유리로 주조된 아이디어도 있다. 그리고 아이디어의 재료를 규명하기 위해서는 강력하게 작용하는 산을 떨어뜨려 보면 된다. 고대인들도 그와 같은 산을 한 가지 알고 있었다. 〈리덕티오 애드 피넴 *reductio ad finem*〉이라는 학명이다. 그들은 그 산을 그렇게 불렀던 것 같다. 그러나 그들은 그 독물을 두려워했다. 그들은 진흙으로 된 장난감 같은 하늘이라 해도, 그것을 보는 것을 푸른색의 무(無)를 보는 것보다 더 좋아했다. 그러나 우리는 어른이며 우리에게 장난감은 필요치 않다. 〈은혜로운 분〉께 영광 있으라.

그럼 이제 〈권리〉라고 하는 아이디어에 산을 한 방울 떨어뜨리자. 고대에 가장 성숙한 인간들은 권리의 원천이 권력임을, 권리와 권력은 함수 관계에 있음을 알고 있었다. 이제 여기에 두 개의 저울판이 있다고 치자. 하나에는 1그램, 또 하나에는 1톤을 놓자. 전자는 〈나〉고 후자는 〈우리〉, 즉 단일제국이다. 그러면 이제 확실하지 않은가. 〈나〉에게 단일제국에 대한 모종의 권리가 있다고 가정하는 것은 1그램이 1톤과 평형을 이룰 수 있다고 가정하는 것과 마찬가지다. 완전히 같은 이치다. 따라서 이제 톤에게는 권리를, 그램에게는 의무를 할당하자. 사소함에서 위대함으로 이어지는 당연한 길은 자신이 그램이라는 사실을 잊고 1톤의 백만 분의 1임을 깨닫는 것이다.

당신들, 뺨이 붉은 털북숭이의 금성인들, 아니면 대장장이처럼 얼굴이 그을린 천왕성인들이여, 당신들의 푸른 정적 속에서 불평 소리가 들린다. 그러나 당신들도 이해해 보기 바란다. 위대한 모든 것은 단순하다. 영원하고 확고부동한 것은 다만 산술의 4법칙일 뿐임을 깨달으라. 그리고 그 4법칙 위에 세워진 윤리만이 영원히 확고부동하게 군림할 것이다. 이것은 마지막 지혜이며, 땀으로 새빨개진 인간들이 수세기 동안 서로 치고받고 외치며 기어오르고 했던 피라미드의 정점이다. 그리고 이 정점에서 보면 저쪽 밑바닥에 우리 선조들의 야만성에서부터 우리 시대까지 살아남은 무엇인가가 하찮은 벌레처럼 우글거린다. 정점에서 내려다보면 불법으로 어머니가 되려 하는 O나, 살인자나, 단일제국을 감히 시로 비방한 미친놈이나 모두 똑같다. 그리고 그들에게 가해지는 심판도 똑같다. 시기상조의 죽음이 그것이다. 그것은 역사의 새벽녘에 장밋빛의 순진한 햇살로 조명된 석조 건물의 인간들이 꿈꾸었던 신성한 재판과 똑같다. 그들의 〈신〉은 〈신성 교회〉에 대한 모독을 살인과 똑같이 처벌했다.

당신들, 검은색 피부의 준엄한 천왕성인들은 현명하게 화형을 집행할 수 있었던 고대 스페인 사람들처럼 말이 없다. 당신들은 내 편인 것처럼 느껴진다. 그러나 장밋빛 금성인들이 고문이니, 사형이니, 야만시대로 복귀니 하는 것에 대해

떠드는 것이 들린다. 친애하는 당신들, 당신들이 불쌍할 따름이다. 당신들은 철학적으로, 수학적으로 생각하는 능력이 결여되어 있다.

인류의 역사는 선회하며 위로 진행한다. 마치 아에로처럼. 그리고 그것이 그리는 원의 색깔은 황금빛, 핏빛 등 다양하다. 그러나 그들은 모두 동일하게 360도로 나눠진다. 0에서 전진하여 10도, 20도, 200도, 360도, 그리고 다시 0으로 돌아온다. 그렇다. 우리는 0으로 돌아왔다. 그렇다. 그러나 수학적으로 사고하는 나의 이성에게는 그 0이 완전히 다른, 새로운 0임이 분명하다. 우리는 0에서 시작하여 오른쪽으로 전진했다. 그리고 왼쪽에서부터 0으로 되돌아왔다. 따라서 +0대신 우리에겐 -0이 있다. 이해하겠는가?

이 0은 내게 일종의 조용하고 거대하고 칼처럼 좁고 날카롭게 깎아지른 절벽 같다. 흉폭하고 엉클어진 암흑 속에서 숨을 죽인 채, 제로 절벽의 검은 밤의 측면에서 배가 출범했다. 수세기 동안 우리 콜럼버스들은 항해를 하며 전 세계를 돌았다. 그리고 마침내, 만세! 예포를 쏘아라. 우리는 모두 돛대 위로 올라갔다. 우리 앞에는 제로 절벽의 다른, 여태껏 알지 못했던 측면, 단일제국의 극광으로 빛나는 측면이 보였다. 푸른 덩어리, 무지개의 불꽃, 태양, 수백 개의 태양, 10억 개의 무지개……

우리가 제로 절벽의 다른 어두운 측면에서 단지 나이프 두께 정도의 거리를 두고 있다는 게 무슨 상관인가? 나이프는 인간이 창조한 것들 중에서 가장 견고하고 가장 불멸하며 가장 독창적인 물건이다. 칼은 단두대였다. 칼은 모든 매듭을 자르는 보편적 수단이다. 그리고 칼의 날카로운 끝을 따라 패러독스의 길이 펼쳐진다. 용감한 이성을 가질 자격이 있는 유일한 길이…….

스물한 번째 기록

개요: 저자의 의무. 얼음이 부푼다. 가장 어려운 사랑.

어제는 그녀가 오기로 되어 있는 날이었다. 그러나 또다시 오지 않았다. 그리고 또다시 전갈이 왔다. 불명료하고 아무것도 설명하지 않는 전갈. 그러나 나는 평온하다. 완전히 평온하다. 내가 여전히 그 전갈에 구술된 대로 당직원에게 그녀의 감찰을 가져가고 커튼을 내린 뒤 내 방에 혼자 앉아 있는 것은 그녀의 요구에 역행할 힘이 없어서 그러는 것이 아니다. 천만에! 물론 아니다. 커튼 덕분에 나는 치료에 효과 있는 모든 고약 같은 미소에서 단절되어 평화롭게 이 글을 쓸 수 있다. 그것이 첫째 이유다. 둘째로, 나는 모든 미지수(옷장에 관한 것, 나의 일시적인 죽음 등등)의 해결을 위한 유일한 열쇠를 그녀, 즉 I-330에게서 찾을 수 있을 것이다. 그리고 그것의 폭로가 나의 의무처럼 느껴진다. 적어도 이 기록의 저자로서 말이다. 일반적으로 미지수란 인간에게 유기적으로 유해하다. 인간이 호모사피엔스라는 이름의 완전한 의미에서 인간일 수 있는 것은 그의 문법에 의문부호가 절대로 없으며 있는 것은 다만 감탄부호, 쉼표, 그리고 마침표일 때에 한해서다.

그리고 바로 그 저자의 의무에 이끌려 오늘 16시에 나는 아에로를 타고 또다시 고대관으로 향했다. 강한 바람이 마주 불었다. 아에로는 공기의 밀림을 뚫고 힘겹게 전진했다. 투명한 나뭇가지들이 채찍 소리를 냈다. 아래에 보이는 도시는 온통 푸른색 얼음 덩어리로 된 것 같았다. 갑자기 구름. 재빨리 지나가는 비뚤어진 그림자가 보이고 얼음은 납처럼 무거워지고 또 부풀어 오른다. 마치 봄날 해변에 서서, 모든 것이 소리를 내며 부서지고 세차게 내뿜고 소용돌이치기를 기다릴 때처럼. 그러나 잠시 후에도 얼음은 그대로고 보는 사람 자신이 부풀어 오른다. 심장이 점점 빠르고 불안하게 고동친다(그러나 나는 왜 이것에 대해 쓰고 있는가. 이 괴상한 느낌은 어디서 비롯된 것인가. 사실 우리 삶의 가장 투명하고 가장 견고한 수정을 부수어 버릴 만한 쇄빙선은 없지 않은가……).

고대관 입구. 아무도 없었다. 나는 주위를 돌아다녔다. 그리고 녹색 벽 근처에서 수위 노파를 만났다. 그녀는 모자의 차양에 손을 붙이고 위를 보았다. 벽 위쪽에 날카로운 검은 삼각형 같은 새들이 까옥까옥 울면서 몰려왔다. 그것들은 가슴팍을 견고한 담장에 대었다가 거기 흐르는 전류에 놀라 다시 벽 위로 물러섰다.

나는 주름살로 오그라든 검은 얼굴에 스치는 재빠르고 비뚤어진 그림자를 보았다. 날카로운 눈길이 나를 향했다.

「아무도, 아무도, 아무도 없어요. 그래요! 그러니 거기 갈 필요가 없어요. 정말로…….」

어째서 갈 필요가 없다는 얘기인가? 나를 단지 누군가의 그림자 취급하는 것은 또 무슨 이상야릇한 태도인가. 그러나 어쩌면 당신들도 나의 그림자인지 모른다. 사실 나는 이 공책의 한 장 한 장을 — 얼마 전까지만 해도 사각의 흰 공백이었던 — 당신들로 채워 놓지 않았던가.

물론 나는 그녀에게 이 모든 사실을 이야기하지 않았다. 인간에게 자신이 실존하고 있음에 대한, 다른 어떤 실존이 아닌 삼차원의 실존에 대한 의혹을 불러일으키는 것이야말로 가장 고통스러운 것임을, 개인적인 실험을 통해 나는 알고 있었다. 나는 다만 건조하게 그녀의 의무는 문을 여는 것임을 지적했을 뿐이다. 그녀는 나를 정원 안으로 들어오도록 해주었다.

정원은 텅 비어 있었다. 정적. 바람이 저쪽 벽 너머 먼 곳에서 불어왔다. 우리가 어깨를 나란히 하고 한몸이 되어 아래에서, 복도에서 나온 그날처럼. 물론 그것이 실제로 일어난 일이었다면 말이다. 나는 돌로 된 아치를 따라 걸었다. 회색의 둥근 천장에 부딪친 발걸음이 내 뒤로 떨어졌다. 마치 누군가가 줄곧 내 뒤를 발꿈치를 따라 걷는 것 같았다.

붉은 벽돌이 부스럼처럼 군데군데 박힌 노란색 벽이 창문의 사각형 안경을 통해 나를 감시했다. 그것은 내가 소리가 나는 헛간 문을 열고 구석구석 숨을 만한 곳을 살펴보는 것을 감시했다. 담장에 난 작은 쪽문과 공지, 그것은 위대한 2백년전쟁의 기념비였다. 벌거벗은 석조 늑재, 노란색 이를 드러낸 턱 같은 담장, 수직으로 굴뚝이 박힌 고대의 난로. 그것은 노랗고 붉은 벽돌이 돌의 물방울처럼 튀기는 가운데 영원히 석화한 배 같았다.

그 노란 이빨들은 언젠가 얼핏 본 것처럼 느껴졌다. 마치 구덩이 밑바닥에서 두꺼운 물의 층을 통해 본 것처럼. 나는 찾기 시작했다. 나는 구멍에 빠지고 돌에 걸려 넘어졌다. 그리고 무언가의 녹슨 손아귀에 옷이 걸렸다. 지독하게 짠 땀방울이 이마를 따라 아래로, 눈으로 흘렀다.

아무 데도 없었다! 그때의 출구, 즉 아래 복도에서 밖으로 나오는 출구를 나는 아무 데서도 찾을 수 없었다. 그것은 없었다. 그러나 그편이 오히려 잘된 일인지도 모른다. 그 모든 일이 내 어리석은 〈꿈〉들 중 하나였다고 치부하는 게 더 타당할 듯하다.

온몸이 무슨 거미줄과 먼지 같은 것에 휩싸였다. 지쳐 버린 나는 쪽문을 열었다. 중앙의 정원으로 가기 위해서였다. 그런데 갑자기 뒤에서 부스럭거리는 소리와 물을 튀기며 걷는 듯한 발소리가 났다. 내 눈앞에 분홍빛 날개와 두 번 구부러지고 미소를 띤 S가 나타났다.

실눈을 뜨고서 그는 자신의 송곳으로 나를 뚫었다. 그리고 물었다.

「산책 중입니까?」

나는 아무 말도 안 했다. 팔이 말을 안 들었다.

「흠, 어쨌든 이제 좀 나았습니까?」

「네, 감사합니다. 정상으로 돌아오고 있는 것 같습니다.」

그는 나를 보내 주었다. 그리고 고개를 뒤로 젖혀 위를 쳐다보았다. 나는 처음으로 그의 목 중간에 있는 갑상연골에 눈을 주었다.

별로 높지 않은 위쪽, 약 50미터 상방에서 아에로들이 윙윙거렸다. 그것들의 낮고 느린 비행과 아래로 내려진 감시관의 측판 상부를 보고, 나는 그것이 보안요원의 아에로임을 알 수 있었다. 그러나 평상시와 같은 두세 대가 아니라 열 대에서 열두 대 정도였다(유감스럽게도 대략적인 숫자만 기억한다).

「왜 오늘은 저렇게 많습니까?」

나는 용기를 내서 물어보았다.

「왜냐고요? 흠…… 진짜 의사는 환자가 아직 건강할 때부터 치료를 시작하죠. 어차피 내일, 내일모레, 아니면 일주일 후에 발병할 테니까요. 즉 예방이라는 거지요. 그래요!」

그는 고개를 끄덕였다. 그리고 정원의 판석을 밟으며 저벅저벅 걷기 시작했다. 중간에 나를 돌아보고 어깨 너머로 소리쳤다.

「조심하시오!」

나는 혼자다. 고요함. 공허. 먼 데, 녹색 벽 위쪽에서 새들이 푸드득거린다. 바람. 그가 말하려 했던 것은 무엇일까?

아에로는 기류를 따라 급속도로 미끄러진다. 구름의 가볍고도 무거운 그림자. 아래쪽에는 푸른빛 첨탑들. 유리 얼음으로 된 입방체가 납처럼 무거워지고 부풀어 오른다…….

저녁.

나는 원고를 펼쳤다. 위대한 〈만장일치의 날〉에 관해 겸사겸사 몇 가지 적어 넣을까 해서다. 그렇게 하는 것이 유익할 것 같기 때문이다(당신들, 즉 독자들을 위해서). 그런데 지금은 쓸 수 없음을 깨달았다. 나는 끊임없이 바람이 어두운 날개를 벽의 유리에 부딪는 소리에 귀 기울이고 끊임없이 주위를 두리번거린다. 나는 기다리고 있는 것이다. 무엇을? 그건 나도 모른다. 그리하여 내 방에 낯익은 갈색이 도는 분홍색 아가미가 나타났을 때 솔직히 몹시 기뻤다. 그녀는 자리에 앉아 순진무구한 태도로 무릎 사이에 접힌 제복의 주름을 바로잡았다. 그리고 곧바로 내 온몸을 미소로 덮어 버렸다. 내 얼굴의 모든 틈새에 조금씩 미소가 스며들었다. 나는 유쾌하고 건강하게 결박당한 느낌이었다.

「이런 일이 있었어요. 오늘 교실에 들어갔는데(그녀는 〈아동 양육소〉에 근무한다) 벽에 캐리커처가 있었어요. 정말이에요. 녀석들은 나를 무슨 생선처럼 그려 놓았지 뭐예요. 어쩌면 제가 정말로…….」

「아니에요. 아니에요. 무슨 그런 말씀을.」

나는 성급하게 말을 가로막았다(사실 가까이서 보면 확실히 아가미를 닮은 것은 아무것도 없다. 그리고 내가 아가미에 대해 언급한 것은 전적으로 부적절한 일이었다).

「네, 궁극적으로 그건 중요한 게 아니죠. 그러나 그 행동 자체가 문제예요. 아시겠어요. 나는 물론 보안요원을 불렀지요. 저는 아이들을 몹시 사랑합니다. 그리고 가장 어렵고 가장 숭고한 사랑은 잔인함이라고 생각합니다. 아시겠어요?」

그렇고말고! 그것은 내 생각들과 일치하는 얘기였다. 따라서 나는 참지 못하고 그녀에게 나의 스무 번째 기록의 일부를 읽어 주었다. 〈조용하게, 금속성의 뚜렷한 생각들이 노크를 한다〉부터.

바라보지는 않았지만 나는 갈색이 도는 분홍 뺨이 경련을 일으키고 점점 나에게로 다가옴을 느꼈다. 내 손에 건조하고 억세며 심지어 약간 찌르는 듯한 손가락이 닿았다.

「주세요, 그걸 내게 주세요! 그걸 녹음해서 아이들에게 외우도록 하겠어요. 그건 금성인들뿐만 아니라 우리에게, 우리에게도 필요해요. 지금, 내일 그리고 내일모레.」

그녀는 주위를 살폈다. 그리고 아주 조용조용 말했다.

「들으셨어요? 사람들 얘기가 만장일치의 날에……」

나는 벌떡 일어났다.

「무엇을요? 무슨 얘기를 해요? 만장일치의 날에 무슨 일이 있을 건가요?」

아늑한 벽은 더 이상 존재하지 않았다. 나는 순간적으로 저 바깥쪽으로 내동댕이쳐진 것 같았다. 지붕 위에서 거대한 바람과 비뚤어진 어두운 구름이 아우성치며 점점 아래로 내려왔다.

U는 단호하고 세차게 내 어깨를 잡았다(나는 심지어 그녀의 손가락뼈가 나의 전율에 맞추어 떨리는 것까지 느낄 수 있었다).

「앉으세요. 그리고 걱정하지 마세요. 이러쿵저러쿵 얘기가 오갈 뿐인 걸요……. 게다가 만일 당신이 필요로 한다면 그날 나는 당신 곁에 있겠어요. 아이들은 다른 사람에게 맡기겠어요. 그리고 당신과 함께 있겠어요. 사랑스러운 분, 당신도 역시 어린아이예요. 그러니까 당신에게 필요한 것은……」

「아니, 아닙니다.」

나는 손을 저었다.

「절대로 안 됩니다! 그렇게 되면 당신은 내가 진짜로 어린애이며 혼자서는 아무것도 못한다고 생각할 거예요……. 절대로 안 돼요.」 고백하건대 내게는 그날 다른 계획들이 있었다.

그녀는 미소 지었다. 그 미소가 명백하게 의미하는 것은 분명 〈아! 얼마나 고집스러운 아이인가!〉였다. 그리고 그녀는 앉았다. 눈을 아래로 내리깔고 또다시 무릎 사이의 주름진 제복을 바로잡았다. 그런 다음 전혀 다른 화제를 끄집어

냈다.

「제 생각엔 결정해야만 할 것 같아요……. 당신을 위해서……아니, 제발 재촉하지 마세요. 좀 더 생각해 봐야 해요…….」

나는 재촉하지 않았다. 누군가의 말년을 화려하게 장식해 주는 것보다 더 큰 영광은 없다는 것을, 따라서 기뻐해야 한다는 것을 알고 있었음에도.

……밤새도록 어떤 날개 같은 것이 내게 달려든다. 나는 그것을 피해 머리를 두 손으로 감싼 채 걸어간다. 그리고 의자가 보인다. 그러나 현대식 의자가 아닌 나무로 만든 옛날식 의자다. 나는 마치 말처럼 그것을 발로 더듬는다(오른발은 앞다리, 왼발은 뒷다리, 그리고 그 반대로). 의자는 나의 침대로 곤두박질해 달려가 그 위로 기어오른다. 나는 그 나무 의자를 사랑한다. 불편하게, 고통스럽게.

놀라운 일이다. 정말로 이 몽상 질환을 치료하는 방법은 없을까? 그것을 이성적으로, 아니면 유익하게 만들 수 있는 무슨 대책이 없을까?

스물두 번째 기록
개요: 마비된 파도. 모든 것은 향상되고 있다. 나는 세균이다.

이런 상상을 해보라. 당신들은 해변가에 서 있다. 파도가 규칙적으로 높아진다. 그리고 높아진 그 상태에서 갑자기 멈춘 채로 그대로 마비되어 버린다. 그처럼 기분 나쁘고 부자연스러운 상태가 오늘 발생했다. 시간 율법표에 따라 정해진 산책이 흐트러져 뒤범벅되고 결국은 중단된 것이다. 그 비슷한 일이 가장 마지막으로 발생한 때는 우리의 연대기가 진술하듯 119년 전이다. 행진 가운데로 소리와 연기를 내며 운석이 떨어진 것이었다.

우리는 늘 그렇듯이 아시리아의 기념비에 그려진 투사들처럼 걷고 있었다. 천 개의 머리. 그러나 팔과 다리는 마치 한 사람의 것처럼 흔들렸다. 거리의 끝, 축전탑에서부터 우레와 같은 소리가 들려온 그 장소에 우리를 향해 사각형이 나타났다. 양옆과 앞뒤를 에워싼 무장 경비대의 사각형이었다. 그 가운데에 세 인물이 있었는데 그들의 제복에서 황금빛 번호판이 제거되어 있었다. 따라서 사태는 기분 나쁠 정도로 분명했다.

탑 꼭대기 시계의 문자탑은 사람의 얼굴 같았다. 그것은 구름에서부터 몸을 굽혀 아래쪽으로 초를 내뱉으며 무심하게 기다리고 있었다. 정확하게 13시 6분에 사각형 내부에서 혼란스러운 상태가 발생했다. 가까운 거리였으므로 나는 아주 세밀한 부분까지도 볼 수 있었다. 가늘고 긴 목이 기억에 남았다. 관자놀이에는 푸른 정맥이 창살처럼 얽혀 있었다. 어떤 세계지도에 나타난 강물 같았다. 얼핏 보기에 젊은 사람이었다. 그는 대열에서 누군가를 발견한 것 같았다. 그리하여 발돋움을 하여 목을 쑥 내밀고 걸음을 멈추었다. 무장 경비원 중의 하나가 푸르스름한 불꽃을 튀기며 전기 채찍으로 그를 찰싹 때렸다. 그는 강아지처럼 가느다란 목소리로 깽깽거렸다. 그리고 약 2분 간격으로 정확하게 찰싹-깽깽, 찰싹-깽깽 소리가 계속되었다.

우리는 아까처럼 규칙적으로, 아시리아인처럼 걸었다. 나는 불꽃의 우아한 움직임을 보면서 생각했다. 〈인간 사회의 모든 것은 무한히 향상되고 있다. 그리고 그래야만 한다. 고대의 채찍이란 얼마나 흉측한 무기였던가. 그러나 우리 것은 얼마나 아름다운가…….〉

그런데 갑자기 날씬하고 탄력 있고 유연한 여성의 형체가 마치 전속력으로 회전하는 나사못처럼 우리 대열에서 뛰쳐나와 소리쳤다.

「그만해요, 그만.」

그리고 곧바로 그쪽으로, 사각형 쪽으로 뛰어들었다. 그것은 마치 119년 전의 운석 같았다. 산책 행렬 전체가 정지했다. 우리의 대열은 갑작스러운 서리 때문에 얼어붙은 파도의 회색 머리 같았다.

잠시 동안 나는 다른 사람들처럼 그녀를 이상하게 생각하며 바라보았다. 그녀는 이미 더 이상 번호가 아니었다. 그녀는 다만 인간이었다. 그녀는 다만 단일제국에 가해진 모욕적인 형이상학적 실체에 불과했다. 그러나 그녀의 어떤 몸짓이 주위를 환기시켰다. 뒤로 돌면서 그녀는 넓적다리를 왼쪽으로 구부렸다. 그리고 내게 갑자기 분명해진 것이 있었다. 나는 안다. 안다. 저 채찍처럼 유연한 몸뚱이를 안다. 나의 눈, 입술, 손이 그것을 알고 있다. 그 순간 나는 그것을 전적으로 확신할 수 있었다.

두 명의 경비원이 그녀의 앞을 가로막았다. 잠시 후 아직도 맑고 거울 같은 보도의 한 지점에서 그들의 탄도가 교차할 것이다. 그녀를 이제 붙잡을 것이다. 내 심장은 한 번 덜컹하더니 멈추어 버렸다. 그리고 옳고 그름, 현명함과 어리석음을 판단할 겨를도 없이 나는 그 지점으로 달려갔다…….

공포로 둥그레진 수천의 눈동자가 내게로 집중된 것을 느꼈다. 그러나 그것은 나에게서 분리된 나, 털북숭이 손의 야만인에게 더 크고 광적인 즐거운 힘을 제공해 줄 뿐이었다. 그는 더 빨리 달렸다. 두 걸음만 더, 그러면…… 그녀가 몸을 돌렸다.

내 앞에 있는 것은 경련을 일으키는 주근깨투성이 얼굴과 붉은 눈썹이었다……. 그녀가 아니었다. I가 아니었다!

격렬하게 용솟음치는 기쁨. 나는 〈저 여자!〉, 〈저 여자를 잡아라!〉 비슷한 소리를 치고 싶었다. 그러나 다만 나의 속삭임이 들릴 뿐이었다. 그리고 내 어깨에는 이미 무거운 손이 놓여 있었다. 그들은 나를 잡아끌고 갔다. 나는 그들에게 설명을 하려고 했다.

「제 말씀을 들어 보세요. 정말 이해해 주셔야 해요. 저는 생각하길 그것이…….」

그러나 어떻게 내 전부를, 여기 기록된 나의 병 전체를 설명할 수 있었겠는가……. 나는 기운을 잃고 얌전하게 따라갔다. 뜻밖에 바람의 일격으로 나무에서 떨어져 나간 잎은 얌전히 아래로 떨어진다. 그러나 도중에 빙글빙글 회전하며 모든 낯익은 가지와 갈라진 곳과 옹이에 걸린다. 마찬가지로 나는 말 없는 원통의 머리 하나하나에, 투명한 얼음 같은 벽에, 그리고 구름 속을 찌르는 축전탑의 푸른 시곗바늘에 걸렸다.

조용한 커튼이 나를 이 모든 아름다운 세상에서 격리하려는 찰나에 나는 그를 보았다. 멀지 않은 곳에서 낯익은 거대한 머리통이 날개 같은 분홍색 팔을 흔들며 포장도로의 유리 위에 미끄러졌다. 그리고 낯익은 평탄한 목소리.

「나는 다음과 같은 증언을 하는 게 내 의무라고 생각합니다. 번호 D-503은 환자며 자신의 감정을 제어할 수 있는 상태가 아닙니다. 그리고 확신하건대 그는 자연스러운 분노에 가득 차 있었습니다…….」

「맞습니다. 맞아요.」

나는 매달렸다.

「저는 소리까지 질렀습니다. 저 여자 잡아라 하고.」

내 뒤, 어깨 뒤에서 목소리가 들렸다.

「당신은 아무 소리도 지르지 않았소.」

「네, 하지만 그러려고 했습니다. 〈은혜로운 분〉께 맹세코 저는 정말 그럴 참이었습니다.」

차가운 송곳 같은 회색 눈초리가 잠시 동안 나를 꿰뚫고 들어왔다. 그가 내가 한 말이 거의 진실임을 알아차려서인지, 아니면 이번에도 나를 보호해 줄 비밀스런 목적이 있었는지 그건 모르겠다. 그러나 그는 뭔가 끼적거린 뒤 그것을 나를 잡고 있는 경비원 중의 하나에게 건네주었다. 나는 다시 자유로워졌다. 더 정확히 말해 다시 당당하고 끝없는 아시리아인의 대열 속으로 유폐되었다.

사각형, 주근깨투성이의 얼굴, 푸른 정맥이 지도처럼 그려진 관자놀이 — 이것들은 길모퉁이를 지나 사라졌다, 영원히. 그리고 우리는 걷는다. 백만 개의 머리를 가진 단일한 몸통처럼. 우리 모두는 분자, 원자, 식세포 등이 누리는 것과 같은 복종의 기쁨을 느낀다. 태곳적에 우리의 유일한 선조들(비록 미완성의 인간들이었지만), 즉 그리스도교인들은 복종은 선이며 오만은 악이라는 점을 이해했다. 〈우리〉는 신에게서 온 것이고 〈나〉는 악마에게서 왔다는 것을.

나는 이제 다른 번호들과 발맞추어 걸어간다. 그럼에도 나는 모든 이들과 떨어져 있다. 나는 좀 전에 체험한 그 흥분으로 인해 아직도 떨고 있다. 태고의 열차가 방금 기적을 울리며 지나간 다리처럼. 나는 나 자신을 느낀다. 그러나 사실 스스로를 느낀다는 것, 스스로의 개인성을 의식한다는 것, 그것은 먼지가 들어간 눈, 종기가 난 손가락, 충치를 의식하는 것과 마찬가지다. 건강한 눈, 손가락, 이빨은 마치 없는 것처럼 느껴지므로. 그렇다면 개인적인 의식이란 단지 질병임이 확실하지 않은가.

나는 어쩌면 이미 민첩하고 담담하게 세균(푸른 관자놀이와 주근깨 얼굴 같은)을 말살하는 식세포가 아닐지도 모른다. 나는 어쩌면 세균일지도 모른다. 그리고 우리 중에는 어쩌면 천 마리의 세균이 있는지도 모른다. 아직은 나처럼 식

세포인 척하지만…….

만약 근본적으로 별로 중요치 않은 오늘의 사건이 시작에 불과하다면? 무한성이 우리의 유리 낙원으로 투사한 우레와 불의 암석들. 만약 오늘 있었던 사건이 그것들 중 최초의 운석에 불과하다면?

스물세 번째 기록

개요: 꽃. 수정의 용해. 만일.

 백 년에 한 번 개화하는 꽃이 있다고 한다. 그러면 왜 천 년, 만 년에 한 번 피는 꽃은 없을까. 우리가 지금껏 그 꽃에 관해 알지 못한 이유는 바로 오늘이 그 천 년 만의 하루이기 때문인지도 모른다.

 희열에 차서 취한 듯 나는 층계를 따라 아래로, 당직원에게로 내려갔다. 그리고 사방에서 천 년 묵은 꽃봉오리들이 소리 없이 터지고 있음을 재빨리 간파했다. 의자와 신발과 황금빛 번호판과 전등이 꽃피고 있었다. 누군가의 어두운 털 북숭이 눈과 같고 닦은 난간의 원주, 계단에 떨어진 손수건, 당직원의 책상. 그 책상 위에 보이는 U의 뺨, 반점이 있는 부드러운 갈색 뺨이 꽃피고 있었다. 모든 것이 특별하고 서럽고 부드럽고 장밋빛이고 축축했다.

 U는 내게서 장밋빛 감찰을 접수했다. 그리고 그녀의 머리 위, 벽의 유리를 통해 푸른 향기가 나는 달이 신비한 나뭇가지에서 고개를 드리우고 있었다. 손가락으로 엄숙하게 가리키며 나는 말했다.

「달이에요, 아시겠어요?」

U는 나를 봤다. 그리고 감찰 번호를 봤다. 나는 그녀의 저 매혹적인 순진한 동작을 바라보았다. 무릎 사이 제복의 구김살을 펴는 동작 말이다.

「사랑스러운 분, 당신의 안색은 비정상적이고 병색이 도는군요. 비정상과 병은 같은 것이지요. 당신은 스스로를 파멸시키고 있어요. 그러나 아무도 당신에게 그 얘기를 안 해 주지요. 아무도.」

이 〈아무도〉란 물론 감찰 위의 번호를 빗대어 말하는 것이다. I-330. 사랑스러운, 기적 같은 U! 당신이 물론 옳아요. 나는 무분별하고, 나는 환자고, 내게는 영혼이 있고, 나는 세균이니까요. 그러나 개화란 역시 병 아닐까요? 꽃봉오리가 터질 때 고통스럽지 않은가요? 그리고 정자란 세균 중에서도 가장 무시무시한 세균이라고 생각지 않으세요?

나는 위로 올라갔다. 내 방으로. 넓게 벌어진 찻잔 같은 안락의자에 I가 앉아 있었다. 나는 바닥에 주저앉아 머리를 그녀의 무릎에 기대고 그녀의 다리를 감싸 안았다. 우리는 말이 없었다. 정적. 맥박이 뛰는 소리…… 나는 수정이다. 그리고 나는 그녀, I 안에서 용해되고 있다. 나는 공간을 한정해주는 연마된 각 면들이 녹고 또 녹고 있음을 선명하게 느낀다. 나는 사라진다. 그녀의 무릎에서, 그녀 안에서 나는 녹아든다. 나는 점점 작아지고 동시에 점점 넓어진다. 점점 커지고 점점 무한해진다. 왜냐하면 그녀는 우주이기 때문이다. 순간적으로 나와 기쁨으로 충만한 침대 옆의 안락의자는 한몸이 된다. 화려하게 미소 짓는 고대관 문간의 노파, 녹색의 벽 너머 야만적인 밀림, 검은색 바탕에서 노파처럼 꾸벅꾸벅 조는 은색의 폐허, 그리고 어딘가 믿을 수 없이 먼 곳에서 지금

막 쾅 소리를 내며 닫힌 문, 이 모든 것이 내 안에서 나와 함께 맥박의 진동을 들으며 환희의 순간을 뚫고 돌진한다……

나는 그녀에게 어리석고 뒤엉키고 격앙된 언어로 내가 수정이라는 사실을 말하려고 한다. 그리고 그렇기 때문에 내 안에 문이 있고, 그렇기 때문에 나는 행복한 안락의자처럼 느낀다는 것을. 그러나 뭔가 말도 안 되는 소리가 되어 나오고 나는 말을 멈춘다. 수치스럽다. 나는 갑자기 이렇게 말한다…….

「사랑스러운 I, 용서해 줘요. 나는 아무것도 이해하지 못하고 있어요. 나는 이런 어리석은 얘기들을 하고 있어요…….」

「어째서 당신은 어리석음이 나쁘다고 생각하는 거죠? 만일 우리가 수세기 동안 인간의 어리석음을 이성처럼 보살피고 양육했다면 그것에서 아마 뭔가 독특하고 귀중한 것을 유도해 냈을 거예요.」

「그래요.」 그녀가 옳다고 생각한다. 어떻게 지금 그녀가 옳지 않을 수 있겠는가.

「그리고 당신의 어리석음 때문에, 당신이 어제 산책 중에 저지른 실수 때문에 나는 당신을 더욱 사랑해요. 더욱.」

「그렇지만 왜 나를 괴롭게 했지요? 왜 오지 않았지요? 왜 내게 감찰을 보내고 그런 일을 시켰지요…….」

「어쩌면 당신을 시험할 필요가 있었는지도 모르죠. 어쩌면 당신이 내가 원하는 대로 모든 것을 하리라는 걸, 그러니까 당신이 완전히 나의 것임을 알아 둘 필요가 있었는지도 모르죠.」

「물론이에요. 전적으로!」

그녀는 내 얼굴을, 나의 전부를 양손으로 잡아 들어 올렸다.

「그렇다면 당신의 〈모든 성실한 번호의 의무〉는 어떻게 되는 거죠? 네?」

달콤하고 날카로운 흰색 치아. 미소. 열린 찻잔 같은 안락의자 속의 그녀는 한 마리의 벌과 같다. 그녀에겐 침과 꿀이 있다.

그래, 의무…… 나는 머릿속에서 최근의 기록들을 넘긴다. 실제로 어느 곳에도 내 의무에 관한 그 어떤 생각조차 없다…….

나는 침묵한다. 나는 황홀하게(그리고 아마도 바보스럽게) 미소 짓는다. 그리고 그녀의 양쪽 동공을 번갈아 바라본다. 그리고 양쪽 모두에서 나 자신을 발견한다. 미세한 1밀리미터짜리 존재, 나는 미세한 무지갯빛 감옥에 유폐되어 있다. 그리고 또다시 꿀벌, 입술, 개화의 달콤한 고통…….

우리 번호들 각자에게는 조용히 똑딱거리는 보이지 않는 메트로놈이 있다. 그리고 우리는 시계를 보지 않고도 5분 이내로 정확하게 시간을 안다. 그러나 내 안의 메트로놈은 멈춰 버렸다. 그리고 나는 시간이 얼마나 지났는지 알지 못했다. 깜짝 놀라 베개 밑에서 번호판을 끄집어냈다…….

〈은혜로운 분〉이여 감사하나이다. 아직도 20분의 여유가 있다. 그러나 20분이란 우스울 정도로, 비참할 정도로 짧다. 그것은 뛰어서 달아나 버린다. 그리고 나는 그녀에게 말해야만 할 것이 너무도 많다. 모든 것을, 나의 전부를 말해야 한다. O의 편지와 O를 임신시킨 저 끔찍한 저녁에 관해. 그리고 이유는 알 수 없지만 나의 어린 시절 수학 강의기 뺠랴빠와 $\sqrt{-1}$에 관해. 그리고 내가 처음으로 만장일치의 날 축제에 참여했을 때, 하필이면 그런 중요한 날에 잉크 얼룩이 제복에 묻은 것이 분해서 처절하게 울었던 일에 관해.

I는 고개를 들었다. 그리고 턱을 괴었다. 입가에 그려진 두 개의 기다랗고 예리한 선과 치켜뜬 눈썹의 어두운 모서리. 마치 십자가 같았다.

「어쩌면 그날……」

그녀는 말을 멈추었다. 눈썹은 더욱 어두워졌다. 그녀는 나의 손을 꽉 쥐었다.

「말해 주세요. 당신은 나를 잊지 않겠지요? 나를 언제나 기억할 거죠?」

「왜 그래요? 무슨 말을 하는 거예요? I, 내 사랑!」

I는 잠자코 있었다. 그녀의 눈은 이미 나를 지나, 나를 통과하여 멀리 가 있었다. 나는 갑자기 바람의 거대한 날개가 유리에 부딪치는 소리를 들었다(물론 언제나 그랬지만 나는 그때야 비로소 들은 것이다). 그리고 왠지 녹색의 벽 꼭대기 위쪽에서 귀청을 찢을 듯 울어대던 새의 무리가 떠올랐다.

I는 무언가를 자신에게서 떨쳐 버리려는 듯 머리를 흔들었다. 그리고 다시 한 번 살짝 온몸으로 나를 애무했다. 아에로가 착륙하기 전 순간적으로 대지를 탄력 있게 건드리는 것처럼.

「자, 내 스타킹을 주세요! 빨리!」

스타킹은 책상 위 내 원고(193페이지)에 던져진 채였다. 서두르는 통에 나는 원고를 툭 쳐버렸다. 페이지가 흐트러져 차례대로 정리할 수 없게 되었다. 그러나 문제는 차례대로 해놓는다 해도 여전히 마찬가지로 진정한 차례란 없을 것이란 점이었다. 여전히 어떤 장애물, 함정, X들이 남을 것이다.

나는 말했다.

「이런 식으로는 견딜 수 없어요. 여기 내 옆에 있어요. 차라리 태고의 불투명한 벽 너머에 가 있어요. 나는 벽을 통해 바스락거리는 소리, 목소리 등을 들어요. 그러나 말을 알아들을 수가 없어요. 거기 무엇이 있는지도 몰라요. 이런 식으로는 견딜 수 없어요. 당신은 언제나 무엇인가 감추고 있어요. 고대관에서 그때 어디로 갔었는지도 말해 주지 않았어요. 복도의 비밀도, 그리고 그 의사의 출현도. 아니 어쩌면 이 모든 게 실제로 일어난 일이 아니었나요?」

I는 내 어깨에 손을 얹고 천천히 그리고 깊숙이 내 눈 속으로 파고 들어왔다.

「당신은 정말 모두 알고 싶은가요?」

「그래요. 알아야만 해요.」

「내가 당신을 어디로 데려가든 두려워하지 않고 끝까지 나를 따라올 수 있어요?」

「그래요. 어디든지!」

「좋아요. 약속하겠어요. 축제가 끝난 뒤에 가르쳐 드리겠어요. 단지 만약…… 아, 그래요. 당신의 인쩨그랄 말이에요. 물어본다는 걸 계속 잊고 있었어요. 곧 완성될 건가요?」

「아니오. 〈단지 만약〉이란 무슨 얘기죠? 〈단지 만약〉이 무슨 뜻이에요?」

그녀는 이미 문가에 있었다.

「스스로 알게 될 거예요.」

나는 혼자다. 그녀가 남긴 것은 거의 분간할 수 없을 정도로 엷은 그녀의 체취다. 〈벽〉 너머에서 날아오는 어떤 꽃들의 건조하고 달콤한 노란색 꽃가루와 비슷하다. 그리고 여전히 내 안에 견고하게 자리 잡고 있는 갈고리 같은 물음표들. 고대인들이 고기잡이에 사용했던 갈고리와 비슷하다

(〈유사 이전 박물관〉에 보존되어 있다).

어째서 그녀는 난데없이 인쩨그랄에 관해 물었을까?

스물네 번째 기록
개요: 함수의 극한. 부활절. 모든 것을 말소하다.

나는 지나치게 빨리 도는 기계와도 같다. 베어링이 작열한다. 그리고 1분 후면 용해된 금속이 뚝뚝 흐를 것이다. 빨리 찬물을 부어야 한다. 논리가 필요하다. 나는 논리의 찬물을 억수로 퍼붓는다. 그러나 논리는 뜨거운 베어링 위에서 지글거린다. 그리고 잡을 수 없는 흰색 수증기가 되어 공기 중으로 사라진다.

그렇다. 확실히 그렇다. 함수의 진짜 의미를 확충하려면 그것의 극한을 잡아야 한다. 이제 분명해졌다. 어제의 어리석은 〈우주의 용해〉는 극한에서 맞이한 죽음인 것이다. 왜냐하면 죽음은 우주에서의 가장 완전한 나의 용해이기 때문이다. 따라서 L이 사랑을 표시하고 S가 죽음을 표시한다면 $L=f(s)$의 공식이 성립된다. 사랑과 죽음은 함수 관계인 것이다······.

그래, 바로 그래. 바로 그 때문에 나는 I를 두려워한다. 그래서 나는 그녀와 투쟁한다. 나는 원치 않는다. 그러나 어째서 내 안에 〈원치 않는다〉와 〈원한다〉가 나란히 있는 걸까? 무서운 일은 바로 그 점이다. 즉 나는 또다시 어제의 축복받은 죽음을 원하고 있는 것이다. 논리의 함수는 적분되었고 그녀가 은밀하게 죽음을 포함하고 있다는 것이 분명해진 지금에도, 나는 그녀를 원한다는 점이 두려운 것이다. 입술로, 손으로, 가슴으로, 내 몸의 가장 미세한 부분으로······.

내일은 만장일치의 날이다. 거기 물론 그녀도 올 것이다. 그녀를 보게 될 것이다. 그러나 다만 먼발치에서 볼 수 있을 뿐이다. 먼발치 — 고통스러울 것이다. 내게는 그녀가 필요하기 때문이다. 그녀는 나를 억제할 수 없이 끌어당긴다. 그녀와 함께 있는 것, 그녀의 손과 어깨와 머리카락과······ 그러나 나는 심지어 그 고통까지도 원한다. 고통이여, 내게로 오라.

위대하신 〈은혜로운 분〉이여! 고통을 원한다는 것은 얼마나 부조리한 일인가. 누구나 알고 있듯이 고통은 우리가 행복이라고 부르는 총체를 감축하는 부정적인 성분이다. 따라서······.

아니, 그 어떤 〈따라서〉도 있을 수 없다. 깨끗함. 벌거벗음.

저녁.

유리 벽을 통해 바람과 열병에 들뜬 것 같은 장밋빛의 홍분된 일몰이 보인다. 나는 그 장밋빛이 내 앞에 얼굴을 들이밀지 못하도록 안락의자를 돌려 놓고 내 기록을 들춰 본다. 그리고 또다시 내가 나를 위해서가 아니라 미지의 당신들을 위해 쓰고 있다는 사실을 잊었다는 걸 깨달았다. 나는 당신들을 사랑하며, 또 동정한다. 어딘가 먼 시대에 저 아래쪽에서 발을 질질 끌며 걷고 있는 당신들을.

그러므로 이제 만장일치의 날, 그 위대한 날에 대해 말해 주겠다. 나는 어렸을 때부터 언제나 그날을 사랑해 왔다. 우리에게 그날은 고대인들에게 〈부활절〉과 비슷한 어떤 것으로 생각된다. 기억하건대 그날을 하루 앞두고 나는 시간 단위의 달력을 만들곤 했다. 그리하여 한 시간이 지날 때마다 시간력을 지워 버렸다. 한 시간이 더 가까워졌다. 기다리는 시간이 한 시간 더 줄어들었다······라고 속셈을 하며. 맹세컨대 만일 아무도 나를 보고 있지 않다는 확신만 든다면, 나는 지금도 그와 같은 시간력을 사방으로 가지고 다니며 내일까지 얼마의 시간이 남았는지를 잴 것이다. 내일 나는 그녀를 볼 것이다. 먼발치에서나마······.

(잠깐 쓰는 것을 중단했다. 방금 제작소에서 나온 듯한 새 제복이 배달되었다. 관례상 내일을 위해 우리 모두에게는 새 제복이 지급된다. 복도에서는 발소리, 기쁨에 찬 탄성, 소음 등이 들린다).

이제 계속하겠다. 나는 내일, 매년 반복되지만 매번 새롭게 우리를 흥분시키는 광경을 볼 것이다. 만장일치의 강력한 술잔을, 경건하게 들어 올린 팔들을 볼 것이다. 내일은 연례행사로 되어 있는 〈은혜로운 분〉의 선거일이다. 내일 우리는 또다시 행복의 견고한 요새를 여는 열쇠를 〈은혜로운 분〉께 바칠 것이다.

물론 이것은 고대인들의 무질서하고 비조직화된 선거와는 다르다. 말하기도 우스운 일이겠지만 그때는 선거 결과를 미리 알리지조차 않았다. 국가를 전적으로 정산할 수 없는 우연성 위에 맹목적으로 건설하는 것보다 더 어리석은 일이 어디 있을까? 그리고 그것을 깨닫는 데 수세기가 걸렸다.

말할 필요도 없겠지만, 매사에 그렇듯이 이 일에서도 그 어떤 우연이나 예상 밖의 일이 일어날 여지는 전혀 없다. 그리고 선거 그 자체는 차라리 상징적 의미를 가진다고 볼 수 있다. 우리가 단일하고 강력하며 수백만의 세포를 지닌 유기체임을, 우리가 떠올리는 데 그 의의가 있다. 고대인들의 『복음서』의 말을 빌리면, 우리는 단일한 〈교회〉이다. 왜냐하면 단일제국의 역사상 이 엄숙한 날에 단 하나의 목소리도 저 장엄한 합주를 망쳐 본 예가 없기 때문이다.

고대인들은 도둑놈처럼 몰래, 비밀리에 선거를 치렀다고 전해진다. 몇몇 사가들은 심지어 그들이 주도면밀하게 변장을 하고 선거의 축제에 나타났다는 주장까지 한다(나는 그 환상적이고 음울한 광경을 상상해 본다. 밤, 광장, 검은 망토를 입고 벽을 따라 살금살금 걷는 인간의 형체들, 바람에 움츠리는 붉은 횃불……). 어째서 그 모든 비밀이 필요했을까. 그에 대한 궁금증은 아직껏 풀리지 않았다. 가장 납득할 만한 답변은 선거가 당시에는 일종의 신비스럽고 미신적인, 어쩌면 범죄 의식과 관련되었기 때문이라는 것이다. 우리에겐 숨길 것도 수치스러워 할 것도 아무것도 없다. 우리는 공공연하게, 정직하게, 대낮에 선거를 축하한다. 나는 모든 사람이 〈은혜로운 분〉께 투표하는 것을 본다. 어떻게 그러지 않을 수 있겠는가. 〈모든 사람〉과 〈나〉는 단일한 〈우리〉 아닌가. 고대인들의 비겁하고 도둑놈 같은 〈비밀〉보다 얼마나 더 고결하고 진실되며 고상한가. 그리고 얼마나 더 합목적적인가. 그리고 만일 그 상례적인 화음에 불가능한 것, 일종의 불협화음이 끼어든다 해도 보안요원들이 눈에 보이지 않게 우리의 대열 속에 숨어 있으므로 걱정할 게 없다. 그들은 즉각 그 길 잃은 번호들을 집어내어 그들이 더 이상 과오를 범하지 않도록 하고 단일제국을 그들의 과오에서 구제해 줄 수 있는 것이다. 그리고 마지막으로 한 가지만 더…….

왼쪽 벽을 통해 한 여성이 옷장의 거울 문 앞에 서서 성급하게 제복 단추를 푸는 것이 보인다. 순간적으로 어리둥절해진다. 눈, 입술, 두 개의 예리한 장밋빛 자방(子房). 그리고 커튼이 내려간다. 순간적으로 내 안에서 어제의 모든 것이 되살아난다. 나는 무엇이 〈마지막으로 한 가지만 더〉인지 모르거니와 알고 싶지도 않다. 원치 않는다! 내가 원하는 것은 단 하나, I이다. 나는 그녀가 매분, 매초 나와 함께 있기를, 나하고만 함께 있기를 원한다.

내가 방금 쓴 만장일치의 날에 관한 말은 모조리 쓸데없는 것이다. 나는 모조리 말소하고 찢어 버리고 내동댕이치고 싶다(이것은 국가에 대한 모독일지 모르지만 아무튼 사실이다). 왜냐하면 그녀와 함께일 때만, 그녀가 내 곁에 어깨를 나란히 하고 있을 때에만 축제가 축제일 수 있기 때문이다. 그녀가 없다면 내일의 태양은 다만 양철의 작은 동그라미일 것이다. 하늘은 푸른 칠을 한 양철판일 것이다. 그리고 나 자신은…….

나는 수화기를 든다.

「I, 당신이에요?」

「네, 저예요. 어쩐 일로 이렇게 늦게?」

「어쩌면 아직 그리 늦은 시각은 아닌지도 모르죠. 당신에게 부탁할 게 있어서…… 당신이 내일 나하고 함께 있어 주면 좋겠어요. 사랑스러운 이여…….」

〈사랑스러운〉— 나는 이 단어를 매우 조용히 말했다. 그리고 왠지 오늘 아침 조선대에서 본 그것이 눈에 어른거렸다. 누군가가 장난으로 백 톤짜리 망치 아래 시계를 놓아두었다.

한 번의 진동, 얼굴에 와 닿는 한 점의 바람, 그리고 깨지기 쉬운 시계에 가해진 백 톤의 부드럽고 조용한 일격.

휴지. 그곳, I의 방에서 누군가 속삭이는 소리가 들리는 것 같다. 그러고 나서 그녀의 목소리가 들렸다.

「안 돼요. 그럴 수 없어요. 이해해 주세요. 나도 어쩌면……아니, 안 돼요. 왜냐고요? 내일 알게 될 거예요.」

밤.

스물다섯 번째 기록

개요: 천상에서 하강하다. 역사상 가장 큰 변동. 기지수는[1] 끝났다.

식이 시작되기 전에 우리는 모두 자리에서 일어났다. 머리 위에서 단일제국 찬가가 엄숙하고 느린 휘장처럼 펄럭거렸다. 음악 제작소의 수백 개 파이프와 수백만 인간의 목소리가 한데 어우러졌다. 잠시 동안 나는 모든 것을 잊었다. 불안케 하는 그 무엇, I가 오늘 행사에 관해 언급했던 그 무엇에 대해 잊었다. 심지어 그녀에 대해서조차 잊었던 것 같다. 나는 과거 언젠가 바로 이날 제복에 묻은 작은 얼룩, 오로지 자신에게만 눈에 띈 아주 작은 얼룩 때문에 울었던 그 소년으로 되돌아갔다. 내가 지워질 수 없는 검은색 얼룩투성이라는 걸 주위의 그 누구도 보지 못하지만 나 자신은 안다. 나는 나 같은 범인이 이 솔직한 얼굴들 사이에 낄 자리가 없음을 안다. 아, 지금 당장 일어나서 숨을 헐떡이며 나 자신에 관한 모든 것을 외쳐 버릴 수 있다면! 그러면 종말이 닥치겠지.

그러나 상관없다! 일순간이나마 스스로를 순수하고 순진무구하게 느낄 수 있을 것이다. 저 어린애처럼 푸른 하늘같이.

[1] 방정식에서 이미 그 값이 알려진 수. 또는 그 값이 주어졌다고 가정한 수.

모든 눈들이 위쪽을 향했다. 간밤에 내린 이슬이 채 마르지 않은, 부드러운 아침의 푸른빛을 바탕으로 반점이 어렴풋이 나타났다. 그것은 검은색이었다가 이내 빛으로 휩싸였다. 〈그〉가 천상에서 하강하고 있는 것이었다. 〈그〉는 아에로를 탄 새로운 여호와다. 고대인들의 여호와처럼 현명하고 자비롭고 엄격하다. 매순간 그는 점점 가까워지고 수백만의 심장들은 그를 향해 점점 위로 올라간다. 이제 그는 우리를 바라본다. 그리고 나는 생각 속에서 그와 함께 상공에서 주위를 둘러본다. 가느다란 푸른 점선으로 표시된 관람석의 구심원들은 마치 거미줄 같다. 거기에 미세한 태양들이 무수히, 총총히 박혀 있다(번호판들의 번쩍임이 그렇게 보이는 것이다). 이제 그 중심에 백색의 현명한 거미가 날아 앉는다. 우리의 손과 발을 행복의 은혜로운 거미줄로 현명하게 묶어 준 〈은혜로운 분〉이 백색 의상을 걸치고 나타난 것이다.

이제 천상에서 내려온 〈그〉의 장엄한 하강은 끝났다. 금속성의 찬가는 잠잠해졌고 모두들 자리에 앉는다. 나는 곧 모든 상황이 매우 미세한 거미줄 같다는 것을 깨달았다. 그것은 팽팽하게 긴장하여 전율하고 있다. 그리고 곧 끊어질 것이며 무언가 믿을 수 없는 일이 일어날 것이다……

반쯤 일어서서 나는 주위를 살폈다. 그리고 불안하게 번호들의 얼굴을 훑어보는 사랑스런 눈초리들과 마주쳤다. 그 눈초리의 임자 중 하나가 살짝 손을 들어 다른 하나에게 신호를 보낸다. 답신으로 주어지는 손가락 번호. 그리고 또 한번……. 나는 그들이 보안요원임을 알아차렸다. 나는 그들이 무엇인가를 경계하고 있으며 거미줄처럼 팽팽하게 긴장하여 떨고 있음을 깨달았다. 그리고 내 안에서는 — 마치 동일한 라디오 주파수에 맞춰진 듯 — 떨림의 답신이 주어졌다.

무대에서 시인이 선거 전의 송시를 낭독하고 있었다. 그러나 내게는 단 한마디도 들리지 않았다. 나는 다만 육각운 진자의 규칙적인 진동과 매번 진동 때마다 어떤 지정된 시간이 점점 가까이 오고 있음을 느꼈다. 그리고 나는 여전히 열병에 걸린 사람처럼 대열에서 얼굴들을 — 마치 페이지를 넘기듯 — 훑고 있었다. 여전히 내가 찾는 유일한 얼굴은 안 보였다. 그 얼굴을 즉시 찾아야 했다. 왜냐하면 진자는 아직 똑딱거리고 있지만 잠시 후엔······.

그였다. 물론 그자였다. 아래쪽에서 분홍색 날개귀가 무대를 지나 빛나는 유리를 미끄러지며 지나갔다. 뛰어가는 몸통이 두 번 구부러진 S 자의 어두운 올가미처럼 보였다. 그는 관람석 사이의 혼잡한 통로를 뚫고 어디론가 달려가고 있었다.

S와 I 사이에는 일종의 실이 이어져 있다(언제나 그렇게 느껴졌다. 그것이 어떤 실인지는 아직 모르지만 언젠가 그것을 풀 것이다). 나는 그에게 시선을 고정했다. 그는 실타래처럼 점점 멀리 굴러갔다. 그의 뒤에는 실이 매달려 있었다. 실타래는 멈추었다. 그리고······.

벼락 같은 고압의 방전이 나를 관통했고 꼭 옭아매어 버렸다. 우리 대열에, 나에게서 40도 정도 위치에서 S는 발을 멈추고 몸을 굽혔다. 그 옆에 I가 있었다. 그리고 그녀 옆에는 혐오스러운 검둥이 입술 R-13이 싱글거리고 있었다.

얼핏 떠오른 생각은 그리로 달려가 그녀에게 〈어째서 당신은 오늘 이자와 함께 있는 겁니까? 어째서 나와 함께 있기를 원치 않았지요?〉하고 외쳐 대는 것이었다. 그러나 보이지 않는 은혜로운 거미줄이 나의 손과 발을 꼭 묶어 놓았다. 나는 이를 악물고 시선을 그쪽에다 둔 채 꼼짝 않고 앉아 있었다. 지금처럼. 그것은 심장에 가해진 날카로운 육체적 고통이었다. 나는 이렇게 생각했다고 기억한다.

〈만일 비육체적인 원인 때문에 육체적인 고통을 받을 수 있다면, 확실히 그건…….〉

유감스럽게도 결론은 얻지 못했다. 다만 기억하는 것은 무언가 〈영혼〉에 관한 것이 어슴푸레 떠올랐고 무의미한 태고의 숙어 〈영혼이 전도되다〉가 머리를 스치고 지나갔다는 것뿐이다. 심장은 멎어 버렸다. 육각운은 잠잠해졌다. 그리고 이제 시작된다……. 하지만 무엇이?

관례적으로 선거 직전에는 5분간의 휴식이 있었다. 선거 직전의 침묵이 관례상 요구되는 것이다. 그러나 지금 그것은 언제나 있었던 그 경건한, 진짜 기도와도 같은 침묵이 아니었다. 그것은 아직 우리의 축전탑이 세워지기 전인 태곳적에 길들여지지 않은 하늘이 가끔 폭풍으로 발광하던 때의 정적과도 같았다. 즉 고대인들의 폭풍전야였던 것이다.

공기는 투명한 강철 같았다. 입을 크게 벌린 채 숨 쉬고 싶었다. 고통스러울 정도로 긴장한 청각이, 어딘가 뒤에서 쥐가 갉아먹는 것 같은 불안한 속삭임이 들려옴을 간파했다. 나는 줄곧 어깨를 나란히 하고 앉아 있는 I와 R에게 이해할 수 없는 시선을 고정시켰다. 내 무릎 위에서는 낯설고 혐오스러운 나의 털북숭이 손이 떨리고 있었다.

모든 사람의 손에는 시계가 달린 번호판이 있다. 1분. 2분. 3분. 5분……. 무대에서 강철의 목소리가 느릿느릿 말했다.

「〈찬성〉하는 사람은 손을 드시오.」

〈그〉의 눈을 전처럼 똑바로, 온몸을 다 바쳐 볼 수 있다면!
〈자 여기 내 모든 것이 있습니다. 나를 당신께 바칩니다〉 하는 태도로. 그러나 지금은 감히 그렇게 할 수가 없다. 나는 모든 관절이 녹슨 것처럼 가까스로 손을 들었다.

백만 개의 손이 움직이는 소리. 누군가의 숨죽인 〈아〉 소리. 나는 무엇인가가 이미 시작되었음을, 쏜살같이 떨어지고 있음을 느꼈다. 그러나 그것이 무엇인지 이해할 수 없었다. 그리고 내겐 기력이 없었다. 나는 감히 바라볼 수가 없었다……

「〈반대〉하는 사람?」

이 순간이 언제나 축제의 가장 장엄한 순간이었다. 모두들 〈번호 중의 번호〉인 은혜로운 속박에 기쁘게 머리 숙이고서 꼼짝 않고 그대로 앉아 있었다. 그러나 나는 그 순간 공포에 떨며 또 다른 바스락 소리를 들었다. 한숨처럼 가볍기 그지없는 소리였지만 아까 울렸던 청동 파이프의 찬가보다 더 선명하게 들렸다. 인간은 그런 식으로 들릴락 말락 하게 마지막 숨을 거둔다. 주위의 모든 인간들의 얼굴이 창백하다. 모든 인간들의 이마에 식은땀이 맺혀 있다.

나는 눈을 들었다, 그리고…….

그것은 불과 백 분의 1초의 시간이었다. 찰나의 시간이었다. 그러나 나는 수천 개의 팔이 〈반대〉라는 말에 위로 올라갔다가 내려가는 것을 보았다. 나는 십자가의 표적이 그려진 I의 창백한 얼굴과 위로 들린 그녀의 팔을 보았다. 눈앞이 캄캄해졌다.

또 한 번의 찰나. 휴지. 정적. 맥박. 그리고 모든 관람석에서 일제히 우당탕 소리와 비명 소리가 울려 퍼졌다. 날뛰는 제복의 회오리바람. 당황해서 뛰어다니는 보안요원들. 바로 내 눈앞에는 공기 중에 떠 있는 누군가의 구두굽. 그 옆에 누군가의 크게 벌린, 들리지 않는 비명으로 찢어지고 있는 입. 소리 없이 외치는 수천 개의 입들. 마치 괴기 영화의 스크린에서처럼. 어쩐지 그 장면이 내게 가장 예리하게 새겨졌다.

그리고 마치 스크린에서처럼 창백해진 O의 입술이 어딘가 멀리서, 아래쪽에서 순간적으로 나타났다. 그녀는 벽에 달라붙은 채 통로에 서 있었다. 십자로 포갠 양손으로 배를 감싸 쥐고. 그리고 순간 그녀는 시야에서 없어졌다. 사라져 버렸다. 아니면 내가 그녀를 잊어버렸는지도 모른다. 왜냐하면 나는······.

이제 그것은 이미 스크린에서 일어난 일이 아니었다. 내 안에서, 수축된 심장에서, 급속도로 불뚝거리는 관자놀이에서 일어난 일이었다. 내 위쪽 관람석의 왼쪽에서 R-13이 벌떡 일어섰다. 입에 거품을 물고 얼굴은 상기된 광포한 모습이었다. 그의 팔에는 I가 안겨 있었다. 창백한 얼굴. 제복은 어깨에서 가슴까지 벗겨진 채였다. 흰색 피부 위의 붉은 얼룩 — 그것은 피였다. 그녀는 그의 목을 꼭 붙들고 있었다. 그는 엄청난 보폭으로 벤치에서 벤치로 뛰어가며 그녀를 위로 나르는 중이었다. 고릴라처럼 혐오스럽고 민첩하게.

고대인들에게 화재가 발생했을 때처럼 모든 것이 시뻘게졌다. 내게 확실한 단 한 가지 생각은 뛰어가서 그들을 잡는 것이었다. 그때 나한테 어디서 그런 힘이 생겼는지 지금도 설명할 수 없다. 아무튼 나는 군함의 뱃전처럼 군중을 가르며 돌진했다. 누군가의 어깨를 밟으며, 벤치를 밟으며. 나는 가까이 갔다. 그리고 R의 목덜미를 쥐었다.

「내려놔! 내려놔! 내 말 안 들려. 당장!」 다행히도 저마다 소리치고 우왕좌왕하고 있었으므로 내 목소리는 들리지 않았다.

「누구야? 이건 또 뭐야? 뭐라고?」

R는 몸을 돌렸다. 입술은 거품을 품고 덜덜 떨리고 있었다. 아마 보안요원 중의 하나가 자신을 잡았다고 생각한 것 같았다.

「뭐냐고? 말해 주지. 나는 원하지도 허락하지도 않아! 그 여자에게서 손 떼. 당장!」

그러나 그는 성난 표정으로 입술을 부르르 떨 뿐이었다. 머리를 설레설레 흔들고 더욱 멀리 달아났다. 지금 이것을 기록한다는 것이 믿을 수 없이 수치스럽게 느껴진다. 그럼에도 반드시, 반드시 써야 한다고 생각한다. 나는 그의 머리통을 단숨에 내리쳤다. 알겠는가. 내가 그의 머리를 내리쳤단 말이다! 나는 분명히 기억한다. 그리고 또 기억하는 것은 그 일격으로 내 육체 전체에서 느낀 일종의 해방감, 쾌적감이었다.

I는 잽싸게 그의 팔에서 미끄러져 나왔다.

「가세요.」

그녀는 R에게 소리쳤다.

「아시다시피 이 사람은…… 가세요, R. 떠나세요!」

검둥이의 흰 이빨을 드러낸 R는 내 면전에 무슨 말인가를 내뱉고 아래로 가라앉듯이 사라졌다. 나는 팔로 I를 들어 올려 세차게 껴안고 운반했다.

내 심장은 고동쳤다. 그것은 거대한 심장이었다. 그리고 매번 고동칠 때마다 너무나도 맹렬하고 뜨겁고 즐거운 파도가 용솟음쳤다. 저쪽에서 무슨 일이 일어나고 있건 나에게는 상관없다! 그냥 이렇게 그녀를 안고서······.

저녁 22시.

가까스로 펜을 잡는다. 오늘 아침에 머리가 빙빙 도는 사건이 일어난 후에 내게 덮쳐 온 무한한 피로감.

정말로 단일제국의 무구한 구원의 벽이 무너진 것일까? 우리는 정말로 우리의 먼 조상들처럼 자유라는 야만적 상태에 또다시 무방비로 놓인 것일까? 정말로 〈은혜로운 분〉은 존재하지 않는 것일까? 반대라······. 만장일치의 날에 반대를 해? 나는 그들에 대해 수치와 고통과 공포를 느낀다. 그러나 도대체 누가 〈그들〉인가? 그리고 나는 누구인가. 〈그들〉인가 〈우리〉인가. 정말로 나는 알고 있는 것일까?

나는 그녀를 관람석 맨 꼭대기로 데려갔다. 햇볕으로 뜨거워진 벤치 위에 그녀는 앉아 있었다. 오른쪽 어깨와 그 아래 — 측량할 수 없는 저 기적의 굴곡이 시작되는 부분 — 를 노출한 채. 그리고 가느다란 빨간 뱀처럼 흐르는 피. 그녀는 피도, 자신의 노출된 가슴도 눈치 채지 못하고 있는 듯했다. 아니 그 이상이다. 그녀는 이 모든 것을 알고 있지만 그것이 바로 지금 그녀에게 필요한 것이다. 그리고 만일 제복을 입고 있었더라면 그녀는 그것을 벗어 버렸을 것이다. 그녀는······.

「그리고 내일······.」

그녀는 빛나는 예리한 치아를 악물고 게걸스럽게 숨을 몰아쉬었다.

「그리고 내일은 무슨 일이 일어날지 몰라요. 나도 모르고 아무도 몰라요. 미지수란 말이에요. 모든 기지수는 이제 끝났어요. 아시겠어요? 새로운 것, 믿을 수 없는 것, 미증유의 것이 기다리고 있어요.」

아래쪽에서 인간의 파도는 아직도 거품을 뿜고 돌진하고 노호하고 있었다. 그러나 그것은 먼 곳의 일이다. 그녀가 나를 바라보며, 천천히 동공의 좁은 황금빛 창을 통해 나를 자신 속으로 잡아끌고 있기 때문에 그것은 더욱더 먼 곳의 일 같았다. 우리는 그런 상태로 오랫동안 묵묵히 앉아 있었다. 언젠가 녹색 벽을 통해 누군가의 이해할 수 없는 노란색 동공을 이런 식으로 바라보았던 것 같다. 벽 위쪽에서는 새들이 선회하고 있었다(아니면 그것은 다른 때였는지도 모른다).

「이봐요. 내일 만약 아무 특별한 일도 일어나지 않는다면 당신을 그곳으로 데려가겠어요. 이해하겠어요?」

아니, 나는 이해하지 못한다. 그러나 나는 묵묵히 고개를 끄덕였다. 나는 용해되었다. 나는 무한히 작은 존재다. 나는 점이다…….

결국 이 점과 같은 상황에서 그 나름대로의(오늘이란 날의) 논리가 있는 셈이다. 점에는 그 무엇보다도 미지수가 많다. 점이 움직이거나 흔들리며 수천 개의 다양한 곡선. 수백 개의 입체로 변형될 수 있다.

흔들림이 두렵다. 나는 무엇으로 변형될 것인가. 모든 이들 역시 나처럼 아주 작은 움직임조차 두려워하고 있다는 생각이 든다. 지금 이 글을 쓰고 있는 순간 모든 사람들은 자신의 유리 세포 속에 숨어서 무언가 기다리고 있다. 복도에서 이 시간이면 늘 들리곤 했던 엘리베이터 소리, 웃음소리, 발소리가 오늘은 안 들린다. 둘씩 짝을 지은 번호들이 주위를 살피며 발끝으로 복도를 지나가거나 소곤거리는 모습이 보일 뿐이다…….
 내일은 무슨 일이 일어날까? 내일 나는 무엇으로 변형될 것인가?

스물여섯 번째 기록
개요: 세계는 존재한다. 발진. 41도.

아침. 천장을 통해 보이는 하늘은 언제나 견고하고 둥글고 붉은빛이다. 만일 내가 머리 위에서 본 것이 평소와는 다른 사각형의 태양이라든가, 동물의 털로 지은 옷을 입은 인간들, 아니면 불투명한 석벽 등이었다면 나는 덜 놀랐을 것이다. 그러니까 세계, 즉 우리의 세계는 아직도 틀림없이 존재한다는 말인가? 마치 발전기처럼 스위치는 꺼졌지만 기어는 아직도 소리를 내며 돌고 있다. 두 바퀴, 세 바퀴, 그리고 네 바퀴째에 그것은 멈출 것이다…….

당신들은 다음과 같은 이상한 상태를 경험한 적이 있는가? 밤중에 잠에서 깨어 어둠 속으로 시선을 던진다. 그리고 길을 잃어버린 것처럼 느낀다. 그리하여 서둘러 주위를 더듬으며 무언가 낯익은 것, 견고한 것을 찾기 시작한다. 벽, 전등, 의자. 그와 똑같이 나는 더듬고 있었다. 「단일제국 신문」에서 나는 성급하게 찾고 있었다. 그리고 마침내 발견했다.

모두가 오랫동안 애타게 기다려 온 만장일치의 날이 어제 거행되었다. 자신의 확고부동한 지혜를 무수히 증명해

온 〈은혜로운 분〉이 역시 만장일치로 48회째 선출되었다. 선거 의식은 행복의 적이라 불리는 족속들의 방해로 약간 흐려졌다. 그들은 자신들의 그와 같은 행동으로 어제 새로워진 단일제국의 토대를 구성하는 벽돌의 권리를 자연스럽게 스스로 포기한 셈이다. 우리 모두에게 확실한 것은 다음과 같은 점이다. 그들의 목소리를 고려한다는 것은 콘서트홀에 우연히 참석한 환자의 기침을 화려하고 영웅적인 교향곡의 일부로 간주하는 것과 똑같이 어리석은 짓이다.

아, 현명한 분! 그 모든 사건에도 우리는 아무튼 구원된 것일까? 어찌되었건 이 수정 같은 삼단논법에 누가 반대할 수 있겠는가?
그리고 그 밑에 두 줄이 덧붙여졌다.

오늘 12시에 행정국, 의료국, 보안국의 연합회의가 개최된다. 수일 내로 중대한 국가 강령이 공표될 것이다.

그렇다. 벽은 아직도 그대로 서 있다. 여기 이렇게. 나는 그것을 느낄 수 있다. 길을 잃었거나 버림받았거나 위치를 모르는 것과 같은 느낌은 없다. 푸른 하늘과 둥근 태양이 보여도 조금도 놀랍지 않다. 그리고 모두들 여느 때처럼 작업장으로 떠난다.
나는 유난히 활기차고 커다란 소리를 내며 거리를 걸었다. 다른 모든 번호들도 그렇게 걷고 있다는 느낌을 받았다. 교차로에 다다라 모퉁이를 돌아서며 나는 모든 번호들이 이상하게도 건물 모서리 옆으로 비켜 지나가는 것을 보았다. 마치 벽에 무슨 파이프 같은 것을 뚫어 놓아 찬물이 솟구쳐 나와 보도를 통과할 수 없게 되어 버린 것 같았다.

다섯 보, 열 보, 나는 가까이 다가갔다. 나 역시 찬물 세례를 받은 것처럼 휘청거리며 보도에서 떨어져 나왔다. 약 2미터 상방의 벽 위에 사각형의 종잇장이 붙어 있고 거기에는 알 수 없는 글씨가 독물 같은 녹색으로 쓰여 있었다.

메피

그 아래에 S 자형의 구부러진 등허리와 분노, 혹은 흥분으로 움직거리는 투명한 날개귀가 있었다. 그는 오른팔을 위로 올리고 왼팔은 마치 상처 입은 날개처럼 뒤로 의지할 데 없이 뻗치고서 펄쩍 뛰었다. 종이를 잡아떼려는 것이었다. 그러나 떼지 못했다. 키가 작았던 것이다.

아마 지나가던 모든 사람들은 이런 생각을 했을 것이다.

〈만일 내가 중뿔나게 가까이 가면 그는 나한테 뭔가 죄가 있다고 생각하지 않을까.〉

바로 그 이유에서 나는 못 본 척하겠다…….

고백하지만, 나에게도 똑같은 생각이 떠올랐다. 그러나 나는 그가 얼마나 자주 나의 진정한 수호천사였으며 얼마나 자주 나를 구해 주었는지를 기억했다. 그래서 호기롭게 다가가 손을 뻗쳐 종이를 떼주었다.

S는 뒤를 돌아보았다. 전속력으로 나를 뚫고 들어오는 두 개의 천공기. 나의 맨 밑바닥까지 들어와 거기서 무언가를 끄집어냈다. 그는 왼쪽 눈썹을 추켜올려 〈메피〉가 걸려 있던

벽을 향해 눈짓했다. 그 미소의 꼬리가 나를 스치고 지나갔다. 그것은 놀랍게도 즐거운 미소였다. 그러나 놀랄 게 뭐가 있겠는가. 의사는 언제나 발진과 40도의 고열을 인큐베이터에 있는 동안 꾸물꾸물 오르는 체온보다 좋아한다. 적어도 그래야 병명이 무엇인지 확실히 알 수 있기 때문이다. 오늘 벽에 돋아난 〈메피〉는 발진한다. 나는 그의 미소를 이해했다(고백하건대 나는 수일 후에야 비로소 그 미소의 정확한 의미를 알게 되었다. 가장 기괴하고 예상 밖의 사건들로 점철된 많은 날들 후에야).

나는 지하철로 내려갔다. 발밑 계단의 티 한 점 없는 유리에 또다시 흰 종잇장이 붙어 있었다. 〈메피〉. 그리고 아래쪽 벽에, 벤치에, 열차의 창에, 사방에 저 똑같은 흰색의 끔찍한 발진(서둘러 붙인 것이 틀림없었다. 아무렇게나 삐뚤삐뚤 붙어 있었다).

정적 속에서 차바퀴의 분명한 소음이 들렸다. 감염된 혈액의 소음 같았다. 사람들이 누군가의 어깨를 건드렸다. 그는 몸을 떨었다. 그리고 종이 뭉치를 떨어뜨렸다. 내 왼쪽에서는 어떤 번호가 신문에서 계속 똑같은, 똑같은, 똑같은 행을 읽고 있었다. 사방에서 — 바퀴에서, 손에서, 신문에서, 속눈썹에서 — 맥박이 점점 빨라지고 있는 것이 느껴졌다. 어쩌면 오늘 내가 I와 그곳으로 갈 때 체온은 39도, 40도, 41도까지 올라갈 것이다. 체온계에 검은 선으로 표시된 곳까지.

조선대. 먼 곳에서 보이지 않는 프로펠러가 윙윙거리는 똑같은 정적. 작업대는 얼굴을 찌푸리고 묵묵히 서 있었다. 다만 크레인만이 발끝으로 걷기라도 하는 것처럼 들릴 듯 말 듯 미끄러지고, 구부리고, 집게발로 얼어붙은 공기의 푸른 덩어리를 집어 인쩨그랄의 선두 탱크에 실었다. 우리는 벌써 시험 비행할 준비가 되어 있었다.

「그래, 이제 일주일 후면 선적이 끝나죠?」

나는 부기사에게 묻는다. 그의 얼굴은 도자기 같다. 그 도자기에는 감미롭게 푸르고 부드러운 장밋빛 꽃들이 그려져 있다(눈, 입술이 그것이다). 그러나 오늘 그것들은 어쩐지 변색되고 물이 빠진 것 같다. 우리는 큰 소리로 셈을 한다. 그러나 도중에 나는 갑자기 셈을 그치고 입을 딱 벌린 채 서버렸다. 저 높이, 크레인으로 들어 올린 푸른 덩어리 위, 둥근 지붕 아래에 보일 듯 말 듯한 작은 흰색 사각형 — 풀로 붙은 작은 종잇장. 나는 전신을 떨고 있다. 어쩌면 웃음으로 떨고 있는지 모른다. 그래, 나는 내가 웃는 웃음소리를 듣는다 (당신들은 자기 자신의 웃음소리를 듣는다는 것이 어떤 것인지 아는가?)

나는 말한다.

「아니, 이보세요……. 당신이 고대의 비행기에 타고 있다고 가정해 보세요. 5천 미터 상공에서 날개에 고장이 생겼다 칩시다. 당신은 공중제비를 하며 아래로 떨어지겠죠. 떨어지는 도중에 계산을 하는 겁니다. 〈내일 12시에서 2시까지는…… 2시에서 6시까지는…… 6시에 저녁을 먹고……〉 우습지 않아요? 사실 우리가 지금 하는 계산은 바로 그와 같은 거예요!」

푸른 꽃이 흔들거린다. 휘둥그레진다. 만일 내가 유리로 되어 있어 그가 서너 시간 후에 일어날 일을 들여다볼 수 있다면…….

스물일곱 번째 기록
개요: 그 어떤 개요도 있을 수 없다.

나는 끝없는 복도에 혼자 서 있다. 그때의 그 복도 말이다. 말 없는 콘크리트 하늘. 어디선가 물방울이 돌 위로 떨어진다. 무겁고 불투명하고 낯익은 문. 그곳에서 둔탁한 소음이 들려온다.

그녀는 16시 정각에 오겠노라고 말했다. 그러나 이미 5분이 지났다. 10분, 15분. 역시 아무도 없다.

잠시 나는 이전의 나로 돌아온다. 그리하여 그 문이 열릴까 봐 두려워한다. 5분만 더 기다리겠다. 그러고도 그녀가 안 온다면…….

어디선가 돌 위로 물이 떨어진다. 아무도 없다. 나는 우울한 기쁨을 느낀다. 구원되었다. 서서히 복도를 따라 되돌아간다. 천장에서 전율하고 있는 전등불의 점선이 점점 침침해진다. 점점 더…….

갑자기 뒤에서 문이 성급하게 열린다. 천장과 벽에 부드럽게 반향하는 빠른 발걸음. 그리고 그녀. 나는 듯이 헉헉거리며 뛰어온다. 입으로 숨을 쉰다.

「여기에 계실 줄 알았어요. 당신이 오실 줄 알았어요! 당신이, 당신이······.」

속눈썹 끝이 벌어진다. 그리고 나를 안으로 들여놓는다. 그리고······ 어떻게 표현할 수 있을까. 그녀의 입술이 나의 입술을 애무할 때, 그 고대의 어리석고 기적 같은 의식이 내게 끼치는 영향력을. 내 영혼 속에서 그녀를 제외한 모든 다른 것을 휩쓸어 버리는 이 회오리바람을 어떤 공식으로 표현할 수 있을까? 그래, 그래, 내 영혼 속에서 ― 당신들이 웃어도 할 수 없다.

그녀는 힘겹게 천천히 눈꺼풀을 올린다. 그러고 나서 힘겹게 천천히 말한다.

「안 돼요, 이제 그만······ 나중에. 자, 가요.」

문이 열린다. 낡고 닳아빠진 층계. 견딜 수 없이 조잡한 소음. 쉿소리, 빛······.

그때 이래로 벌써 하루가 지나갔다. 나는 어느 정도 평정을 되찾았다. 그럼에도 그 일을 대략적으로나마 묘사하는 것이 몹시 어렵게 느껴진다. 머릿속에서 폭탄이 터진 것 같다. 딱 벌어진 입들, 날개, 비명, 잎사귀, 단어, 돌멩이, 이 모든 것이 함께 켜켜로 누적되어 있다······.

나는 기억한다. 처음 내게 떠오른 생각은 〈빨리, 당장, 되돌아가야 한다〉였다. 왜냐하면 내가 복도에서 기다리는 동안에 그들이 어떤 수를 썼든 간에 녹색 벽을 폭파했거나 허물어 버렸다고 확신했기 때문이다. 그리로 모든 것이 밀어닥쳐 왔다. 그리고 하부 세계의 오염과 단절되어 온 우리의 도시를 덮쳤다.

나는 비슷한 것을 I에게 얘기했음이 틀림없다. 그녀는 웃기 시작했다.

「아니에요. 우리는 단지 녹색 벽을 넘어왔을 뿐이에요.」

그때 나는 눈을 떴다. 그리고 실제로 그것을 눈앞에서 보았다. 그때까지 벽의 흐릿한 유리 때문에 천 배나 축소되고 약화되고 희미해진 상태로밖에는 본 적이 없는 그것을 번호 중 처음으로 실제 보았던 것이다.

태양……. 그것은 보도의 유리 표면을 따라 고르게 분포된 우리의 태양이 아니었다. 그것은 일종의 살아 있는 파편이었다. 눈을 멀게 하고 머리를 빙빙 돌게 만드는, 끊임없이 동요하는 반점들이었다. 그리고 나무들은 하늘을 향한 촛불 같았다. 꺼칠꺼칠한 땅에 쭈그려 앉은 거미 같았다. 묵묵한 녹색의 분수 같았다. 그리고 이 모든 것은 움직이고 흔들리고 바스락거렸다. 발밑에서 무언가 꺼칠꺼칠한 실타래 같은 것이 옆으로 비켜갔다. 나는 장승처럼 서 있었다. 한 발자국도 움직일 수 없었다. 발밑에 있는 건 평면이 아니었기 때문이다. 무슨 얘긴지 알겠는가. 평면이 아니란 말이다. 그 대신 혐오스러울 정도로 부드럽고 푹신푹신하고 살아 있고 녹색이고 탄력성 있는 어떤 것이 있었다.

나는 이 모든 것으로 말미암아 멍해 있었다. 숨이 막혔다. 그것이 아마 가장 적절한 표현일 거다. 나는 양손으로 흔들거리는 나뭇가지를 붙잡고 서 있었다.

「괜찮아요, 괜찮아요! 처음에만 그래요. 곧 괜찮아질 거예요. 용기를 내세요!」

I 옆에는 누군가의 종이에서 오려 낸 듯이 말라빠진 프로필이 머리가 돌 정도로 흔들리는 녹색 그물에 걸려 있었다. 아니, 〈누군가의〉가 아니다. 나는 그를 안다. 나는 그를 기억

한다. 그 의사, 아니, 아니, 나는 매우 확실하게 모든 것을 이해한다. 그들은 둘이서 웃으면서 나의 겨드랑이를 잡아 앞으로 끌고 있었다. 나의 다리는 휘청거리며 미끄러졌다. 까옥까옥 소리, 이끼, 작은 언덕들, 새소리, 나뭇가지, 나무줄기, 날개, 나뭇잎, 쇳소리…….

나무들이 양쪽으로 갈라졌다. 그리고 선명한 공터가 나타났다. 공터에는 사람들이 있었다. 아니, 어떻게 말해야 좋을까. 더 정확하게 말해서 그것은 존재들이었다.

가장 어려운 부분이 바로 그것이다. 그것은 개연성의 경계 밖이었기 때문이다. 이제 I가 어째서 언제나 그렇게 고집스럽게 침묵했는지 확실해졌다. 무슨 말을 해도 나는 안 믿었을 것이다. 나는 그녀조차 믿지 않았을 것이다. 내일이 되면 나는 어쩌면 나 스스로를, 내가 쓴 기록까지도 안 믿을지 모른다.

공터에는 벌거벗은 두개골 형상의 바위 주위에 3백~4백 명 정도의 군중이 웅성거리고 있었다. 인간, 그래 〈인간〉이라고 해두자. 달리 표현할 말이 없으니까. 관람석의 군중들 틈에서 아는 사람이 먼저 눈에 띄듯이, 거기서도 나는 우리의 청회색 제복을 먼저 알아보았다. 그러고 나서 제복 사이에서 너무도 분명하고 단순하게 검은색, 붉은색, 황색, 흑갈색, 회색, 흰색의 인간들을 볼 수 있었다. 확실히 인간이었다. 그들은 모두 아무것도 입지 않고 있었다. 그리고 온통 짧고 빛나는 털로 덮여 있었다. 유사 이전 박물관의 박제된 말에서 볼 수 있는 것과 비슷한 그런 털이었다. 그러나 그들의 암컷의 얼굴은 정확하게, 그래, 정확하게 우리 여성의 얼굴과 동일했다. 부드러운 장밋빛이었고 털도 나 있지 않았다. 그들의 가슴 역시 털이 없었다. 크고 단단한 가슴은 훌륭한 기하학적 형상을 이루고 있었다. 수컷의 경우 단지 얼굴의 일부에만 털이 없었다. 마치 우리의 선조들 같은 모습이었다.

너무나 믿을 수 없고 예상 밖의 일이어서 나는 그저 잠잠히 서 있을 뿐이었다. 분명히 강조하건대, 나는 잠잠히 서서 보고만 있었다. 저울을 사용할 때, 저울대에 충분히 물건을 얹은 다음에는 아무리 더 얹어도 바늘은 움직이지 않는다. 나도 그런 저울과 같은 상태였다.

갑자기 나는 혼자가 되었다. I는 이미 내 곁에서 사라졌다. 어디로 어떻게 사라졌는지 모른다. 주위에는 다만 그들, 공단처럼 햇빛에 반짝이는 털을 가진 존재들만이 있을 뿐이었다. 나는 누군가의 뜨겁고 단단한 검은 어깨를 잡았다.

「이것 보세요, 〈은혜로운 분〉의 이름으로 묻겠어요. 그 여자가 어디로 갔는지 못 보았어요? 방금, 바로 전에……」

흐트러진 준엄한 눈썹이 나를 향했다.

「쉬잇! 조용히.」

더부룩한 눈썹은 두개골 형의 노란 바위가 있는 중앙을 가리켰다.

거기에 그녀가 있었다. 모두의, 모든 사람들의 머리 위에. 태양이 정통으로 내 눈을 쏘았다. 그래서 그녀의 온몸이 하늘의 푸른 캔버스 위에 그려진 날카로운 검은 석탄처럼 보였다. 푸른 바탕 위의 석탄색 실루엣, 그보다 조금 높은 곳에서 구름이 날고 있었다. 그것은 구름이 아니라 바위처럼 보였다. 바위 위에 선 그녀, 그녀 뒤에 있는 군중과 공터, 그것들은 배처럼 소리 없이 미끄러졌다. 발밑에선 대지가 헤엄치고 있었다.

「형제들······.」

그녀가 말했다.

「형제들이여! 여러분은 모두 저쪽, 벽 너머의 도시에서 인쩨그랄이 조선되고 있다는 걸 압니다. 그리고 여러분은 우리가 이 벽과 그리고 모든 벽을 부숴 버릴 날이 왔다는 것도 압니다. 녹색 바람이 지구의 이 끝에서 저 끝으로 불어 가도록 말입니다. 그러나 인쩨그랄은 이 벽들을 저 위 수천의 다른 행성들로 운반해 갈 것입니다. 그 행성들은 오늘 밤 여러분에게 검은 밤의 나뭇잎들 사이로 불꽃처럼 속삭일 것입니다······.」

파도와 거품과 바람이 바위를 때렸다.

「타도하자, 인쩨그랄! 타도하자!」

「아니오. 형제들이여. 타도가 아닙니다. 인쩨그랄은 우리의 것이 되어야 합니다. 그것이 최초로 하늘을 향해 출범하는 날, 우리가 그것에 올라탈 것입니다. 왜냐하면 인쩨그랄의 조선 담당 기사가 우리와 함께 있기 때문입니다. 그 사람은 벽을 등졌습니다. 그 사람은 나와 함께 이곳으로 왔습니다. 여러분들과 함께 있기 위해서입니다. 조선 기사를 환영합니다!」

순간 — 나는 위쪽 어딘가에 있었다. 나의 밑에는 머리통들, 머리통들, 머리통들이 있었다. 크게 외치는 입들, 위로 올려졌다가 내려가는 팔들. 그것은 유별나게 신기하고 도취될 만했다. 나는 나 자신이 모든 이의 위에 있다고 느꼈다. 나는 나였다. 개별적인 존재, 세계, 나는 여느 때처럼 구성 분자가 아니었다. 나는 단독체였다.

잠시 후 나는 아래로 내려갔다. 바로 바위 근처에 섰다. 나의 몸은 마치 사랑하는 사람과 포옹하고 난 뒤처럼 구겨지고 행복하고 흐트러져 있었다. 태양, 위에서 들리는 목소리, I의 미소. 전신이 공단처럼 황금빛인 여인이 황금빛 털에 덮여 풀 냄새를 풍기며 다가왔다. 그녀의 손에는 나무로 만든 술잔이 들려 있었다. 그녀는 붉은 입술로 조금 들이마신 후 내게 권했다. 나는 내 몸속의 불을 끄기 위해 눈을 감고서 그 액체를 게걸스럽게 마셨다. 달콤하고 찌르는 듯하고 차가운 불꽃을 마셨다.

그러자 내 몸속의 피와 세계 전체가 천 배나 빨리 돌기 시작했다. 가벼운 대지가 깃털처럼 날았다. 모든 것이 가볍고, 단순하고 명백하게 느껴졌다.

바위에 낯익은 커다란 글씨로 쓰인 〈메피〉가 있었다. 그것이 왠지 필요하다는 생각이 들었다. 그것은 모든 것을 연결해 주는 단순하고 견고한 실이었다. 나는 또한 그 바위에 새겨진 조잡한 인간의 형상을 보았다. 날개가 난 투명한 몸의 젊은이였다. 심장이 있어야 할 자리에 눈이 부시도록 빛나는 붉게 달구어진 석탄이 있었다. 나는 또다시 그 석탄의 의미를 이해했다. 아니, 그게 아니라 그것을 그냥 느꼈을 뿐인지도 모른다. 그녀의 말을 듣지 않으면서도 단어 하나하나를 느낄 수 있는 것처럼(그녀는 바위 위에서 말하고 있었다). 나는 모두가 함께 숨 쉬고 있음을, 모두가 마치 그때 벽 위에서 날던 새들처럼 함께 어디론가 날아가야 함을 느꼈다…….

빽빽한 인간 밀림의 뒤쪽에서 우렁찬 목소리가 들렸다.

「그러나 그건 미친 짓입니다!」

그 말에 대답한 것은 나였다고 생각한다. 그래 바로 나였다. 나는 바위로 껑충 올라섰다. 그리고 그곳에 서서 태양과 머리통들과 푸른 바탕에 이가 들쭉날쭉한 통처럼 생긴 녹색

나무들을 바라보았다. 나는 소리쳤다.

「네, 네, 바로 그겁니다! 우리는 모두 미쳐야 합니다. 반드시 미쳐야만 해요. 될 수 있는 한 빨리! 반드시. 나는 알고 있습니다.」

내 곁에는 I가 있었다. 그녀의 미소. 두 개의 검은 선이 양쪽 입가에서 날카로운 각도를 그리며 위쪽으로 올라갔다. 내 몸속에는 석탄 덩어리가 있었다. 그것은 순간적이고, 가볍고, 약간 고통스럽고, 또한 멋진 기분이었다.

잠시 후 남은 것은 이제는 사라져 버린 토막 난 파편들뿐이었다. 천천히, 낮게 새가 날아왔다. 나는 그것이 살아 있다는 것을 볼 수 있었다. 나처럼. 새는 마치 인간처럼 고개를 좌우로 돌리며 검고 둥그런 두 눈으로 나를 쏘아봤다…….

그리고 누군가의 등허리. 반짝거리는, 태곳적의 상아빛 털. 등을 따라 투명한 날개를 가진 아주 작은 검은 벌레가 기어갔다. 그 벌레를 떼어 버리려고 등허리가 움찔했다. 다시 한 번…….

그리고 뜨개질한 격자 모양의 나무 그늘에 인간들이 누워서 고대인들의 전설적인 음식물과 흡사한 무언가를 씹고 있었다. 노란색의 기다란 과일과 무슨 검은 조각 같은 것이었다. 한 여인이 그것을 내 손에 쥐여 주었다. 나는 우스운 생각이 들었다. 그것을 내가 먹을 수 있는지 없는지 잘 몰랐다.

그리고 또다시 사람들, 머리통들, 다리와 팔과 입들, 순간적으로 나타났다가 사라지는 얼굴들이 거품처럼 부서졌다. 그리고 한순간 투명한 날개귀가 날아갔다. 아니, 어쩌면 그건 순전히 상상이었는지도 모른다.

있는 힘을 다해 I의 손을 쥐었다. 그녀는 나를 돌아보았다.

「왜 그러세요?」

「그자가 여기 있어요······. 내 생각엔······.」

「그자라니 누구요?」

「S······. 바로 조금 전에, 군중 틈에 있었어요.」

석탄처럼 검고 가느다란 눈썹이 관자놀이까지 올라갔다. 날카로운 삼각형의 미소. 나는 왜 그녀가 웃는지, 어떻게 웃을 수 있는지 이해할 수 없었다.

「그래도 모르겠어요, I? 그자나 그자들 중의 누군가가 여기 있다는 게 뭘 의미하는지 몰라요?」

「말도 안 돼요! 정말로 벽 너머의 누군가가 우리가 여기 있다는 것을 꿈이라도 꿀 수 있을 것 같아요? 생각해 보세요. 당신만 해도 한 번이라도 이런 것이 가능하다고 생각해 본 적 있어요? 그자들은 도시에서 우리를 붙잡으려 하고 있어요. 그렇게 하라지요! 당신은 제정신이 아니에요.」

그녀는 가볍고 즐겁게 미소 지었다. 나도 미소 지었다. 취한 듯한 대지가 가볍게, 즐겁게 헤엄쳤다······.

스물여덟 번째 기록

개요: 그들 둘 다. 엔트로피와 에너지. 불투명한 신체 부위.

만일 당신들의 세계가 우리의 먼 조상들의 세계와 유사하다면 다음과 같은 것을 상상해 보라. 즉 당신들이 지구의 여섯 번째, 일곱 번째 대륙, 그 어떤 아틀란티스에 정착했다. 그곳에서 들어 본 적도 없는 심연의 도시들, 날개나 아에로의 도움 없이 나는 인간, 눈짓 하나만으로도 위로 들려지는 돌멩이 등등을 목격했다. 그것은 한마디로, 설령 당신들이 환각증에 시달리고 있다 해도 결코 상상할 수 없는 그런 장소다. 어제 내가 바로 그런 처지였다. 아시다시피, 우리 중의 누구도 2백년전쟁 이후로는 벽 너머에 가본 적이 한 번도 없었기 때문이다. 그 점은 내가 이미 당신들에게 언급했다.

미지의 친구들이여, 당신들에 대한 내 의무는 어제 내 눈앞에 펼쳐진 세계에 대해 더 자세히 설명하는 것임을 나는 안다. 그러나 당분간 그 주제는 보류해 두어야만 하겠다. 모든 것이 너무나 새롭고 또 새롭다. 사건들이 마치 폭우처럼 쏟아져서 나는 그것들을 모을 수가 없다. 나는 옷의 앞자락과 양손을 내밀지만 쏟아지는 물줄기는 나를 빠져나가고 공책에 떨어지는 것은 물방울뿐이다.

처음에 나는 방문 밖에서 울리는 커다란 목소리를 들었다. 그러고 나서 그녀, I의 목소리를 알아차렸다. 탄력 있는 금속성의 목소리. 그리고 다른 목소리. 그것은 U의 뻣뻣한 나무막대기 같은 목소리였다. 문이 활짝 열리며 그들 둘 다 내 방 안으로 쏜살같이 들어왔다. 문자 그대로 쏜살같이.

I는 내 안락의자의 등받이에 손을 얹었다. 그러고는 오른쪽의 그 여자를 향해 어깨너머로 이빨을 보이며 웃었다. 나라면 그런 미소를 받고 싶어 하지 않았을 것이다.

I가 내게 말했다.

「글쎄 말이죠. 이 여성은 당신이 마치 어린애라도 되는 것처럼 당신을 내게서 보호해 주는 것이 의무라는 듯이 구네요. 당신의 허가를 받고 그러는 건가요?」

그러자 다른 한쪽이 아가미를 불룩거리며 말했다.

「그래요, 이 사람은 사실 어린애예요. 그렇고말고요! 그렇기 때문에 당신의 짓거리를 간파하지 못하는 거예요……. 이 모든 것이 코미디라는 것도. 그래요! 그리고 나의 의무는…….」

순간 거울 속에 찡그리고 전율하는 나의 눈썹이 비쳤다. 나는 벌떡 일어났다. 그리고 내 안에 있는 제2의 나, 즉 털북숭이의 부들부들 떨리는 주먹을 가진 내가 가까스로 억제하며, 그녀의 정면을 향해, 아가미를 똑바로 향해 가까스로 한마디 한마디를 이빨 사이로 내뱉으며 소리쳤다.

「다, 당장 나가시오! 당장!」

아가미는 붉은 벽돌색으로 부풀어 올랐다가 가라앉았다. 그리고 회색으로 변했다. 그녀는 무언가 말하려고 입을 열었다가 아무 말도 하지 않고 문을 쾅 닫고 나가 버렸다.

나는 I에게 몸을 던졌다.

「용서하지 않을 것입니다. 나 자신을 결코 용서하지 않을 거예요! 저 여자가 감히 당신을? 그러나 오해하면 안 돼요……. 순전히 그 여자가 내게 등록되고 싶어 하기 때문이에요. 그런데 내가…….」

「다행스럽게도 등록할 시간이 없을 거예요. 그리고 그녀 같은 여자가 천 명이 있다 해도 나는 상관없어요. 당신이 그들 천 명이 아닌 나를 믿으리라는 것을 알아요. 왜냐하면 어제 그 일이 있은 후에 나는 당신 앞에 있는 그대로의 모습을 드러내게 됐기 때문이죠. 당신이 원했던 대로. 나는 당신의 것이에요. 당신은 아무 때라도…….」

「무엇을, 아무 때라도?」

나는 즉시 그것이 무슨 뜻인지 알아차렸다. 피가 귓전까지, 뺨까지 솟구쳤다. 나는 소리쳤다.

「그런 말할 필요 없어요. 다시는 그것에 대해 말하지 마세요! 그건 옛날의 나예요. 그리고 지금은…….」

「누가 당신을 알겠어요……. 인간은 마치 소설과도 같아요. 맨 마지막 페이지까지 읽기 전엔 어떻게 끝나는지 모르죠. 그렇지 않다면 끝까지 읽을 필요가 없겠지요…….」

I는 내 머리를 쓰다듬었다. 얼굴은 보이지 않았지만 어딘가 먼 곳을 응시하고 있음을 목소리로 알 수 있었다. 소리 없이 천천히 어딘지 모르는 곳으로 흘러가고 있는 구름에 시선을 고정시키고 있음을…….

그녀는 갑자기 손으로 나를 밀쳤다. 그리고 강경하고도 부드럽게 말했다.

「제 말을 들으세요. 당신께 말해 드릴 것이 있어서 왔어요. 어쩌면 이게 우리의 마지막 날들이 될지도 몰라요……. 오늘 저녁부터 모든 강당이 폐쇄된다는 거 알고 계세요?」

「폐쇄?」

「네, 지나오다가 봤어요. 강당 안에서 무언가 준비를 하고 있어요. 탁자 같은 것들, 그리고 흰 옷차림의 의사들이 있었고요. 저도 몰라요. 아직은 아무도 몰라요. 그리고 그 점이 가장 나쁜 것이에요. 하지만 벌써 전류가 흐르기 시작했고 불꽃이 튀고 있다는 것을 느껴요. 그리고 오늘이 아니라면 내일……. 그러나 어쩌면 그들은 실패할지도 모르죠.」

나는 이미 오래전에 그들은 누구이고 우리는 누구인지 구분하는 법을 잊었다. 그들이 성공하기를 원하는지, 아니면 실패하기를 원하는지 나도 모르겠다. 다만 한 가지 확실한 것은 I는 지금 막다른 끝을 걷고 있다는 거다. 그리고 이제 한 걸음만 더 내디디면…….

나는 말했다.

「하지만 이건 미친 짓이에요. 당신 대 단일제국. 그건 손으로 총구를 막고 발포를 막으려 하는 것과 마찬가지예요. 완전히 미친 짓이에요!」

미소.

「〈우리는 모두 미쳐야 합니다. 반드시 미쳐야 해요. 될 수 있는 한 빨리.〉 어제 누군가가 이런 말을 했어요. 기억나세요? 거기서…….」

그래. 그것은 기록되어 있다. 따라서 실제로 일어났던 일이다. 나는 묵묵히 그녀의 얼굴을 보았다. 얼굴에는 유난히 뚜렷한 검은 십자가가 있었다.

「사랑스러운 I, 아직도 늦지 않았어요……. 원한다면 나는 모든 것을 버리고 모든 것을 잊겠어요. 그리고 당신과 함께 그리로, 벽 너머로 가겠어요. 그들에게로……. 나는 그들이 누군지 모르지만.」

그녀는 고개를 흔들었다. 내 눈의 어두운 창문을 통해 그녀의 내부를 들여다보았다. 그 안에는 난로가 타고 있었다. 불꽃, 위를 향해 널름거리는 불길, 마른 타르의 장작더미. 그리고 분명해졌다. 이미 늦었으며 나의 말은 이미 아무것도 바꿀 수 없음을…….

그녀는 떠나기 위해 일어섰다. 어쩌면 마지막 순간, 마지막 날이 가까워졌는지도 모른다. 나는 그녀의 손을 잡았다.

「가지 마요! 조금만 더 있다 가요. 왜냐하면…… 왜냐하면…….」

그녀는 천천히 내 손을 잡아 불빛을 향해 위로 들었다. 내가 그토록 혐오하는 털북숭이 손을. 나는 손을 빼려고 했으나 그녀는 놓아 주지 않았다.

「당신의 손……. 당신은 모를 거예요. 그러나 아는 사람들이 있죠. 이곳 도시에서 도망친 여인들은 그들과 사랑에 빠졌지요. 그리고 필시 당신 몸 안에는 태양과 숲의 피가 몇 방울 섞여 있을 거예요. 어쩌면 바로 그 이유 때문에 나는 당신을…….」

멈춤. 매우 기묘하게도 그 멈춤, 공백, 무(無)로 인해 심장이 마구 뛰었다. 나는 소리 질렀다.

「아하! 당신은 아직 갈 수 없어요. 내게 그들에 관해 얘기해 주기 전에는 못 가요. 당신은 그들을…… 사랑하지만 나는 그들이 누군지 어디서 왔는지조차 몰라요. 그들이 누구죠?」

「우리가 상실한 반쪽이죠. H와 O — H_2O, 즉 개울과 바다, 폭포, 파도, 폭풍이 있기 위해서는 양쪽이 결합되어야 하죠…….」

나는 그때 그녀의 움직임 하나하나를 분명히 기억한다. 내가 말하는 동안 그녀는 책상 위의 삼각자를 집어 날카로운 가장자리를 뺨에 줄곧 누르고 있었다. 뺨에 흰색 상흔이 나타났다가 다시 분홍빛으로 돌아오며 사라졌다. 놀라운 일이지만 나는 그녀의 말, 특히 초반부의 말은 기억하지 못한다. 다만 일종의 개별적인 이미지와 색깔만을 기억할 뿐이다.

처음에 그것은 2백년전쟁에 관한 것이었다. 붉은색. 녹색의 풀. 어두운 진흙과 창백한 푸른 눈 위에 마르지 않은 붉은 웅덩이들. 햇볕에 타버린 황색 풀. 황색의 벌거벗은 털북숭이 인간들과 털북숭이 개, 사람과 개의 부어오른 사체……. 이것은 물론 벽 너머의 일이었다. 그때 이미 도시는 정복자였기 때문이다. 도시에는 이미 우리가 현재 먹고 있는 것과 같은 석유 음식이 있었다.

그리고 하늘에서 지상으로 쏟아지는 무거운 검은색의 주름살. 그것이 숲 위에서, 마을 위에서 하늘거린다. 서서히 연기 기둥이 솟아오른다. 둔탁한 울부짖음. 검은색의 끝없는 행렬이 도시로 이어진다. 그들을 강제로 구원하기 위해, 그들을 행복으로 이끌기 위해.

「이런 것은 대충 알고 있었죠?」

「그래요, 대충.」

「그러나 당신이 모르고 있는 게 있어요. 매우 소수의 사람들만이 알고 있었죠. 그들 중 몇몇은 무사히 살아남아 거기, 벽 너머에 남아 있었어요. 벌거벗은 채 그들은 숲으로 갔죠. 그들은 거기서 나무와 짐승과 새와 꽃과 태양에게서 삶을 배웠어요. 그들의 몸은 털로 뒤덮이게 되었지요. 그러나 그 대신 털 아래에 따뜻한 붉은 피를 보존했어요. 당신의 경우는 훨씬 나빠요. 당신은 숫자로 뒤덮여 있으니까요. 숫자가 마치 이처럼 당신 위를 기어 다니고 있어요. 당신의 모든 것을 박탈하고 벌거벗겨서 숲으로 내쫓아야만 해요. 공포와 기쁨, 불 같은 노여움, 추위 때문에 전율하는 법을 배워야 해요. 불의 신에게 기원하도록 만들어야 해요. 그리고 우리 메피가 원하는 것은…….」

「잠깐, 〈메피〉라니요? 〈메피〉가 뭐죠?」

「메피? 그것은 고대의 한 이름이에요. 그것은 저…… 기억하세요? 거기 바위 위에 새겨진 청년 말이에요……. 아니, 당신의 언어로 이야기하는 편이 이해하기 쉽겠군요. 세계에는 두 가지 힘이 있어요. 엔트로피와 에너지죠. 전자는 축복받은 평온, 행복한 균형을 지향하며 후자는 평형의 파괴와 고통스러울 정도로 끊임없이 이어지는 운동을 지향하죠. 우리의, 아니 더 정확하게 당신의 선조들, 그리스도교인들은 엔트로피를 마치 신처럼 숭배했지요. 그러나 우리, 반(反)그리스도교인들인 우리는…….」

그때 가벼운 속삭임 같은 노크 소리가 들렸다. 방안으로 뛰어 들어온 것은 몇 번이나 내게 I의 쪽지를 전달해 준 그 인간이었다. 이마가 눈두덩까지 푹 내려온 바로 그 납작한 인간 말이다.

그는 우리 앞으로 달려와 멈춰 섰다. 공기 펌프처럼 헐떡이고 있어 한마디도 말을 하지 못했다. 전속력으로 달려온 것이 분명했다.

「자, 괜찮아요! 무슨 일이 생겼지요?」

I는 그의 팔을 잡았다.

「오고 있어요. 이곳으로…….」

마침내 펌프는 연기를 토해 냈다.

「보안대가…… 그리고 그자도 함께, 저, 왜 그 사람…… 곱사등이 같은…….」

「S?」

「네! 가까이 와 있어요. 건물 안에 있어요. 곧 이리로 올 거예요. 빨리, 빨리!」

「말도 안 돼요! 시간은 있어요…….」

I는 웃었다. 눈에는 불꽃이 튀었다. 즐거운 화염.

그것은 어리석고 무모한 용기거나 아니면 아직도 내게는 이해가 안 되는 무엇인가가 거기 있거나 둘 중의 하나였다.

「I, 〈은혜로운 분〉을 위해서라도, 제발…….」

「〈은혜로운 분〉을 위해서…… 부탁이에요.」

「아이 참, 당신과 얘기해야 할 것이 한 가지 더 있는데…… 좋아요. 상관없어요. 내일 말이죠…….」

그녀는 즐겁게(그래, 즐겁게) 내게 머리를 끄덕였다. 순간 이마가 눈두덩까지 내려온 사나이도 그 차양 같은 이마를 젖히고 나오기라도 할 듯 고개를 끄덕였다. 나는 혼자 남았다.

서둘러 책상으로 가서 원고를 펼치고 펜을 잡았다. 그들이 왔을 때 내가 단일제국을 위해 일하고 있는 모습을 보이기 위해서였다. 갑자기 머리카락들이 하나씩 살아서 따로따로 바스락거리는 것 같았다.

〈그러나 이 기록들, 최근에 쓴 것 중에 한 쪽이라도 그들이 읽게 된다면?〉

나는 책상 앞에 앉았다. 꼼짝도 하지 않았다. 벽이 떨리고 내 손에 든 펜이 떨리고 글자들이 흔들거리며 뒤죽박죽되는 것이 보였다.

숨길까? 하지만 어디다? 모든 것이 유리로 되어 있는데, 태울까? 그러나 복도와 옆방에서 보일 것이다. 그리고 나는 그렇게 할 수가 없다. 나 자신의 일부인 이 고통스럽고 어쩌면 내게 가장 소중한 원고를 말소할 힘이 없다.

멀리서, 그다음에는 복도에서 발소리와 목소리가 들렸다. 나는 원고 일부를 깔고 앉았다. 나는 원자 하나하나가 다 떨고 있는 의자에 꼼짝 못하고 앉아 있었다. 발밑의 바닥은 배의 갑판처럼 오르락내리락했다…….

작은 덩어리처럼 쪼그리고 앉아 나는 이마의 차양 아래로 살그머니 살펴보았다. 그들은 복도의 오른쪽 끝에서부터 방마다 조사하고 있었다. 그들은 점점 가까워졌다. 어떤 번호들은 나처럼 꼼짝 않고 앉아 있었고 또 어떤 번호들은 벌떡 일어나 그들을 향해 문을 활짝 열었다. 그들은 행복한 족속들이다! 나도 저들처럼 행복할 수 있다면…….

「〈은혜로운 분〉은 인류에게 필수적인, 가장 완벽한 소독약이다. 그리고 그분 덕분에 단일제국의 조직에서 그 어떤 연동 운동도…….」

나는 떨리는 펜으로 이와 같이 전적으로 무의미한 글을 짜내고 있었다. 책상 위로 점점 더 낮게 몸을 구부렸다. 머릿속에는 미치광이 같은 대장간이 들어 있었다. 나는 허리를 폈다. 문손잡이가 철컥했다. 바람 냄새가 들어왔고 내가 앉은 의자는 춤추기 시작했다…….

나는 가까스로 공책에서 눈길을 떼어 들어오는 인물들을 향해 몸을 돌렸다(코미디를 연기한다는 것은 얼마나 어려운 일인가……. 아, 누가 오늘 내게 코미디에 관해 말했지). 맨 앞에 S가 음울하고 조용하게 서 있었다. 그의 눈이 내 몸속에, 의자에, 손 밑에서 떨고 있는 종잇장에 구멍을 뚫었다. 그리고 순간적으로 낯익은 일상의 얼굴들이 문지방에 어른거렸다. 그들 중의 한 얼굴이 눈에 들어왔다. 부어오르고 있는 듯한 갈색이 도는 장밋빛의 아가미……

나는 내 방에서 30분 전에 일어났던 모든 일을 상기했다. 따라서 그녀가 왜 왔는지 확실히 알아차렸다. 내 모든 존재가 원고를 깔고 앉은 그 부위(다행스럽게도 그것은 불투명하다)에서 고동치고 있었다.

U는 뒤쪽에서 S에게 다가갔다. 그의 소맷부리를 건드리며 조용조용 말했다.

「이 사람은 D-503, 인쩨그랄의 조선 담당 기사예요. 필경 이름은 들어 보셨겠죠? 이 사람은 언제나 이렇게 책상 앞에 앉아…… 자기 몸은 전혀 돌보지도 않아요.」

〈내가 정말 그런가? 얼마나 기적처럼 놀라운 여성인가.〉

S는 내게 미끄러지듯 다가와 어깨너머로 책상을 향해 몸을 굽혔다. 나는 내가 쓰고 있던 것을 팔꿈치로 가렸다. 그러나 그는 준엄하게 외쳤다.

「거기 있는 걸 당장 보이시오!」

나는 수치로 인해 온통 화끈거리며 그에게 종이를 내주었다. 그가 그것을 읽었다. 그의 눈에서 미소가 튀어나와 얼굴 아래쪽으로 재빨리 사라졌다. 그러고는 살그머니 꼬리를 흔들며 입의 오른쪽 귀퉁이 어딘가에 쪼그리고 앉았다…….

「좀 애매한 구석이 있긴 하지만, 어쨌든…… 좋아요, 계속 쓰시오. 더 이상 방해하지 않겠소.」

그는 물을 가르며 나아가는 기선의 외륜처럼 저벅저벅 문으로 걸어갔다. 그가 걸음을 옮길 때마다 내게로 내 다리,

팔, 손가락들이 되돌아왔다. 영혼은 다시 균등하게 몸 전체에 퍼졌다. 나는 숨을 쉬었다.

끝으로 말해 둘 것은 U가 내 방에 그대로 남아 있었다는 점이다. 그녀는 내게 다가와 귓속에다 대고 소곤소곤 말했다.

「당신은 운이 좋았어요, 저 때문에…….」

이해할 수 없다. 그녀는 무엇을 말하고자 했을까?

나중에 저녁때가 되어서야 나는 그들이 세 명을 연행해 갔다는 걸 알게 되었다. 그러나 아무도 그 일에 대해 큰 소리로 이야기하지 않는다(우리 가운데 보이지 않게 존재하는 보안 요원들의 교육적 영향력 때문이다). 대화는 주로 바로미터의 급강하와 기후 변동에 관한 것이다.

스물아홉 번째 기록

개요: 얼굴 위의 실오라기. 새싹. 부자연스러운 압축.

이상하다. 바로미터는 아래로 내려가는데도 바람은 여전히 불지 않는다. 정적. 아직 우리에겐 들리지 않지만 위쪽에선 이미 폭풍이 시작되었다. 먹구름이 전속력으로 돌진한다. 그것은 아직 소량의 들쭉날쭉한 조각들이다. 위에서 무슨 도시가 붕괴하여 벽과 탑의 파편이 날고 있는 듯하다. 그것들은 무서운 속도로 점점 커지고 점점 가까워진다. 그러나 우리에게 닿으려면 아직 며칠을 푸른 무한을 뚫고 날아야 한다.

지상에는 정적이 감돌고 있다. 공기 중에 가느다란, 뭔지 알 수 없는 미세한 실오라기들이 떠다닌다. 그것들은 매년 가을이면 벽 너머에서 날아온다. 천천히 공중을 떠다닌다. 그렇기 때문에 얼굴에 갑자기 뭔가 이질적이고 보이지 않는 물질이 묻은 듯 느껴진다. 털어 버리고 싶어도 안 된다. 무슨 짓을 해도 떼어 낼 수가 없다.

녹색의 벽 근처를 걷노라면 이 실오라기들이 유난히 많다는 것을 깨닫게 된다. 나는 오늘 아침 그곳으로 갔다. I는 고대관의 우리 〈아파트〉에서 만날 것을 지정했다. 고대관의 불투명한 붉은색 집채가 시야에 들어왔을 때, 내 뒤에서 누군가가 거칠게 숨을 쉬며 종종걸음으로 서둘러 따라오고 있음을 느꼈다. 나는 뒤를 돌아보았다. O가 쫓아오고 있었다.

그녀의 몸 전체는 특별한 형태로 탄력 있게 완결된 하나의 원이었다. 팔과 가슴의 불룩한 부분, 그리고 내겐 너무나도 친숙한 그녀의 온몸이 동그랗게 되어 있었다. 그리고 제복은 팽팽하게 늘어나 있었다. 이제 곧 얇은 직물을 찢고 몸이 밖으로, 태양으로, 빛으로 노출될 것 같았다. 나는 상상했다. 그곳, 녹색의 밀림에서도 봄이 되면 그와 마찬가지로 고집스럽게 대지를 뚫고 새싹이 돋아나온다. 곧 가지와 잎을 나오게 하고 꽃을 피우기 위해서.

몇 초 동안 그녀는 잠자코 있었다. 내 면전을 향해 푸른빛으로 빛나면서.

「당신을 봤어요. 그때, 만장일치의 날에요.」

「나도 당신을 봤어요……」

나는 즉시 그녀가 팔로 배를 감싸고서 벽에 찰싹 붙어 아래쪽 좁은 통로에 서 있던 것을 기억했다. 나는 무의식적으로 제복 밑의 둥그런 배를 바라보았다.

그녀는 내 시선을 눈치 챈 것이 분명했다. O는 전신이 장밋빛 동그라미처럼 변해 있었다. 그리고 장밋빛으로 미소 지었다.

「얼마나 행복한지 몰라요. 얼마나 행복한지…… 나는 충만해요. 이해하시겠어요? 나는 철철 넘치도록 충만해요. 산책을 하면서도 주위의 그 어떤 소리도 못 듣고 다만 내 몸속의 소리만을 들어요……」

나는 침묵했다. 내 얼굴에 무언가 이질적인 것이 묻어 있었고 그것 때문에 신경이 거슬렸다. 그러나 아무리 해도 그것에서 벗어날 수 없었다.

뜻밖에도 그녀는 더욱 푸르게 빛나며 내 손을 잡았다. 그리고 나는 내 손으로 그녀의 입술을 느꼈다……. 그것은 생전 처음 경험하는 느낌이었다. 그것은 그때까지 나도 몰랐던 옛날식 애무였다. 그로 인한 수치와 고통이 너무 커서 나는 손을 (아마도 거칠게) 잡아 뺐다.

「이봐요, 당신은 미쳤어요! 이것뿐이 아니야. 당신은…… 도대체 행복할 건덕지가 뭐가 있다는 거요? 당신을 기다리고 있는 게 무엇인지 정말 잊어버리기라도 한 거요? 지금은 아니라 해도 어차피 한 달 후, 아니면 두 달 후에……」

그녀는 생기를 잃었다. 모든 동그라미들은 일시에 푹 꺼지고 쪼그라들었다. 나는 심장에서 연민이라는 감정과 연관된, 불쾌하고 고통스럽기조차 한 압축을 느꼈다(심장이란 이상적인 펌프일 뿐이다. 압축, 수축이란 펌프에 의한 액체의 흡입이고 따라서 그것은 기술적인 오류다. 따라서 그와 같은 압축을 유발하는 〈사랑〉이니 〈연민〉이니 하는 것들은 부조리하고 부자연스럽고 병적인 것임이 확실하다).

정적. 왼쪽에는 흐릿한 녹색 유리 〈벽〉. 전방에는 어두운 붉은색의 건물. 이 두 색깔은 서로 어우러져 내 안에서 일종의 합성 물질 형태로 기막히게 멋진 아이디어를 제공했다.

「잠깐만. 나는 당신을 구할 수 있는 방법을 알고 있어요. 나는 당신이 아기를 보기가 무섭게 죽음을 당하도록 하지 않을 거예요. 당신은 그 아기를 키울 수 있을 거예요. 무슨 말인지 알겠어요? 당신은 그 아이가 당신 손에서 마치 과일처럼 크고 살이 오르고 물이 오르는 것을 지켜볼 수 있게 될 거예요……」

그녀는 온몸을 세차게 떨며 너무도 강한 시선을 내게 고정시켰다.

「그 여성 기억나요……? 있잖아요. 그때 오래전에 산책하던 중에. 그 여자가 지금 여기 고대관 안에 있어요. 그 여자한테 같이 갑시다. 내가 책임지겠어요. 내가 지금 바로 모든 것을 선처해 주겠어요.」

나는 이미 머릿속에 그 장면을 그리고 있었다. 우리 셋, 즉 I와 나와 O가 복도를 따라 걸었다. 곧 그녀는 그곳에 다다른다. 꽃과 풀과 잎사귀들 사이에……. 그러나 그녀는 뒤로 물러섰다. 그녀의 장밋빛 초승달과 양쪽 모서리가 떨리면서 아래로 처졌다.

「그 여자 말이군요.」 그녀가 말했다.

나는 왠지 당황했다.

「그러니까……. 그래요, 맞아요. 바로 그 여자예요.」

「그러니까 당신은 내가 그 여자에게 가길 원한다는 말이죠? 나더러 그 여자에게 부탁하라고요? 내가…… 나한테 다시는 그런 말 하지 마세요!」

그녀는 구부정한 모습으로 재빨리 내게서 멀어져 갔다. 그리고 무언가 생각난 듯이 뒤로 돌아서 소리쳤다.

「네, 난 죽을 거예요. 그래요, 그렇게 되라지요! 당신이 참견할 일은 아니죠. 당신에겐 아무 상관도 없는 일 아니에요?」

정적. 위쪽에서 탑과 벽의 푸른 파편들이 무서운 속도로 떨어지며 내 눈 쪽으로 점점 가까이 다가온다. 그러나 그것들이 무한을 가로질러 오는 데는 아직도 수시간, 아니 어쩌면 수일이 걸릴 것이다. 보이지 않는 실오라기들이 천천히 헤엄치며 내 얼굴에 내려앉는다. 아무리 해도 그것들을 떼어 버릴 수가 없다. 그것들에게서 떨어질 수가 없다.

    나는 서서히 고대관을 향해 걷는다. 심장에 부조리하고 고통스러운 압축을 느끼며…….

서른 번째 기록

개요: 최후의 숫자. 갈릴레오의 실수. 이것이 더 낫지 않은가?

내가 어제 고대관에서 I와 나눈 대화를 여기 쓰겠다. 생각의 논리적 진행을 삼켜 버리는 조잡한 소음과 붉은색, 녹색, 청동의 황색, 흰색, 오렌지색 등의 얼룩덜룩한 배경. 그리고 얼어붙은 대리석 아래에 있는 고대인 들창코 시인의 미소.

나는 우리의 대화를 한 자 한 자 그대로 옮기기로 하겠다. 왜냐하면 그것은 단일제국의 운명, 더 나아가서 우주의 운명에 중대하고 결정적인 의미를 지니기 때문이다. 게다가 미지의 독자들인 당신들은 어쩌면 이 글에서 나에 대한 일종의 정당화를 찾게 될지도 모른다……

I는 아무런 서론 없이 단도직입적으로 내게 모든 걸 털어놓았다.

「내일모레 당신들의 인쩨그랄이 최초의 시험 비행에 들어간다고 알고 있어요. 그날 우리가 그것을 손에 넣을 겁니다.」

「어떻게요? 모레?」

「네, 앉으세요. 진정하시고요. 조금도 지체할 수 없어요. 어제 보안 요원들에게 무작위로 체포된 수백 명 중에 열두 명의 메피도 끼어 있었어요. 2, 3일만 지체해도 처형될 거예요.」

나는 입을 다물었다.

「실험 비행 관찰을 위해 그들은 당신에게 전기 기사, 기계 기사, 의사, 기상학자 등을 파견하기로 되어 있어요. 12시 정각 — 기억해 두세요 — 점심 식사 종이 울리면 모두들 식당으로 갈 거예요. 하지만 우리는 복도에 남아 있다가 그자들을 모조리 식당에 가둬 버릴 거예요. 그러면 인쩨그랄은 우리 것이 되는 거죠……. 아시겠어요? 무슨 일이 있더라도 반드시 그렇게 해야 해요. 우리 손에 들어온 인쩨그랄은 모든 것을 단번에, 즉시, 고통 없이 해치우는 것을 도와 줄 무기가 될 거예요. 그들의 아에로요? 홍! 그건 매를 향해 달려드는 하루살이 떼에 불과할 거예요. 필요한 경우 모터의 포구를 아래로 향하게 할 수도 있죠. 그러면 단 한 방에…….」

나는 벌떡 일어섰다.

「생각할 수 없는 일이에요! 어리석은 짓이에요! 당신들이 계획하고 있는 게 혁명이란 걸 모른단 말입니까?」

「그래요, 혁명이에요! 어째서 그것이 어리석죠?」

「어리석어요. 왜냐하면 혁명이란 있을 수 없기 때문이에요. 왜냐하면 우리의 — 당신이 말하는 우리가 아니고 나의 우리 — 혁명이 마지막 혁명이었기 때문이에요. 그러니까 그 이후에는 어떤 혁명도 있을 수 없어요. 그건 누구나 다 아는 일이죠…….」

조롱하는 듯한 날카로운 삼각형의 눈썹.

「사랑스러운 분! 당신은 수학자죠. 아니, 그 이상이죠. 철학자며 수학자예요. 그러면 이제 제게 마지막 숫자를 불러 보세요.」

「그게 무슨 얘기죠? 나…… 나는 이해를 못하겠어요. 마지막이라니 그게 어떤 숫자죠?」

「음. 마지막의, 가장 높은, 가장 큰 숫자 말이에요.」

「그렇지만 I, 그건 말이 안 돼요. 숫자란 무한한 거예요. 도대체 어떤 마지막 수를 원하는 겁니까?」

「당신은 그럼 도대체 어떤 마지막 혁명을 원하는 거죠? 마지막이란 없어요. 혁명이란 무한한 거예요. 마지막 혁명이란 어린아이들을 위한 얘기죠. 아이들은 무한성에 겁을 집어먹죠. 따라서 그 애들이 밤에 편히 자도록 하기 위해서는 반드시……」

「그러나 도대체 이 모든 것에 무슨 의미가 있는 거죠? 〈은혜로운 분〉을 위해서 말해 줘요. 일단 모두가 다 행복해졌는데 그럴 필요가 어디 있단 말입니까?」

「만일…… 아니 좋아요. 그렇다고 쳐요. 그러고 나선 어떻게 되죠?」

「우습군요! 완전히 어린애 같은 질문이에요. 아이들에게 무언가 끝까지 다 얘길 해주지요. 그러면 아이들은 꼭 이렇게 묻지요. 그리고 어떻게 됐어? 그래서?」

「아이들은 유일하게 용감한 철학자들이에요. 그리고 용감한 철학자는 반드시 어린이들이고요. 아이들이 그러는 것처럼 우리에게도 언제나 〈그리고 어떻게 됐어?〉가 필요해요.」

「그러고 나서는 끝이에요! 마침표. 전 우주에 균등하게, 도처에 분포되어 있는 것은……」

「아하! 균등하게, 도처에! 바로 그것이 엔트로피, 심리적 엔트로피예요. 당신은 철학자니까 분명히 아시겠죠. 다양성만이, 체온의 다양성, 열량의 대비만이 생명을 구성한다는 걸요. 만일 우주 도처에 동일하게 차갑거나 동일하게 뜨거운 것만이 있다면 그것은 없어져야만 해요. 불과 폭발과 지옥을 위해서죠. 그리고 우리는 그것을 제거할 거예요.」

「그러나 I, 생각해 봐요. 2백년전쟁 중에 우리의 선조가 했던 게 바로 그거예요……」

「오, 그리고 그들은 옳았어요. 천번 만번 옳았지요. 그들의 실수는 단 한 가지, 즉 얼마 후에 자신들이 바로 마지막 숫자라고 확신했던 거예요. 자연계에는 있을 수도 없는 마지막 숫자라고요. 그들의 실수는 갈릴레오의 실수였지요. 갈릴레오가 지구가 태양의 주위를 돈다고 믿었던 것은 옳아요. 그러나 그는 태양계 전체가 다른 어떤 중심의 주위를 돈다는 것은 몰랐죠. 지구의 진정하고 절대적인 궤도는 단순한 원이 결코 아니라는 걸 몰랐죠.」

「그러면 당신들은?」

「우리는 마지막 숫자가 없다는 걸 아직은 알고 있죠. 그러나 어쩌면 그 사실을 잊어버리게 될지도 몰라요. 아니, 모든 것이 불가피하게 늙어 가듯이 우리도 늙어 가면서 잊어버리게 되겠죠. 그리고 그때 우리 또한 불가피하게 추락하겠지요. 가을날의 낙엽처럼, 내일모레의 당신들처럼…… 아니, 아니에요. 사랑스러운 분, 당신은 아니에요. 당신은 우리 편이에요. 우리 편!」

그녀는 활활 타오르고, 소용돌이치고, 번쩍번쩍 빛났다. 나는 그와 같은 그녀의 모습을 본 적이 없었다. 그녀는 나를 온몸으로 포옹했다. 그러자 나는 사라졌다…….

내 눈을 흔들림 없이, 굳건하게 바라보며 그녀는 마지막 말을 남겼다.

「잊지 마세요. 12시예요.」

그리고 나의 말.

「그래요, 명심하겠어요.」

그녀는 떠났다. 나는 혼자 남았다. 폭풍 같은 잡다한 소리와 푸른색, 붉은색, 녹색, 청동의 노란색, 오렌지색의 혼란 속에…….

그래, 12시……. 갑자기 내 얼굴에 내려앉은 무언가 이질적인 것은 어리석은 감촉, 떨쳐 버릴 수 없는 그것. 갑자기 어제 아침 일이 생각났다. U. 그리고 그때, 그녀가 I의 면전에 대고 외친 그것…… 어째서? 이 무슨 부조리한 일인가.

나는 성급히 밖으로 나왔다. 그리고 서둘러 집으로 향했다…….

뒤쪽 어딘가 벽 위에서 새들이 찢어질 듯이 울어 댔다. 그리고 앞쪽에는 결정화된 시뻘건 불로 주조된 듯한 저녁 해를 받으며 둥둥 떠 있는 거대한 입방체 건물들과 둥근 지붕들, 그리고 하늘에 얼어붙은 한줄기 번개 같은 축전탑의 첨각이 있었다. 그 모든 것을, 그 모든 나무랄 데 없는 기하학적 미를 내 손으로…… 정말로 그 어떤 출구도, 방법도 없단 말인가?

어떤 강당 앞을 지나갔다(몇 호인지는 기억나지 않는다). 안에는 벤치가 산더미처럼 쌓여 있었다. 가운데는 눈처럼 흰 유리 덮개로 덮인 탁자들이 있었고 장밋빛 태양이 한 방울의 피처럼 흰색 바탕 위에 떨어져 있었다. 이 모든 것에는 무언가 알 수 없는, 따라서 끔찍한 내일이 숨겨져 있었다. 오관을 갖춘 존재가 비합리적인 것들, 미지수들, X들 사이에 살아야 한다는 것은 부자연스럽다. 누군가 당신의 눈을 가리고 그런 상태에서 걷고 더듬고 넘어지도록 강요한다고 가정해 보라. 당신은 어딘가 매우 가까운 곳에 벼랑 끝이 있고, 한 발자국만 더 내디디면 당신에게 남는 것은 납작해지고 일그러진 한 점의 고깃덩어리뿐이라는 걸 알고 있다. 지금 내 상태는 그것과 똑같지 않은가?

그리고 만약에 채 기다리지도 않고 그대로 곤두박질친다면? 그것이 유일하게 옳으며 단숨에 모든 것을 해결하는 길이 아닐까?

서른한 번째 기록

개요: 위대한 수술. 나는 모든 것을 용서했다. 열차의 충돌.

구원받았다! 마지막 순간에, 아무 데도 붙잡을 것이 없고 모든 것이 이미 다 끝났다고 생각한 순간에…….

우레와 같은 〈은혜로운 분〉의 처형 기계를 향해 계단을 따라 올라간다. 유리 뚜껑이 벌써 무겁게 철컥 소리를 내며 닫힌다. 그리고 생에서 마지막으로, 서둘러 푸른 하늘을 눈으로 삼킨다…….

그런데 갑자기 그것이 모두, 그것이 모두 꿈이었음을 알게 된다. 태양은 즐거운 장밋빛이고 차가운 벽이 손에 잡힌다. 얼마나 즐거운 일인가. 그리고 베개, 흰 베개에 난 머리 자국이 끝없는 희열을 선사한다.

오늘 아침 「국립 신문」을 읽었을 때 내가 느낀 감정이 바로 이와 같았다. 무서운 꿈을 꾸고 있었으나 그것은 끝났다. 그리고 소심한 나, 의심 많은 나는 이미 자살까지도 생각했다. 어제 내가 쓴 마지막 행들을 읽어 보면 수치스럽다. 그러나 상관없다. 그 행들을 그대로 남아 있게 하리라. 있을 수 없는 어떤 것, 일어날 수도 있었지만 일어나지 않은…… 그리고 일어나지 않을 어떤 것에 관한 기억으로!

「국립 신문」의 제1면은 이런 내용들로 빛나고 있었다.

기뻐하라!

이제부터 여러분들은 완벽해질 것이다! 지금까지는 여러분들의 자식, 즉 메커니즘이 여러분들보다 더 완벽했다.

어째서일까?

발전기의 불꽃 하나하나는 가장 순수한 이성의 불꽃이다. 피스톤의 운동은 그 하나하나가 순결한 삼단논법이다. 그러나 사실 당신들 안에도 과오를 범하지 않은 이성이 있지 않은가?

크레인, 압착기, 펌프에서 철학은 완결되었고 분명해졌다. 원형의 동그라미처럼. 그러나 사실 당신들의 철학도 동그라미가 아닌가?

메커니즘의 아름다움이란 진자와 같이 정확하고 불변하는 리듬에 있다. 그러나 사실 어려서부터 테일러 시스템에 의해 길러진 당신들은 진자처럼 정확하게 되지 않았는가?

단 한 가지만 빼면 당신들은 완벽하다.

메커니즘에는 환각증이 없다.

당신들은 한 번이라도 작동 중인 펌프 실린더가 아득하고 무의미하고 꿈꾸는 듯한 미소를 짓는 모습을 본 적이 있는가? 당신들은 한 번이라도 밤의 휴식 시간에 크레인들이 불안하게 엎치락뒤치락하며 한숨짓는 소리를 들은 적이 있는가?

없다!

그러나 보안요원들은 점점 더 빈번히 당신들에게서 그 같은 미소와 한숨을 발견한다. 부끄러워하라! 그리고 단일제국의 사가들은 수치스러운 사건의 기록을 회피하기 위해 사임 요청을 하고 있다. 부끄러워하라!

그러나 이것은 당신들의 죄가 아니다. 당신들은 환자다. 병명은, 환각증.

그것은 이마에 검은 주름이 패게 하는 벌레다. 그것은 당신들을 계속 더 멀리 달리도록 몰아치는 열병이다. 그 〈더 멀리〉란 것은 행복이 끝나는 지점에서 출발하는 것임에도 불구하고 행복의 길을 막는 최후의 장애물이다.

그러나 기뻐하라. 그 장애물은 이미 폭파되었다.

길은 열렸다.

〈국가 과학〉의 최신 발견에 따르면 환각증의 중심은 대뇌 하부에 있는 보잘것없는 뇌신경 마디라는 것이다. 엑스레이로 그 마디를 3회에 걸쳐 태우면 당신들의 환각증을 치유할 수 있다.

영원히.

당신들은 완벽해지고, 기계와 동등해지고, 백 퍼센트 행복으로 향한 길이 열린다. 모두들, 노소를 막론하고 서둘지어다. 서둘러 〈위대한 수술〉을 받을지어다. 위대한 수술이 시술되고 있는 강당으로 빨리 갈지어다. 위대한 수술 만세! 단일제국 만세, 〈은혜로운 분〉 만세!

……여러분. 당신들이 이상의 문장을 고대의 기이한 소설

과 흡사한 나의 원고가 아니라 실제로 신문에서 읽었다면 당신들 역시 지금 내 심정과 똑같을 것이다. 지금 내 손에서처럼 당신의 손에서 아직 잉크 냄새가 마르지 않은 신문이 떨리고 있고 또한 당신들도 나처럼 이 모든 것이 가장 진정한 현실임을, 만일 현재의 현실이 아니면 미래의 현실임을 알게 되었다면 말이다. 지금 나처럼 당신들의 머리도 핑핑 돌지 않겠는가? 당신들의 등허리와 팔을 따라 신기하고 달콤한 얼음 바늘들이 달리고 있지 않겠는가? 당신들은 스스로를 거인처럼, 아틀라스처럼, 그래서 일어서면 머리가 유리 천장에 닿을 것처럼 느끼지 않겠는가.

나는 수화기를 들었다.

「I-330 부탁합니다……. 네, 네. 330이오.」

나는 숨을 헐떡이며 소리쳤다.

「집에 있었군요. 그래, 읽었어요? 읽고 있다고요? 정말이지 이건, 이건…… 정말 굉장한 일이에요!」

「그래요…….」

길고 어두운 침묵. 수화기에서 희미하게 윙윙 소리가 났다. 그녀는 무언가를 생각하고 있었다…….

「오늘 반드시 당신을 만나야 해요. 네, 16시 이후에 제 방으로 오세요. 반드시.」

사랑스러운 여자! 얼마나, 얼마나 사랑스러운가! 〈반드시〉라……. 나는 내가 웃고 있으며 아무리 해도 미소를 거둘 수 없음을 느꼈다. 이 미소를 거리로 가지고 나가리라. 마치 머리 높이 매달려 있는 가로등처럼.

밖으로 나가자 바람이 나를 덮쳤다. 회오리치고 쌩쌩거리고 휘몰아쳤다. 그러나 그럴수록 나는 더 즐거울 뿐이었다.

울부짖으려무나. 상관없다. 이제 너는 벽을 쓰러뜨릴 수 없다. 머리 위에서는 강철 같은 먹구름이 부서져 날고 있었다. 그러려무나. 너는 태양을 어둡게 할 수 없다. 우리는 태양을 영원히 쇠사슬로 천심(天心)에 묶어 놓았다. 우리는 속죄양 그리스도다.

모퉁이에 일군의 그리스도 — 속죄양들이 서 있었다. 이마를 벽의 유리에 대고 안을 들여다보고 있었다. 강당 안에는 이미 한 사람이 눈부시도록 흰 탁자 위에 누워 있었다. 흰색 덮개 아래로 각도를 이루며 벌려진 노란색 발바닥이 보였다. 흰색 제복을 입은 의사들이 그의 머리맡으로 몸을 굽혔다. 흰색의 손이 무언가로 가득 찬 주사기를 그의 팔에 찔렀다.

「당신은 왜 안 들어가죠?」

내가 물었다. 누구 특정한 인물이라기보다는 그들 모두에게 물어본 말이었다.

「그러는 당신은?」

누군가가 내 쪽으로 고개를 돌리며 물었다.

「나는, 나중에 할 거예요. 우선 해야 할 일이 있어요······.」

나는 약간 당황해하며 그 자리를 떠났다. 나는 사실 우선 그녀, I를 만나야 했다. 그러나 어째서 〈우선〉인지 스스로에게 대답할 수는 없었다.

조선대. 인쩨그랄이 푸르스름한 얼음 빛으로 희미하게 빛나며 불꽃을 튀기고 있었다. 발전기가 기계 소리로 윙윙거렸다. 무언가 동일한 단어를 다정하게 끝없이 반복하며, 그것이 마치 나에게 친숙한 어떤 말인 것처럼. 나는 몸을 굽혀 모터의 길고 차가운 파이프를 쓰다듬었다. 사랑스러운 것······ 얼마나, 얼마나 사랑스러운가. 내일 너는 소생할 것이다. 내일 너는 생전 처음으로 너의 뱃속에서 일어나는 불같은, 타는 듯한 파편으로 전율할 것이다……

만일 모든 사태가 어제와 마찬가지로 남아 있었더라면 나는 어떤 눈으로 이 강력한 유리 괴물을 보았을까? 만약에 내가 내일 12시에 그것을 배신할 것을 알았더라면…… 그래, 그건 배신이다…….

뒤에서 누군가가 조심스럽게 내 팔꿈치를 건드렸다. 나는 뒤를 돌아보았다. 부기사의 접시처럼 납작한 얼굴이 보였다.

「알고 계세요?」

그가 말했다.

「뭐를요? 〈수술〉? 네, 정말 거짓말 같은 일이에요. 모든 사람이 단번에……」

「아니, 그게 아니고요. 시험 비행이 내일모레로 연기되었어요. 모두 그 수술 때문이죠. 이렇게 될 줄 알았다면 그렇게 서두를 필요 없었던 셈이죠. 우린 전력을 다했어요…….」

「모두 그 수술 때문이죠.」

앞뒤가 꽉 막힌 우스꽝스러운 인간이다. 자기 접시보다 멀리 있는 것은 아무것도 보지 못한다. 〈수술〉이 아니었더라면 그는 내일 12시에 유리 감방에 갇혀 우왕좌왕하고 벽을 기어오르고 할 것이었다.

나는 내 방으로 돌아왔다. 15시 30분. 방으로 들어가자 거기 U가 있었다. 그녀는 뼈로 만들어진 사람처럼 경직된 자세로 손을 오른쪽 뺨에 고이고서 내 책상 앞에 앉아 있었다. 오랫동안 기다렸음이 틀림없었다. 나를 향해 벌떡 일어났을 때 그녀의 뺨에는 다섯 개의 손가락 자국이 나 있었다.

순간 마음속에서 저 불쾌한 아침의 일이 떠올랐다. 바로 거기, 탁자 옆에 그녀는 I와 함께 서 있었다. 격분해서…… 그러나 그 생각은 순간적으로 스치고 지나갔을 뿐, 곧 오늘의 태양에 의해 말끔히 씻겼다. 그런 일이 종종 있다. 화창한 날 방으로 들어가서 무심코 전등 스위치를 돌린다. 전등은 빛나기 시작한다. 그러나 그것은 없는 것 같아 보인다. 매우 우스꽝스럽고 초라하고 불필요해 보인다. 마찬가지로…….

나는 주저 없이 그녀에게 손을 내밀었다. 나는 모든 것을 용서했다. 그녀는 내 두 손을 꼭 잡았다. 따끔거릴 정도로 꼭 쥐었다. 축 처진 뺨을 — 그것은 낡은 장식 같았다 — 불안하게 부들부들 떨며 말했다.

「기다리고 있었어요……. 그냥 잠시만…… 그저 얘기하고 싶었어요. 내가 얼마나 행복한지. 당신에게 얼마나 잘된 일인지…… 아시겠어요. 내일, 아니면 내일모레, 당신은 완전히 치유될 거예요. 새로 태어난 것처럼…….」

나는 책상 위의 원고 뭉치를 보았다. 어제 쓴 마지막 두 쪽. 어제 놓아둔 그대로였다. 만일 그녀가 내가 거기다 쓴 것을 읽어 보았다면……. 그러나 상관없다. 이제 그것은 순전히 나의 병력일 따름이다. 이제 그것은 우스울 정도로 나와는 거리가 먼 것이다. 마치 쌍안경을 거꾸로 들고 보는 것처럼.

「그래요.」

나는 말했다.

「그리고 아시겠지만 저는 방금 거리를 지나왔어요. 그런데 내 앞에 가던 사람의 그림자가 보도에 있었어요. 그리고 상상했죠. 빛나는 그림자 말이에요. 내 생각에, 아니 확신하건대 내일이면 그림자는 모두 사라질 겁니다. 그 누구도, 그 어떤 물체도 그림자를 갖지 않게 될 겁니다. 태양이 모든 걸

관통할 것이기 때문이죠…….」

그녀는 부드럽고 엄격하게 말했다.

「당신은 몽상가예요! 우리 학교 아이들에게는 그런 식으로 말하는 걸 허락하지 않을 거예요…….」

그녀는 어린애들에 관해, 그리고 어떻게 그녀가 그들 모두를 마치 가축 떼처럼 수술실로 끌고 갔으며 어떻게 거기서 그들을 묶어야 했는지에 대해 얘기했다. 그리고 〈사랑은 무자비하게, 정말로 무자비하게 해야 한다〉는 것과 그녀가 마침내 결심할 것 같다는 이야기를 했다…….

그녀는 무릎 사이의 청회색 천을 바로잡고 묵묵히 그리고 재빨리 내 전신을 미소로 매대기 치고 떠났다.

다행스럽게도 오늘 태양은 아직 멈추지 않았다. 아직 달리고 있었다. 이제 16시. 나는 문을 두드렸다. 심장이 뛰었다.

「들어오세요!」

나는 바닥으로 몸을 던졌다. 그녀의 의자 옆에 꿇어앉아 다리를 껴안았다. 그리고 고개를 들어 그녀의 눈을 한쪽 한쪽 번갈아 바라보았다. 두 눈동자에서 나의 모습, 멋지게 포로로 잡힌 나의 모습을 보기위해…….

거기 벽 너머에는 폭풍이 인다. 먹구름은 점점 더 강철같이 사나워진다. 상관없다! 머릿속은 폭풍 같은 — 지나치게 — 단어들로 꽉 차 있다. 나는 태양과 함께 큰 소리를 내며 어디론가 날아간다……. 아니, 이제 우리는 그것이 어디인지 안다. 내 뒤에는 행성들이 보인다. 화염을 튀기는 행성, 화염의 노래하는 꽃으로 뒤덮인 행성, 이성적인 돌맹이들이 조직적인 사회로 통합된 침묵의 푸른 행성, 우리의 지구처럼 절대적이고 백 퍼센트 행복의 정점에 다다른 행성…….

갑자기 위에서 그녀의 목소리가 들렸다.

「그렇지만 당신은 정점이란 바로 조직적인 사회로 통합된 돌멩이들과 같은 거라고 생각지 않으세요?」

삼각형은 더욱 예리하고 더욱 어두워졌다.

「그러면 행복이란…… 무엇인가요? 사실 욕망이란 고통스러운 거죠. 안 그래요? 분명한 것은 단 한 가지의 욕망도 없는 상태가 행복이란 거죠. 우리가 여태껏 행복이란 단어 앞에 플러스 표시를 해온 것은 엄청난 실수이며 엄청나게 어리석은 편견이죠. 절대적 행복 앞에는 물론 마이너스 표시를 해야 해요. 거룩한 마이너스 말이에요.」

지금 기억하건대 나는 그때 정신없이 중얼거리고 있었다.

「절대적인 마이너스. 마이너스 273도…….」

「마이너스 273도. 바로 그거예요. 약간 서늘하지만. 그것이야말로 우리가 정점에 도달했음을 증명해 주죠.」

오래전 그때처럼 그녀는 또다시 내 생각을 말하고 있었다. 그녀가 내 생각을 끝까지 전개하고 있었다. 그러나 거기에는 무언가 무시무시한 게 있었다. 나는 거역할 수 없었다. 그래서 간신히 〈아니에요〉라는 말을 꺼낼 수 있었다.

「아니에요. 당신은…… 당신은 지금 농담하고 있는 거예요…….」

나는 말했다.

그녀는 크게, 너무 크게 웃었다. 재빨리 다 웃어 버리고 그녀는 어디론가 가버렸다. 아래로…… 침묵.

I는 일어섰다. 내 어깨에 양손을 얹고 오랫동안 천천히 나를 살펴보았다. 그리고 그녀 쪽으로 나를 끌어당겼다. 그러자 모든 것이 사라졌다. 그녀의 타는 듯한 입술을 제외하고는.

「안녕!」

그것은 먼 곳, 저 위에서 들려온 소리였다. 따라서 나에게 도달하기까지 시간이 걸렸다. 1분, 아니 2분쯤 걸렸다.

「어째서, 안녕이란 말이죠?」

「당신은 환자예요. 당신은 나 때문에 죄를 지었어요. 사실 고통스러웠지요? 이제 수술을 받고 나면 당신은 치유될 거예요. 그래서 이제 안녕이에요.」

「안 돼.」

나는 소리쳤다.

무자비하게 날카로운 검은 삼각형이 흰 바탕 위에 나타났다.

「뭐라고요? 당신은 구원받고 싶지 않아요?」

내 머리는 산산조각 나고 있었다. 두 대의 열차가 충돌했다. 그것들은 서로 기어오르고 부수고 무너뜨렸다······.

「자, 기다릴게요. 선택하세요. 수술과 백 퍼센트의 행복, 아니면······.」

「당신 없이는 살 수 없어요. 당신 없이는 아무것도 필요 없어요.」

나는 이렇게 말했다. 아니면 그렇게 생각했는지도 모른다. 그러나 I는 내 생각을 들었다.

「그래요. 나도 알아요.」

그녀는 대답했다. 여전히 양손으로 내 어깨를 잡고 시선을 내 눈에 고정한 채 이렇게 말했다.

「그렇다면 내일 만나요. 내일 12시. 기억하죠?」

「아니요, 하루 연기됐어요······. 내일모레······.」

나는 땅거미가 지는 거리를 홀로 걸었다. 바람이 나를 종잇장처럼 휘몰아치고 팽개치고 실어나르고 했다. 강철 같은 하늘의 파편이 휘날렸다. 그것들이 무한을 뚫고 날아오려면 아직 하루나 이틀 더 있어야 할 것이다…….

마주치는 사람들의 제복이 내 곁을 스치고 지나갔다. 그러나 나는 혼자서 걸었다. 나는 확실히 알았다. 모두가 구원되었다. 그러나 내게는 구원이란 게 없었다. 나는 구원을 원치 않았다…….

서른두 번째 기록

개요: 나는 믿지 않는다. 트랙터. 인간의 파편.

당신들은 자신이 죽는다는 것을 믿는가? 그래, 인간은 죽는다. 나는 인간이다. 그러므로…… 아니, 그게 아니다. 그건 누구나 아는 얘기다. 내가 묻고 싶은 것은 당신이 자신의 죽음을 믿은 적이, 확정적으로 믿은 적이, 이성으로써가 아니라 몸으로 믿은 적이 있느냐는 거다. 지금 이 책장을 붙잡고 있는 손가락들이 언젠가 핏기를 잃고 얼음장처럼 되리라는 걸 느껴 본 적이 있는가…….

아니다. 물론 당신들은 믿지 않는다. 그렇기에 여태껏 10층에서 보도로 뛰어내리지 않은 것이다. 그렇기에 여태껏 먹고, 책장을 넘기고, 면도하고, 웃고, 쓰고 하는 것 아닌가…….

오늘 내가 처한 상황이 바로 그런 것이다. 자정이 가까워지면서 검은색의 작은 시계침이 아래로 미끄러져 내려왔다가 다시 서서히 올라갈 것이다. 그리고 그 어떤 마지막 지점을 딛고 넘을 것이다. 그리하여 저 믿지 못할 내일이 올 것이다. 나는 그것을 안다. 그런데도 왠지 믿어지지 않는다. 아니, 어쩌면 내게 24시간이란 24년처럼 여겨지는지도 모른다. 그래서 나는 아직 뭔가 할 수 있고 어디론가 서둘러 갈 수도 있으며 질문에 대답도 하고 인쩨그랄이 있는 위쪽으로 트랩을 따라 올라갈 수도 있는 것이다. 나는 아직도 그것이 수면에서 흔들거리고 있다고 느끼고 따라서 난간을 잡아야 한다고 생각한다. 그러나 손에 잡히는 것은 차가운 유리일 뿐이다. 살아 있는 듯한 투명한 크레인들이 학 같은 모가지를 구부리고 새의 부리처럼 생긴 운반대를 길게 잡아 늘여 조심스럽고 부드럽게 인쩨그랄의 모터에 필요한 무서운 폭발성 음식을 먹이고 있다. 그리고 아래쪽 강에서는 바람으로 부풀어 오른 푸른 혈관과 마디들이 선명하게 보인다. 그러나 이 모든 것은 나한테서 이탈되어 있고, 낯설고, 종잇장에 그려진 도면처럼 평면적이다. 그리고 부기사의 평면도 같은 얼굴이 갑자기 말을 한다는 게 이상하게 느껴진다.

「모터에 연료를 어느 정도 실을까요? 세 시간, 아니 세 시간 반 정도 날 예정인데요.」

내 앞에는 설계도, 도면, 계산기를 들고 있는 나의 손. 대수 문자판 15라는 숫자.

「15톤. 아니, 그보다 좀 더……그래요, 백 톤쯤 실으세요.」

나는 알고 있기 때문이다. 내일 무슨 일이 일어날 것인지를. 문자판을 쥔 내 손이 가늘게 떨리기 시작하는 것을 나는 곁눈으로 바라보았다.

「백 톤이오? 아니 그렇게 많이요? 일주일은 비행할 수 있는 양인데요. 일주일 동안 어디로 가실 거죠? 아마 일주일도 넘게 날 수 있을걸요!」

「무슨 일이 생길지…… 누가 알겠습니까…….」

나는 알고 있다.

바람이 쌩쌩 분다. 공기 전체가 무언가 보이지 않는 것으로 무겁게 꽉 차 있다. 숨 쉬는 것이 힘들다. 걷는 것도 힘들다. 거리의 끝에 있는 축전탑의 시곗바늘이 힘겹게, 천천히, 1초도 쉬지 않고 미끄러진다. 탑의 꼭대기가 먹구름 속에서 희미하고 푸르게 빛나며 무겁게 울부짖는다. 전기를 흡입하고 있는 것이다. 음악 제작소의 파이프들이 울부짖는다.

언제나처럼 네 명씩 짝을 지어 번호들이 지나간다. 그러나 대오는 어쩐지 견고하지 않다. 바람 때문인지 흔들리고 휘어진다. 점점 더 그렇게 된다. 모퉁이에서 그들은 무엇인가와 충돌한다. 그러고는 뒤로 물러선다. 이제 그들은 숨을 헐떡이는 작은 덩어리처럼 보인다. 빈틈없이 얼어붙은 작은 덩어리처럼. 모두의 목이 일시에 거위 목처럼 된다.

「자, 봐! 아니, 저기, 빨리!」

「그자들이다! 그자들이야!」

「……그렇지만 나는 절대로 안 할 거야! 절대로! 차라리 처형 기계에 목을 넣는 편이 낫지…….」

「조용히 해! 미쳤어…….」

모퉁이에 있는 강당 문은 활짝 열려 있었다. 그리고 그곳에서 육중한 인간 기둥이 서서히 걸어 나왔다. 약 열다섯 명 정도였다. 그러나 〈인간〉이란 적당한 어휘가 아니다. 그들의 다리는 인간의 다리가 아니라 서로 연결된 채 보이지 않는 원동 장치에 의해 굴러가는 무거운 바퀴였다. 사람이라기보다는 사람의 형상을 한 트랙터였다. 그들의 머리 위에서 황금빛 태양이 수놓인 흰 깃발이 바람에 펄럭거렸다. 햇빛에 반사되는 빛나는 문구. 〈우리가 일등이다! 우리는 이미 수술을 받았다! 모두들 우리를 따르라!〉

그들은 서서히, 거리낌 없이 군중을 뚫고 진군했다. 만일 그들의 행로에 우리 대신 벽, 나무, 건물 등이 있었다면 그들은 마찬가지로 멈추지 않고 벽, 나무, 건물을 뚫고 행진했을 것이다. 그들은 이미 거리 중간에 도달해 있었다. 그들은 거기서 팔에 팔을 걸고 쇠사슬처럼 우리를 향해 정렬했다. 우리는 긴장하여 목을 거위처럼 쑥 빼고 머리털이 곤두선 채로 한덩어리가 되어 기다렸다. 바람이 쌩쌩 불었다.

갑자기 쇠사슬의 측면이 양쪽에서부터 재빨리 접혔다. 그리고 고리처럼 되어 우리를 향해 점점 더 빨리 조여 들어왔다. 산 아래로 내려가는 무거운 기계 같았다. 그들은 우리를 열린 문 쪽으로, 문 안쪽으로 몰고 갔다.

누군가의 찢어질 듯한 비명.

「저자들이 우릴 몰아넣고 있다! 도망가자!」

모든 것이 돌진하기 시작했다. 모두들 바로 벽 근처에 있는 좁은 문을 향하여 곤두박질쳤다. 머리통들은 순간적으로 쐐기처럼 날카로워졌다. 날카로운 팔꿈치, 늑골, 어깨, 옆구리, 그들은 마치 소화 호스에서 압축되었던 물이 터지듯 부채꼴을 이루며 사방으로 흩어졌다. 대지를 구르는 발들, 흔들리는 팔들, 제복들. 어디론가부터 내 눈에 순간적으로 S 자처럼 두 번 구부러진 몸통, 투명한 날개귀가 들어왔다. 그러고는 즉시 사라졌다. 대지를 뚫고 사라졌는지도 모른다. 나는 혼자였다. 요동치는 팔과 다리들 사이에서 나는 뛰었다.

어떤 건물 입구에 도달하여 문에 등을 기대고 한숨 돌리는 차에 작은 인간의 파편이 마치 바람에 날린 듯 내게 다가왔다.

「줄곧…… 당신 뒤를 따라왔어요……. 나는 싫어요. 아시겠어요, 죽기 싫단 말이에요. 당신이 제의한 것, 받아들이겠어요.」

내 소맷부리를 동그랗고 작은 손이 붙잡았다. 동그랗고 푸른 눈. 그녀였다. O. 그녀의 온몸은 벽을 미끄러져 바닥으로 내려갔다. 그녀는 차가운 계단 위에서 작은 보퉁이처럼 몸을 구부렸다. 나는 그녀 위에서 머리와 얼굴을 쓰다듬어 주었다. 손이 축축했다. 나는 몹시 크고 그녀는 아주 작고, 나의 아주 작은 일부인 듯 느껴졌다. 그것은 I에 대한 내 느낌과는 전혀 다른 것이었다. 지금 생각하건대 그것은 고대인들의 부모 자식 간의 사랑과 비슷한 것이었다.

그녀는 얼굴을 가린 손가락 사이로 조용히 말했다.

「매일 밤…… 견딜 수가 없어요. 그들이 나를 치료한다면…… 나는 매일 밤 혼자 어둠 속에서 아기에 대해 생각해요. 어떤 아기일까, 어떻게 내가 그 아기를 키울까……. 만일 그 아이가 없어진다면 내겐 살아갈 이유가 없어질 거예요. 이해하세요? 그러니까 당신이 반드시, 반드시…….」

어리석은 느낌. 그러나 나는 실제로 내가 반드시 그녀를 구해 줘야 한다고 확신했다. 어리석다. 나의 의무란 또 다른 범죄이기 때문이다. 어리석다. 흰색은 동시에 검은색일 수 없고 의무와 범죄는 일치할 수 없기 때문이다. 아니, 어쩌면 검은색도 흰색도 없고, 색깔이란 단지 기본적인 논리의 전제에 달린 것일지도 모른다. 그런데 만일 내가 전제였다면? 그녀를 불법으로 임신시킨 것은 나니까.

「좋아요. 다만 그럴 필요는 없어요. 그럴 필요는…….」

내가 말했다.

「나는 당신을 I에게 데려가야 해요. 내가 그때 제의한 대로, 그러면 그 여자가…….」

「네.」 얼굴을 손으로 가린 채 그녀는 조용히 말했다.

나는 그녀를 일으켜 주었다. 우리는 묵묵히 각자 일을 생각하며, 아니 어쩌면 동일한 어떤 것을 생각하며 어두워지는 거리를 따라 걸었다. 납처럼 무겁고 조용한 건물들 사이를 지나 팽팽하고 탁탁 튀기는 바람의 가지를 뚫고…….

어떤 투명하고 긴장된 지점에서 나는 바람의 휘파람을 뚫고 내 뒤를 쫓아오는 낯익은 발소리, 즉 웅덩이를 철벅철벅 밟고 지나가는 듯한 발소리를 들었다. 모퉁이에서 뒤를 돌아보았다. 보도의 침침한 유리에 비친 것은 거꾸로 돌진하는 먹구름과 그 사이에 있는 S였다. 갑자기 팔이 타인의 것인 양 제멋대로 흔들렸다. 나는 큰 소리로 O에게 말했다.

「내일…… 그래요, 내일 있을 인쩨그랄의 첫 번째 비행, 그것은 이전에는 없었던, 기적 같은 엄청난 일일 겁니다.」

O는 놀라서 둥글게, 푸르게 나를 바라보았다. 그리고 크고 무의미하게 흔들리는 내 팔도. 그러나 난 그녀에게 한마디도 말할 기회를 주지 않고 계속 지껄였다. 그러나 내부에서는 그것과 별도로 한 가지 생각이 열에 들뜬 것처럼 지글거리며 노크했다. 그것은 물론 나한테만 들리는 소리였다.

「안 돼……. 무슨 수를 써서라도…… 저자를 I가 있는 곳으로 인도할 수는 없어…….」

나는 왼쪽으로 도는 대신 오른쪽으로 돌았다. 우리 세 명에게 ─ 나, O, 그리고 뒤에서 쫓아오는 S ─ 겸손하게 노예처럼 구부러진 교각의 등허리가 노출되었다. 불 켜진 건물들에서 비치는 불빛이 강물 위로 흩어졌다. 바람이 울었다. 마치 어딘가 별로 높지 않은 곳에 팽팽하고 굵은 저음부의 현이 있는 것 같았다. 그리고 저음부를 뚫고 뒤에서 줄곧…….

내가 사는 건물. 문가에서 O는 멈춰섰다. 그러고는 뭔가를 말하려 했다.

「여기가 아니잖아요! 당신이 약속한 것은······.」

그러나 나는 그녀가 말을 끝내도록 내버려 두지 않고 성급히 문 안쪽으로 밀어 넣었다. 우리는 현관에 들어섰다. 감시원의 책상 앞에는 불안하게 경련을 일으키는 낯익고 축 처진 뺨. 주위에는 번호들이 무리를 지어 논쟁을 벌이고 있었다. 2층 난간 사이로 머리들이 보였다. 그들은 한 사람씩 아래로 뛰어 내려왔다. 그러나 그것에 대해서는 나중에 쓰겠다. 나는 재빨리 O를 반대편 구석으로 끌고 가서 등을 벽에 대고 앉았다(벽의 바깥쪽에서 커다란 머리의 어두운 그림자가 보도를 따라 왔다 갔다 하는 것이 보였다). 나는 서류철을 꺼냈다.

O는 천천히 의자에 앉았다. 제복 안쪽에서 그녀의 육체가 녹아서 증발하고 있는 것 같았다. 남은 것은 다만 텅 빈 옷과 텅 빈 눈동자 — 사람을 빨아들이는 푸른 공백뿐이었다. 그녀는 피곤한 목소리로 말했다.

「어째서 날 여기로 데려왔죠? 나한테 거짓말한 거죠?」

「아니에요······. 쉿! 저쪽을 봐요. 보이지요? 벽 바깥에······.」

「네, 그림자가 보이는군요.」

「저자가 계속 나를 미행하고 있어서······ 나는 함께 갈 수 없어요. 알아들어요? 나는 안 돼요. 여기다 몇 마디 써줄 테니까 그걸 가지고 혼자 가요. 저자는 여기 남을 거예요.」

제복 안쪽에서 다시 영근 몸뚱어리가 꿈지럭거리기 시작했다. 배가 동그랗게 되었다. 볼에는 보일 듯 말 듯한 일출, 새벽의 노을이 떠올랐다.

나는 그녀의 차가운 손가락에 쪽지를 끼워 주고 세차게 손을 쥐었다. 그리고 마지막으로 그녀의 푸른 눈을 내 눈 속으로 빨아들였다.

「안녕! 어쩌면 언젠가 다시······.」

그녀는 손을 뺐다. 몸을 움츠리고 서서히 떠나갔다. 한 두어 걸음 걷다가 재빨리 몸을 돌려 내 곁으로 왔다. 입술이 경련을 일으켰다. 눈으로, 입술로, 온몸으로 계속 똑같은 말을 중얼거렸다. 너무나도 견딜 수 없는 미소, 고통······.

움츠린 인간의 파편은 문간으로, 벽 바깥으로 아주 작은 그림자처럼 사라졌다. 돌아보지도 않고 점점 더 빨리······.

나는 U의 책상으로 다가갔다. 분노로 폭발할 듯 아가미를 벌름거리며 그녀는 내게 말했다.

「글쎄 제 말 좀 들어 보세요. 모두들 정신이 나갔나 봐요! 저기 저 번호가 고대관 근처에서 어떤 것을 보았다고 우기는 거예요. 나체에다가 몸은 온통 털로 뒤덮였다나요.」

공허하고 긴장된 인간의 무리에서 목소리가 들려왔다.

「맞아요! 다시 한 번 말씀드리죠. 저는 보았어요, 그래요.」

「자, 어떻게 생각하세요? 이 무슨 헛소리인가요!」

그녀의 〈헛소리〉란 말은 그렇게나 확신에 차고 타협을 불허하는 어조로 발설되었으므로 나는 스스로에게 물었다.

〈실제로 최근 내 주위에서, 그리고 나에게 일어난 모든 일은 헛소리가 아닐까?〉

그러나 나의 털북숭이 손이 눈에 띄었다. 그리고 나는 기억했다.

〈어쩌면 당신의 몸속에는 숲의 피가 흐르는지도 몰라요······. 어쩌면 그래서 나는 당신을 좋아하는지도······.〉

아니다. 다행스럽게도 그건 헛소리가 아니다. 아니 불행하게도 헛소리가 아니다.

서른세 번째 기록

개요: 개요 없이, 서둘러서. 마지막.

그날이 왔다.

서둘러서 신문을 집었다. 어쩌면 거기……. 나는 눈으로 신문을 훑어보았다(내 눈은 이제 손에 쥐고 감지할 수 있는 펜이나 계산기와도 같다. 그것은 이질적인 일종의 도구다).

굵은 활자로 1면을 뒤덮은 기사.

> 행복의 적들은 잠자고 있지 않다. 두 손으로 행복에 매달려라! 내일 작업은 중단될 것이다. 모든 번호들은 수술을 받을 것이다. 수술을 받으러 나타나지 않는 자들은 〈은혜로운 분〉의 처형 기계에 맡겨질 것이다.

내일! 그것이 가능할까. 정말로 우리에게 내일이란 날이 있을까? 일상의 관성에 의해 나는 책장으로 손(그것도 역시 도구다)을 뻗어 오늘 신문을 황금의 장식이 달린 신문철 안에 끼워 넣었다. 그러는 동안에 생각했다.

〈왜? 상관없지 않은가. 사실 이곳, 이 방으로 나는 결코 되돌아오지 않을 것이다. 다시는.〉

신문이 바닥으로 떨어졌다. 나는 일어서서 방 안을 샅샅이 둘러보았다. 그러고는 서둘러서 짐을 쌌다. 열에 들뜬 사람처럼 남겨 두기가 아까운 모든 것을 보이지 않는 트렁크 속으로 쑤셔 넣었다. 책상, 책, 의자, 그 의자에 그때 I가 앉아 있었다. 그리고 나는 바닥에 있었다. 그리고 침대…….

어리석게도 나는 잠시 동안 어떤 기적을 기다렸다. 어쩌면 전화가 울릴 것이다. 어쩌면 그녀는 이렇게 얘기할 것이다.

아니, 기적은 없다.

나는 미지의 세계로 떠난다. 이것이 나의 마지막 글이다. 안녕, 여러분. 친애하는 미지의 여러분. 나는 당신들과 함께 많은 페이지를 살아왔다. 영혼이라는 병에 걸린 나는 내 모든 것을 여러분에게 보여 주었다. 마지막 부서진 나사까지, 끊어진 마지막 용수철까지…….

나는 떠난다.

서른네 번째 기록

개요: 해방된 노예들. 태양이 빛나는 밤. 라디오 발키리.

오, 내가 정말로 나 자신을 산산조각이 나도록 부숴 버렸다면, 내가 정말로 그녀와 함께 어딘가 벽 너머에 노란색 송곳니를 드러낸 짐승들 사이에 있었더라면, 내가 이곳으로 다시 돌아오지 않았더라면, 그 편이 천 배, 만 배 더 쉬웠을 것이다. 그러나 지금은 — 도대체 이게 무어란 말인가? 이 기록을 질식시켜야 하다니……. 그러나 그렇게 하는 것이 도대체 누구를 위하는 일일까?

아니야, 아니야, 아니야! 의지를 굳게 할지어다, D-503. 강력한 논리의 축에 자신을 심어라! 잠시 동안만이라도 전력을 다해 지렛대에 매달려라. 그리고 고대의 노예처럼 삼단논법의 맷돌을 회전시켜라. 일어난 모든 사건을 기록하고 이해할 때까지…….

내가 인쩨그랄로 들어갔을 때 전원 모두 정위치에 집합해 있었다. 거대한 유리 벌통의 모든 벌집들이 가득 채워져 있었다. 갑판의 유리를 통해 개미떼 같은 인간들이 아래쪽 전신기 옆에, 그리고 발전기와 변압기, 고도계, 통풍관, 전철기, 모터, 펌프, 파이프 근처에 바글거리고 있는 것이 보였다. 장교 집합실에는 사람들이 도표와 기구들 앞에 앉아 있었다. 그들은 과학국의 위탁을 받은 인물들이었을 거다. 그들 옆에는 부기사가 두 명의 조수와 함께 있었다.

그들은 거북이처럼 고개를 어깨 사이에 처박고 있었다. 그들의 얼굴은 회색이었다. 광택이 없는 메마른 가을의 색깔.

「그래 어떤가요?」

내가 물었다.

「글쎄요. 조금 불안한데요……」

그들 중 하나가 회색으로 광택 없이 웃었다.

「어쩌면 미지의 어느 장소에 착륙할지도 모르지 않습니까. 그리고 미지의 것이란 일반적으로……」

나는 그들을 마주 바라볼 수 없었다. 한 시간 후에 나는 내 손으로 그들을 시간 율법표의 아늑한 숫자에서 영원히 격리시켜 버릴 것이다. 어머니 단일제국의 품에서 영원히 떼어 버릴 것이다. 그들은 내게 〈세 명의 해방된 노예〉의 비극적 이미지를 떠올리게 했다. 우리 중 누구라도, 초등학생까지도 그들의 이야기를 알고 있었다. 그 이야기는 실험적으로 한 달간 일에서 해방된 세 명의 번호에 관한 것이었다. 그들은 아무것이나 마음대로 하도록, 아무 데건 원하는 곳으로 가도록 허락받았다(그것은 오래전, 즉 시간 율법표 제정 후 3세기경에 일어난 일이다). 그 불행한 세 명의 인간은 평소 일하던 작업장 근처를 기웃거리며 굶주린 눈으로 안쪽을 들여다보았다. 그들은 광장으로 가서 그들의 신체 조직에 이미 불가피한 요소가 되어 버린 정규 노동의 동작을 몇 시간씩 되풀이하였다. 공기를 켜고 밀고, 보이지 않는 망치로 소리를 내며 보이지 않는 무쇳덩어리를 내리쳤다. 마침내 10일째 되는 날 그들은 더 이상 견딜 수가 없었다. 그들은 손에 손을 잡고 강물에 몸을 던졌다. 그들은 행진곡에 맞추어 점점 더 깊숙이 가라앉았다. 강물이 그들의 고뇌를 삼켜 버릴 때까지…….

되풀이해서 말하거니와 나는 그들을 바라보는 것이 고통스러웠다. 그래서 서둘러 자리를 떴다.

「이제 기관실만 점검해 보면 됩니다. 그런 뒤에 출발입니다.」

나는 말했다.

그들은 내게 무언가에 대해 질문했다. 시동 폭발을 위해 몇 볼트를 사용할 것인지, 선미 저장 탱크에 얼마만큼의 밸러스트가 필요한지 등등에 관해. 내 몸속에는 일종의 축음기가 돌고 있었다. 그 축음기가 모든 질문에 신속하고 정확하게 대답했다. 그러나 나는 속으로 줄곧 상념에 빠져 있었다.

좁은 통로에서 한 얼굴과 불쑥 마주쳤다. 그 순간부터 〈그것〉이 실제로 시작된 셈이었다.

좁은 통로를 회색의 제복과 회색의 얼굴들이 스쳐 지나갔다. 그들 사이에서 한 얼굴이 순간적으로 어른거렸다. 눈썹까지 드리워진 머리털, 이마 밑으로 쏘아보는 눈. 바로 그 인물이었다. 나는 깨달았다. 그들이 여기 있다. 이제 나는 도망칠 수 없다. 단지 몇십 분이 남았을 뿐이다……. 몸 전체에서 분자와도 같이 아주 미세한 전율이 일어났다(그리고 전율은 이후에도 끝까지 멈추지 않았다). 마치 거대한 모터가 설치된 것 같았다. 내 몸뚱이라고 하는 건물은 너무나 가벼워 그 안의 모든 벽과 칸막이, 케이블, 들보, 전등이 계속해서 떨고 있었다.

나는 아직 그녀가 거기 있는지 여부를 모르고 있었다. 그러나 이미 이륙할 시간이었다. 사령실로 신속하게 올라오라는 전갈을 받았다. 출발 시간…… 어디로?

광택 없는 회색 얼굴들. 아래쪽 수면에는 긴장된 푸른 정맥들, 강철 같은 하늘의 무거운 파편. 손을 들어 사령 수화기를 잡는 것이 몹시 무겁게 느껴졌다.

「상방 45도!」

둔탁한 폭발. 진동. 선미에서 성난 소리를 지르는 흰색과 녹색의 산더미 같은 물결. 고무처럼 부드러운 갑판이 발밑에서 사라진다. 그리고 아래쪽의 모든 것, 모든 생은 영원히……. 순간적으로 주위의 모든 것이 일종의 깔때기 속으로 점점 깊이 빨려 들어가며 압축된다. 얼음같이 푸른 도시의 불룩한 도면, 동그란 물방울 같은 둥근 지붕. 고고하게 서 있는 납 손가락 같은 축전탑. 그리고 순간적으로 목화솜 같은 구름이 나타나고 우리는 그것을 뚫고 날아오른다. 태양, 푸른 하늘, 초, 분, 미터. 창공은 급속하게 응고되고 암흑으로 충만해진다. 별들이 차가운 은빛 땀방울처럼 나타난다…….

그리고 이제 섬뜩하고 견딜 수 없이 찬란하며 별과 태양이 빛나는 검은 밤이 된다. 갑자기 귀가 먹은 것 같다. 파이프들이 울부짖는 것이 보였다. 그러나 보일 뿐이었다. 파이프는 벙어리다. 정적. 태양도 마찬가지로 벙어리였다.

그것은 자연스러운 것이었고 예상했던 대로였다. 우리는 대기권을 벗어났다. 이 모든 일은 갑작스럽게 진행되었으므로 주위의 모든 이들은 겁을 집어먹고 조용해졌다. 그러나 내게는 그처럼 환상적인 침묵의 태양 아래 있는 편이 더 수월하게 느껴지기조차 했다. 마치 마지막 경련을 일으키고 나서 피할 수 없는 문지방을 넘어선 기분이었다. 그리고 나의 육체를 어딘가 저 아래에 남겨둔 채 새로운 세계에서 질주하고 있었다. 그 세계에서는 모든 것이 새롭고 뒤죽박죽이었다.

「그대로 유지하시오.」

나는 기관실을 향해 소리쳤다. 아니, 소리친 것은 내가 아니라 내 몸속의 축음기였다. 축음기는 경첩으로 연결된 기계적인 손으로 사령실 수화기를 부기사에게 넘겨주었다. 나는 온통 미세한 분자 같은 전율, 나에게만 들리는 전율로 덮여 있었다. 나는 아래층으로 뛰어 내려갔다. 그녀를 찾기 위해서……

장교 집합실의 문. 그 문은 이제 한 시간 후면 철컥 소리를 내며 무겁게 잠길 것이다. 문가에는 처음 보는 키 작은 번호가 서 있었다. 그의 얼굴은 수백, 수천의 다른 사람들의 얼굴과 별로 다른 것이 없었지만 팔이 유난히 길어 무릎까지 닿았다. 마치 서두르는 바람에 실수로 다른 인체 세트에서 가져다 붙여 놓은 것 같았다.

긴 팔이 늘어나며 앞을 가로막았다.

「어디 가십니까?」

나는 내가 모든 걸 알고 있다는 걸 그가 모르고 있다고 분명히 느꼈다. 그러나 상관없었다. 어쩌면 그게 필요한지도 몰랐다. 나는 그를 내려다보며 의도적으로 단호하게 말했다.

「나는 인쩨그랄의 담당 기사요. 실험 비행의 지휘자요. 알겠소?」

팔이 내려갔다.

장교 집합실. 회색털로 뒤덮인 머리통들이 기구와 지도 위에 모여 있었다. 노란색 머리, 대머리, 영근 머리들도 있었다. 나는 한눈에 그들 모두를 훑어보고 거기에서 나왔다. 통로와 트랩을 지나 아래층 기관실로 갔다.

기관실은 폭발로 가열된 파이프에서 나오는 열기와 굉음으로 가득 차 있었다. 어슴프레 빛나는 크랭크들이 술 취한 춤을 절박하게 추고 있었고, 문자판의 바늘은 미세한 진동을 잠시도 멈추지 않았다.

나는 마침내 유속계(流速計) 근처에서 그를 발견했다. 그는 노트 위로 얼굴을 푹 숙이고 있었다.

「이봐요……」 굉음 때문에 귀에다 바짝 대고 소리쳐야 했다. 「그 여자 여기 있어요? 그 여자 어디 있어요?」

이마 아래에 드리워진 그림자에 미소가 떠올랐다.

「그 여자요? 라디오 통신실에 있어요.」

나는 그곳으로 갔다. 세 명의 통신사가 거기 있었다. 모두 날개 달린 통신용 헬멧을 쓰고 있었다. 그녀는 평소보다 머리 하나는 더 커 보였다. 반짝거리며 날아다니는 고대의 날개 달린 신 발키리[2]처럼 보였다. 그녀에게서 나온 거대한 푸른 불꽃들이 라디오 첨탑을 향해 위로 튀어 오르는 것 같았다.

「누구든 좀 도와주시오……. 아니, 당신이 좀 도와줘요.」

나는 그녀를 향해 헐떡거리며(뛰어왔기 때문에) 말했다.

「지구의 조선대에 연락할 게 있어요……. 같이 갑시다. 내가 구술할 테니까……」

경비실 옆의 작은 상자 같은 선실로 우리는 들어갔다. 책상 앞에 나란히 앉았다. 나는 그녀의 손을 찾아 꽉 쥐었다.

「자, 이제 어떻게 되는 거죠?」

「몰라요. 어디로 날아가는지도 모르면서 좌우간 날아가는 것, 얼마나 기적 같은 일이에요? 곧 12시가 돼요. 무슨 일

---

[2] 북유럽 신화의 주신(主神)인 오딘을 섬기는 싸움의 처녀들로, 전사자의 영혼을 천국으로 인도한다.

이 일어날지 아시죠? 그리고 밤이 찾아올 거예요. 당신과 내가 어디서 밤을 맞게 될까요? 어쩌면 풀밭에서, 마른 나뭇잎 위에서……」

그녀에게서 푸른 불꽃과 벼락 냄새가 났다. 그리고 내부에서 일어나던 전율은 더욱 빨라졌다.

「받아써요.」

나는 큰 소리로, 아직도 헐떡거리며(뛰어왔기 때문에) 말했다.

「시간, 11시 30분. 속도, 6,800……」

그녀는 시선을 종이에 둔 채 헬멧을 통해 조용히 말했다.

「어제저녁 당신의 쪽지를 가지고 그 여자가 왔어요. 알고 있어요. 다 알고 있어요. 아무 말도 하지 마세요. 하지만 좌우간 아기는 당신 아기죠. 그 여자는 그쪽으로 보냈어요. 이미 거기 벽 너머에 있어요. 살게 될 거예요.」

나는 사령실로 돌아왔다. 또다시 빛나는 하늘과 눈을 찌르는 태양이 있는 비몽사몽의 어두운 밤이 있었다. 벽에 걸린 시곗바늘이 천천히 1분, 1분 움직였다. 그리고 모든 것은 마치 안개 속에서처럼 미세하고 알아차리기 힘든(내게만 인지되는) 전율의 옷을 입고 있었다.

어찌된 영문인지 이 모든 일이 여기가 아니라 어딘지 아래, 지구와 더 가까운 곳에서 일어나고 있다면 더 좋았을 걸, 하는 생각이 들었다.

「정지.」

나는 기관실에 대고 소리쳤다.

관성에 의해 인쩨그랄은 계속 전진했으나 점점 속력이 줄어들었다. 그것은 순간적으로 한 오라기의 머리털에 걸린 것 같았다. 순간적으로 머리카락에 꼼짝없이 매달려 있었다. 그리고 곧 머리카락은 끊어졌고 인쩨그랄은 마치 돌멩이처럼 아래로 점점 빠르게 떨어졌다. 침묵 속에서 수분, 수십 분이 흘렀다. 맥박 소리가 들렸다. 눈앞의 시계침은 점점 12시에 가까워졌다. 나는 분명히 깨달았다. 나는 누군가가 위로 던진 돌멩이며 I는 지구라는 사실을. 돌멩이는 거부할 수 없는 법칙에 의해 아래로 떨어지고 지면에 부딪혀 박살이 나야 한다. 그러나 만일…… 아래쪽엔 이미 짙고 푸른 구름의 연기가 보였다 — 그러나 만일…….

내 몸속의 축음기는 경첩으로 연결된 손으로 정확하게 수화기를 들어 〈저속〉 명령을 내렸다. 돌멩이는 하강을 멈췄다. 네 개의 하단 기어만이 — 선미에 두 개, 선두에 두 개 — 인쩨그랄의 중량을 버티기 위해 피곤하게 콧김을 씨근거릴 뿐이었다. 그리고 인쩨그랄은 대지에서 몇 킬로미터 떨어진 상공에서 약간 진동하며 정박하듯이 섰다.

모두들 갑판으로 나왔다(이제 12시가 되고 점심 식사를 알리는 종이 울릴 것이다). 그러고는 유리 난간 위로 몸을 구부리고 서둘러 아래쪽에 있는 세계, 벽 너머에 있는 미지의 세계를 일제히 삼킬 듯 내려다보았다. 호박색, 녹색, 푸른색. 가을의 숲, 초원, 호수. 푸른 접시처럼 생긴 지대의 가장자리에 노란색의 뼈 같은 폐허가 있었다. 그리고 노랗고 메마른 손가락이 위협하듯 솟아 있었다. 기적적으로 보존된 고대 교회의 탑이 틀림없었다.

「저걸 좀 봐, 저걸! 저기, 더 오른쪽에!」

거기, 녹색 평원에 무슨 반점 같은 것이 갈색 그림자처럼 재빨리 날아갔다. 나는 손에 들고 있던 쌍안경을 기계적으로 눈으로 가져갔다. 풀이 가슴팍까지 길게 자란 초원을 갈색 말 떼가 꼬리를 흔들며 달리고 있었다. 말을 타고 있는 것은 그들이었다. 갈색, 흰색, 검은색의 인간들…….

내 뒤에서 누군가 말했다.

「분명히 말씀드리지만 나는 그 얼굴을 봤어요.」

「저리 비켜요. 다른 사람에게 가서 말해요.」

「여기 쌍안경 있어요, 여기…….」

그러나 그들은 이미 사라졌다. 끝없는 녹색의 초원…… 그리고 초원에 울려 퍼지는 것은 그것 전체와 내 전부를, 그리고 모든 이를 압도하며 울리는 찢어질 듯한 종소리. 점심 식사를 알리는 것이었다. 1분 후면 12시다.

세계는 순간적으로 서로 무관한 파편들로 분산되었다. 누군가의…… 황금빛 번호판이 소리를 내며 바닥에 떨어졌다. 그러나 나에겐 상관없는 일이었다. 나는 그것을 구둣발로 밟았다(번호판은 발밑에서 부서져 버렸다). 목소리.

「정말이야. 얼굴을 봤다니깐!」

어두운 사각형 ─ 장교 집합실의 열린 문. 꽉 아물린 채 날카롭게 미소 짓는 흰색 치아…….

그 순간, 숨죽인 시계가 천천히 시각을 가리킨 그 순간, 그리고 앞쪽 대열이 이미 움직이기 시작한 그 순간 두 개의 낯익은, 부자연스럽게 길고 낯익은 팔이 사각의 문을 가로막았다.

「정지!」

내 손바닥에 I의 손가락이 파고들었다. 그녀는 내 옆에 있었다.

「저게 누구예요? 저 사람이 누군지 아세요?」

「혹시…… 혹시 저 인간은…….」

그는 모든 사람들보다 높은 곳에 서 있었다. 수백의 얼굴 위에. 그의 얼굴은 수백, 수천의 다른 얼굴과 똑같았다. 그러나 그들 가운데 하나밖에 없는 얼굴이었다.

「보안요원의 이름으로 여러분에게 발표한다. 여러분들, 아니, 내 말을 들어야만 하는 여러분 중의 일부에게 전하는 말이다. 우리는 알고 있다. 당신들의 신원은 아직 파악하지 못했지만 그 밖의 것은 모두 알고 있다. 인쩨그랄은 당신들 손에 넘어가지 않을 것이다. 실험 비행은 끝까지 실행할 것이다. 당신들은 아무런 행동도 할 수 없을 것이다. 당신들은 자신의 손으로 실험 비행을 완수할 것이다. 그러고 나서…… 이상이다…….」

침묵. 발아래의 유리 판자들이 솜처럼 푹신푹신했고 내 다리도 솜처럼 푹신푹신했다. 내 옆에 서 있는 그녀는 백지장같이 흰 미소를 지었다. 노호하는 푸른 불꽃이 튀었다. 이를 악물고 그녀는 내 귀에 속삭였다.

「이건 당신 짓이죠? 당신은 〈자신의 의무를 수행했다〉 이런 얘기죠? 좋아요…….」

그녀는 내 손에서 자신의 손을 잡아 뺐다. 발키리처럼 분노에 찬 날개 달린 헬멧……. 그것은 먼 곳으로 사라졌다. 나는 혼자 남았다. 나는 무감각하게, 묵묵하게 다른 모든 사람들처럼 장교 집합실로 갔다.

속으로 나는 그녀에게 소리쳤다. 들리지 않게, 그러나 절박하게. 그녀는 탁자를 사이에 두고 건너편에 앉아 있었다. 내게는 한 번도 시선조차 주지 않았다. 그녀 옆에는 영근 노란색 대머리가 앉아 있었다. I의 말소리가 들렸다.

「〈귀족〉이라고요? 아니, 친애하는 교수님, 그저 간단히 그 단어의 어문학적 분석을 해보세요. 그러면 그것이 편견이며 고대, 봉건 시대의 잔재임이 증명될 거예요. 그러나 우리는……」

내 얼굴이 창백해지고 있음을 느꼈다. 이제 모두가 그걸 알아차릴 것이었다……. 그러나 몸속의 축음기는 법으로 제정된 한 입에 50번씩 씹는 운동을 했다. 나는 마치 고대의 불투명한 건물에 유폐되듯 나 자신 속에 유폐되었다. 나는 돌로 문을 막아 놓고 유리창에는 커튼을 내렸다.

잠시 후 나는 사령 통신기에 대고 명령을 내렸다. 인쩨그랄은 얼음과도 같은 최후의 고통 속에서 먹구름을 뚫고 얼음 같은 별과 태양이 빛나는 밤으로 비상했다. 분, 시간. 분명히 내 안에는 줄곧 열에 들떠 전속력으로 가동하는, 나 자신에게조차 들리지 않는 논리의 모터가 있었다. 갑자기 푸른 공간의 어떤 지점에 나의 책상, 그 위쪽에 있는 U의 아가미 같은 두 뺨, 내 기록의 잊힌 페이지들이 나타났다. 이제 명백해졌다. 그녀밖에는 그럴 만한 사람이 없다. 이제 확실해졌다.

아, 라디오 통신실까지 갈 수만 있다면…… 날개 달린 헬멧과 푸른 번개 냄새……. 나는 그녀에게 무언가 큰 소리로 말했던 것을 기억한다. 그리고 그녀는 나를 마치 유리 인간을 보듯 꿰뚫어 보았다. 마치 먼 곳에서 들리듯 그녀의 목소리가 들렸다.

「저는 지금 바쁩니다. 지구에서 온 통신을 수신하는 중입니다. 저기 저 여성에게 구술하시지요…….」

작은 상자 같은 선실에서 나는 잠깐 동안 생각한 뒤 전신 내용을 구술했다.

「시간, 14시 40분. 하강 모터를 정지시킬 것. 완료.」

사령실. 인쩨그랄의 심장은 멈추었다. 우리는 아래로 내려갔다. 나의 심장은 속도를 맞추지 못하고 뒤에 처져 점점 위로, 목까지 올라왔다. 구름. 그리고 저 멀리 녹색 반점, 그것은 점점 더 녹색으로, 점점 더 선명하게 회오리바람처럼 우리 쪽으로 돌진해 왔다. 그리고 끝.

부기사의 도자기처럼 흰 일그러진 얼굴이 보였다. 내 머리를 세차게 내리친 것은 그자였는지도 모르겠다. 나는 무엇인가에 머리를 부딪쳤다. 그리고 눈앞이 캄캄해지며 아래로 떨어졌다. 안개처럼 희미하게 들려온 소리.

「선미 기어, 전속력!」

위로 향한 격렬한 도약……. 그다음은 아무것도 기억하지 못한다.

서른다섯 번째 기록

개요: 머리에 고리를 쓰다. 당근. 살인.

밤새도록 한잠도 못 잤다. 밤새도록 한 가지 생각만 했다.

어제 사건 이후로 내 머리에는 팽팽하게 붕대가 감겨 있다. 그것은 붕대가 아니라 고리 같다. 유리 같은 강철로 만들어진 무자비한 고리가 내 머리를 조이고 있고 나는 계속 똑같은 생각의 동그라미에 박혀 있다. 반드시 U를 죽이겠다. U를 죽인 뒤에 그녀에게 가서 말해 주리라.

「자, 이제 나를 믿겠소?」

무엇보다도 꺼림칙한 것은 죽이는 일이 더럽고 야만적이라는 점이다. 무엇인가로 그녀의 머리를 부숴 버린다 — 그 생각을 떠올리자 입 안에 무언가 혐오스럽도록 달콤한 것이 느껴진다. 침을 삼킬 수가 없다. 그래서 줄곧 손수건에 침을 뱉는다. 입 안이 건조하다.

내 옷장 속에는 주조하다 부러진 무거운 피스톤 봉이 있었다(절단면의 구조를 현미경으로 관찰하려고 집에 가져다 놓았다). 나는 원고를 파이프 모양으로 둘둘 말았다(그녀에게 나를, 나의 맨 마지막 글자까지 읽게 하리라). 그런 다음 피스톤을 그 안으로 밀어 넣었다. 그러고는 아래로 내려갔다. 계단은 끝이 없었다. 층계 하나하나가 혐오스러울 정도로 미끄럽고 불안정했다. 나는 줄곧 손수건으로 입술을 닦아야 했다.

아래층. 심장이 쿵 내려앉았다. 걸음을 멈췄다. 피스톤을 끄집어냈다. 그리고 감시원의 책상으로 갔다……

그러나 U는 없었다. 텅 빈 얼음 같은 책상, 오늘 모든 작업이 연기되었음을 기억했다. 모두들 수술을 받으러 가야 했다. 따라서 그녀는 거기 있을 필요가 없었던 것이다. 아무도 거기서 기록할 필요가 없었다.

거리, 바람, 하늘은 돌진하는 강철판으로 만들어진 것 같았다. 어제 어느 한순간에도 그랬다. 세계는 모조리 날카롭고 서로 무관한 조각들로 부서지고 그 조각 하나하나가 곤두박질치며 떨어지다가 순간적으로 멈추었다. 그러고는 내 눈앞에서 공중에 매달렸다가 자취도 없이 사라졌다.

거리에는 대열을 짓지 않은 산만한 군중들이 서성거리고 있었다. 앞으로, 뒤로, 측면으로, 횡단하며…… 그것은 마치 이 기록에 쓰인 정확한 검은 글자들이 갑자기 움직였다가 놀라서 맹렬한 기세로 사방에 흩어지는 것과 흡사했다. 아무런 단어도 없이 그저 무의미한 소리들만이 남은 것 같았다. 뿌끄, 스까끄, 까끄…….

나는 모두 사라진 거리에 남았다. 나는 곤두박질치듯 뛰어가다가 순간적으로 얼어붙었다. 2층, 공중에 매달린 유리 새장 속에서 남성과 여성이 키스하고 있었다. 여자는 몸통이 부러진 것처럼 온몸을 뒤로 젖히고 있었다. 그것은 마지막, 영원히 마지막 키스였다…….

길모퉁이에 움직이는 가시덤불 같은 머리통들이 보였다.

그 머리통들 위쪽에는 깃발이 공중에 펄럭거리고 있었다.

「처형 기계를 타도하자! 수술을 타도하자!」

그리고 스스로에게서 떨어져 나와 순간적으로 나는 생각했다.

〈모든 사람들의 고통이 그토록 큰 것일까? 심장과 함께 제거해야만 하는 고통일까? 꼭 모든 사람들이 무엇인가 해야만 하는가…….

순간 이 세상의 모든 것이 사라졌다. 강철같이 무거운 종이 두루마리를 쥐고 있는 짐승 같은 내 손 말고는…….

나는 뛰어가고 있는 한 소년을 보았다. 소년의 아랫입술은 걷어 올려 뒤집힌 소맷부리처럼 비틀려 있었다. 얼굴 전체가 비틀려 있었다. 소년은 울고 있었다. 그리고 누군가에게서 도망치고 있었다. 발자국들이 그의 뒤를 쫓아갔다.

소년은 내게 어떤 것을 떠올리게 해주었다.

〈그래, U는 지금 틀림없이 학교에 있어. 빨리 가자.〉

나는 근처의 지하철 입구로 달려갔다.

입구에서 누군가가 뛰어가며 외쳤다.

「오늘은 철로 운행이 중지되었어요! 거긴 지금…….」

나는 지하로 내려갔다. 완전히 수라장이었다. 세공된 수정으로 만든 태양들이 번쩍거렸다. 플랫폼은 머리통들로 가득 차 있었다. 텅 빈 열차는 얼어붙어 있었다.

정적 속에서 누군가의 목소리가 들렸다. 목소리의 주인공은 보이지 않았지만 나는 알고 있었다. 채찍처럼 탄력 있고 유연하고 튀는 듯한 목소리. 그리고 거기 어딘가에 관자놀이까지 올라간 날카로운 삼각형의 눈썹……. 나는 소리쳤다.

「길 좀 비켜 주세요! 비켜요. 나 좀 지나가게 해주세요. 저리로 가야 돼요.」

 그러나 누군가의 촉수가 나를, 나의 팔과 어깨를 붙잡았다. 그러고 나서 못을 박듯이 나를 고정시켰다. 정적 속에서 목소리가 들렸다.

「위로 뛰어가세요. 그들은 여러분들을 치료해 줄 거예요. 당신들을 맛있는 행복으로 배부르게 먹여 줄 거예요. 그리고 배부른 당신들은 조직적으로, 박자에 맞추어 코를 골며 행복하게 잠들 거예요. 코고는 소리의 장엄한 교향곡이 안 들립니까? 어리석은 사람들. 그들은 벌레처럼 꿈틀거리고, 벌레처럼 고통스럽게 갉작대는 의문부호에서 당신들을 해방시켜 줄 겁니다. 그러나 당신들은 여기 서서 내 말을 듣고 있어요. 자, 빨리, 위로, 위대한 수술로! 내가 여기 혼자 남는 것이 당신들에게 무슨 상관이 있겠어요? 다른 인간들이 나를 원한다는 것이 못마땅하다고 한들, 나는 나 자신을 원한다고 한들 그것이 당신들과 무슨 상관이 있겠어요? 내가 불가능한 것을 원한다 해도…….」

 다른 목소리가 연설을 중단시켰다. 느릿느릿 무겁게 외치는 소리.

「아하! 불가능한 것? 그것은 즉 우리더러 당신의 멍청한 환상을 쫓으라는 얘기죠? 그 환상은 바로 당신 코앞에서 꼬리처럼 요동치겠죠? 아니, 우리는 그 꼬리를 잡을 겁니다. 그것을 잡은 다음에…….」

「그런 다음에 삼켜 버리고 코를 고시지요. 그러나 코앞에는 새로운 꼬리가 필요하죠. 고대에는 당나귀라 불리는 짐승이 있었다고 전해집니다. 그놈을 앞으로 계속 움직이게 하기 위해서는 그놈의 주둥이 앞에 있는 끌채에다 당근을 매어 놓아야 했죠. 하지만 그놈이 그것을 물지는 못하도록 해놓았어요. 만일 물어서 삼키면……」

나는 갑자기 나를 잡고 있던 촉수에서 풀려났다. 나는 그녀가 말하고 있는 중앙으로 달려갔다. 바로 그 순간에 모든 것은 내려앉고 압축되었다. 뒤에서 비명이 들렸다.

「놈들이 이쪽으로 온다, 이쪽으로!」

전등이 번쩍하더니 꺼져 버렸다. 누군가 케이블을 절단했다. 그리고 눈사태, 비명, 쉰 목소리, 머리통들, 손가락들…….

우리가 얼마 동안 그런 식으로 지하 통로에서 뒹굴고 있었는지는 기억하지 못한다. 얼마 후 다시 층계가 보였다. 침침하던 빛이 점점 더 밝아졌다. 우리는 다시 거리로 나갔다. 그리고 부챗살처럼 사방으로 흩어졌다.

나는 혼자서 걸었다. 바로 머리 위에 나지막하게 드리운 회색 땅거미, 물에 젖은 보도 위로 유리 깊숙이 비치는 불빛, 벽, 물구나무서기를 하고 걸어가는 인간들의 형상이 거꾸로 반사되었다. 내 손에 들려 있는 믿을 수 없이 무거운 두루마리가 나를 깊숙이, 밑바닥까지 잡아끌었다.

아래층의 책상으로 갔다. U는 여전히 거기 없었다. 텅 비고 어두운 그녀의 방.

나는 내 방으로 올라와 불을 켰다. 고리로 단단히 조여진 관자놀이가 불뚝불뚝 뛰었다. 나는 계속해서 똑같은 원주를 그리며 방 안을 돌고 있었다. 책상, 책상 위의 흰 두루마리, 침대, 문, 다시 책상, 책상 위의 흰 두루마리……. 왼쪽 방의 커튼이 내려갔다. 오른쪽 방에는 이웃이 혹이 난 대머리를 책 위로 숙이고 있었다. 그의 이마는 거대한 황색 포물선이다. 이마에 팬 주름살들은 일련의 난해한 황색 문장들이다.

우리는 가끔 눈이 마주쳤다. 그럴 때마다 나는 그 황색 문장들이 나에 관한 것이라고 느꼈다.

정확하게 21시에 그 일이 일어났다. U는 제 발로 나를 찾아왔다. 나는 아직도 분명히 기억한다. 나는 너무나도 크게 숨을 몰아쉬고 있었기 때문에 그 숨소리가 나 자신에게도 크게 들렸다. 어떻게든 조용히 하려고 해도 되지 않았다.

그녀는 앉아서 무릎 사이의 제복을 바로잡았다. 분홍빛이 도는 갈색 아가미가 떨렸다.

「아, 사랑스러운 분! 당신이 부상당했다는 게 사실이에요? 저는 방금 전에 알았어요. 그래서 당장 뛰어왔어요.」

피스톤은 내 앞의 책상 위에 있었다. 나는 더욱 세차게 숨을 몰아쉬며 일어섰다. 그녀는 내 숨소리를 들었다. 도중에 말을 멈추고 자기도 따라서 일어섰다. 나는 이미 그녀의 머리통에서 적절한 부위를 찾아냈다. 입속에 혐오스럽도록 달콤한 무엇인가가…… 손수건, 그러나 손수건은 없었다. 나는 바닥에 침을 뱉었다.

오른쪽 벽 너머의 인간. 노란색의 집요한 주름살 — 나에 관한 문장. 그가 보아서는 안 된다. 그가 본다면 더욱 혐오스러울 것이다. 나는 손잡이를 눌렀다. 오늘 내게는 그럴 권리가 없었지만 이제 권리 같은 것이 무슨 상관이겠는가. 커튼이 내려왔다.

그녀는 무언가 낌새를 챘음이 틀림없었다. 그녀는 문으로 달려갔다. 그러나 내가 먼저 가서 그녀를 막았다. 큰 소리로 숨을 몰아쉬며, 한순간도 머리통의 그 부위에서 시선을 떼지 않고…….

「당신…… 당신 미쳤군요! 당신이 감히…….」

그녀는 뒷걸음치며 물러나 앉았다. 좀 더 정확하게 말하면 침대로 나동그라졌다. 그녀는 부들부들 떨며 두 손을 맞잡아 무릎 사이에 놓았다. 나는 전신이 용수철처럼 되어 그녀를 줄곧 내 시선으로 꼭 매어 놓은 채 서서히 손을 책상으로 뻗쳤다. 손만 움직였다. 나는 피스톤 봉을 잡았다.

「부탁이에요! 하루만, 하루만 참으세요! 내일, 내일, 내가 가서 모든 절차를 밟겠어요.」

무슨 얘길 하는 걸까? 나는 손을 추켜올렸다. 그때 난 그녀를 죽였다고 생각한다. 그렇다. 미지의 독자여, 당신들은 나를 살인자라고 부를 권리가 있다. 만일 그녀가 소리치지 않았더라면 나는 그 봉으로 그녀의 머리를 내리쳤을 것이다.

「제발…… 제발…… 당신 뜻에 따르겠어요. 지금…… 바로……」

그녀는 벌벌 떠는 손으로 제복을 벗었다. 축 처진 거대한 황색 몸뚱이가 침대로 나가떨어졌다……. 그때서야 비로소 상황을 이해할 수 있었다. 그녀는 내가 〈그것〉을 위해, 그녀와 섹스를 위해 커튼을 내렸다고 생각한 것이다.

너무나도 어처구니가 없고 너무도 뜻밖이라 나는 웃음을 터뜨렸다. 그리고 내 안에 팽팽하게 조여 있던 용수철이 곧 망가져 버렸다. 팔에 힘이 쭉 빠지고 피스톤은 바닥으로 떨어졌다. 나는 그때 개인적 경험을 통해 웃음이 가장 무서운 무기임을 알게 되었다. 웃음으로 모든 걸 죽일 수 있다. 살인까지도 할 수 있다.

나는 책상 앞에 앉아서 웃었다. 처절한 최후의 웃음을. 그 어리석은 상황에서 빠져나갈 출구는 보이지 않았다. 만일 그 상황이 그대로 계속되었다면 어떤 식으로 끝났을지 모른다. 그러나 갑자기 새로운 외부 요소가 개입되었다. 전화벨이 울리기 시작한 것이다.

나는 달려가 수화기를 잡았다. 어쩌면 그녀한테서? 그러나 수화기에서 누군가의 낯선 목소리가 들렸다.

「잠깐 기다리시오.」

사람을 지치게 하는 지루한 윙 소리. 멀리에서 무거운 발소리가 점점 더 강철같이 들려왔다. 그리고…….

「D-503? 그래……. 나는 〈은혜로운 분〉이오. 즉시 나에게 오시오!」

찰칵. 수화기를 내려놓는 소리. 찰칵.

U는 아직도 침대에 누워 있었다. 눈을 감고 아가미를 넓게 벌리고 미소 지은 채. 나는 바닥에 떨어진 그녀의 옷을 주워서 던져 주었다. 이를 악물고 소리쳤다.

「자! 빨리, 빨리!」

그녀는 팔꿈치를 괴고서 몸을 일으켰다. 가슴이 한쪽으로 축 처졌다. 그녀는 밀랍 인형처럼 눈을 동그랗게 뜨고 물었다.

「어떻게요?」

「이렇게. 자, 옷을 입어요!」

그녀는 온통 붉으락푸르락해졌다. 옷을 부둥켜안고 가느다란 목소리로 말했다.

「돌아서세요…….」

나는 돌아서서 유리에 이마를 댔다. 물에 젖은 어두운 거울에 불길과 인간의 형상들, 그리고 불꽃이 떨고 있었다. 아니, 그것은 나였다. 그것은 내 안에서 일어난 일이었다. 왜 〈그〉가 나를 찾는 걸까? 〈그〉는 이미 그녀와 나에 대한 모든 걸 알고 있는 걸까?

이미 옷을 다 입은 U는 문가에 서 있었다. 나는 그녀에게로 몇 발자국 다가가 손을 잡았다. 마치 그녀의 손에서 내게 당장 필요한 어떤 것을 한 방울, 두 방울 짜내려는 듯이 꼭 쥐었다.

「이봐요……. 그녀의 이름을 댔나요? 누구 말하는지 알죠? 아니라고요? 진실을 말해요. 내겐 진실이 필요해요……. 이제 이판사판이에요. 다만 진실을 알고 싶을 따름이에요.」

「아니요.」

「아니라고요? 그럼 왜…… 당신이 거기에 가서 밀고한 게 아니라고요?」

그녀의 아랫입술이 갑자기 낮에 본 소년의 입술처럼 비틀렸다. 그리고 뺨을 따라 눈물방울이 흘러내렸다.

「왜냐하면, 나, 나는…… 두려웠어요. 만일 그 여자를 밀고하면…… 그것 때문에 당신이…… 당신이 나를 사랑하지 않게 될까 봐…… 오, 나는 못해요. 그렇게 할 수 없어요!」

나는 그것이 진실임을 알아차렸다. 어리석고 우스꽝스러운 인간적인 진실! 나는 문을 열었다.

서른여섯 번째 기록

개요: 아무것도 쓰여 있지 않은 페이지.
그리스도교의 신. 내 어머니에 관해서.

참 이상한 일이지만 내 머릿속에는 아무것도 쓰여 있지 않은 흰 페이지가 들어 있다. 내가 어떻게 그리로 갔는지, 어떻게 기다리고 있었는지(기다렸다는 사실은 알고 있다), 통 기억이 안 난다. 소리 하나, 몸짓 하나, 얼굴 하나 기억이 안 난다. 마치 나와 세계 사이의 모든 전선이 끊어진 것 같다.

제정신이 들었을 때 나는 이미 〈그〉의 앞에 서 있었다. 눈을 들기가 무서웠다. 보이는 것은 다만 그의 무릎 위에 놓인 거대한 주철로 만든 손뿐이었다. 그 손은 그 자신을 짓누르고 무릎을 휘게 하고 있었다. 그는 서서히 손가락을 움직였다. 그의 얼굴은 위쪽 어딘가 안개에 싸여 있는 것 같았다. 그의 목소리가 매우 높은 곳에서 들려왔기 때문이다. 그의 목소리는 천둥처럼 울리지도 않았고 내 귀를 먹먹하게 하지도 않았다. 그것은 그저 평범한 인간의 목소리에 가까웠다.

「그래서 당신 역시? 당신이 인쩨그랄의 담당 기사요? 가장 위대한 정복자가 되게끔 되어 있었던 당신, 그 이름이 단일제국 역사의 새로운 찬란한 한 장을 시작하도록 되어 있었던 당신이 그랬단 말인가?」

피가 머리로, 뺨으로 솟구쳤다. 또다시 머릿속에 백지가 들어왔다. 관자놀이 근처에 맥박을 느낄 뿐이었다. 위에서 들려오는 무거운 목소리, 그러나 나는 단 한마디도 알아듣지 못했다. 다만 〈그〉가 잠잠해졌을 때 정신을 차리고 앞을 보았다. 〈그〉의 손이 무겁게 움직이며 서서히 꿈틀거리더니 손가락이 나를 향해 고정되었다.

「자? 왜 조용한가? 그런가, 안 그런가? 형리?」

「그렇습니다.」

나는 고분고분 대답했다. 그리고 그 이후 〈그〉의 말은 한마디 한마디가 선명하게 들렸다.

「그렇다면? 당신은 내가 그 단어를 두려워한다고 생각하나? 당신은 그것의 껍질을 벗기고 그 안에 무엇이 들어 있는지 살펴본 적이 있나? 그럼 내가 이제부터 보여 주지. 기억하시오. 푸른 언덕, 십자가, 군중. 군중의 몇몇은 위에서 피로 범벅이 된 채 한 육신을 십자가에 못 박고 있소. 몇몇은 아래에서 눈물로 범벅이 되어 그걸 구경하고 있소. 당신은 위에 있는 인간들의 역할이 가장 어렵고 가장 중요하다고 생각지 않나? 그들이 아니었더라면 그처럼 장엄한 비극이 상연될 수 있었겠는가? 몽매한 군중은 그들에게 야유를 퍼부었지. 그러나 사실 바로 그 때문에 비극의 작가, 즉 신은 그들에게 더욱 후한 보상을 해야 하오. 그리고 그리스도교의 신, 인간에 대한 연민이 가장 깊은 신, 복종하지 않는 자들을 지옥 불에서 서서히 태우는 신, 그 신이야말로 형리 아닌가? 그리고 그리스도교인이 불태운 인간의 수가 불태워진 그리스도교인의 수보다 더 많지 않은가? 그럼에도 — 이 점이 중요한 것인데 — 그럼에도 그 신은 수 세기 동안 사랑의 신으로 찬

미받았지. 말도 안 된다고? 아니, 그 반대요. 그것은 피로 새겨진, 불멸의 인간 지혜에 대한 특허장이오. 그때에도 야만적인, 털북숭이 인간들은 알고 있었소. 인류에 대한 진정하고 대수학적인 사랑은 반드시 비인간적이라는 것, 진리에 대한 불가피한 표현은 잔인성이라는 것 등을. 마치 불의 불가피한 표현은 그것이 물체를 태운다는 사실인 것처럼. 당신은 끔찍하지 않은 불을 제시할 수 있나? 자, 증명해 보시오. 반박해 보시오!」

어떻게 반박할 수 있겠는가? 그것이 이전에 했던 내 생각과 일치하는 데 어찌 논쟁할 수 있겠는가? 나는 다만 그 생각에 그토록 표현력이 풍부하고 찬란한 갑옷과 투구를 입힐 수 없었을 뿐이다. 나는 입을 다물었다……

「만일 당신의 침묵이 내게 동의한다는 걸 의미한다면, 이제 허심탄회하게 얘기해 봅시다. 아이들이 자러 간 뒤의 어른들처럼. 인간이 어렸을 적부터 구하고 꿈꾸고 찾으려고 고뇌한 것이 무엇인가? 누군가가 처음이자 마지막으로 그에게 행복이 무엇인지 가르쳐 주고 그를 행복에다 사슬로 묶어 두는 것이겠지. 우리가 지금 하고 있는 게 바로 그것 아니겠소? 낙원에 대한 고대인들의 꿈……. 기억하나, 낙원에는 이미 욕망도, 연민도, 사랑도 없소. 그들은 모두 축복받은 천사며 신의 노예지. 그들의 환각증에는 수술의 메스가 가해졌소(바로 그 때문에 그들은 축복받은 것이지). 그런데 우리가 이미 그 꿈에 도달해서 그것을 이렇게 낚아챈 순간(그는 손을 꽉 쥐었다. 만일 그 속에 돌멩이가 있었더라면 돌에서 물이 쭉 나왔을 것이다), 이제 남은 일이란 전리품을 잘 매만져서 조각조각 분배하는 것뿐인 바로 이 순간에 당신이, 당신이……」

강철 같은 굉음이 갑자기 울려 퍼졌다. 나는 온몸이 새빨개져 있었다. 마치 모루 위에 놓인 무쇳덩어리처럼. 둔한 소리를 내며 나를 향해 망치가 내려왔다. 망치는 조용히 공기 중에 멈춰 선 듯했다. 나는 기다렸다. 그것은 더욱 무시무시했다.

갑자기 〈그〉가 물었다.

「당신 몇 살이오?」

「서른둘입니다.」

「그러나 하는 짓은 나이의 반, 열여섯 살짜리 소년처럼 순진하군! 당신 머릿속엔 정말로 아무런 의심도 일지 않았단 말인가? 그들에게는 ─ 그들의 이름은 아직 모르지만 당신이 가르쳐 줄 거라고 확신하오 ─ 당신이 순전히 인쩨그랄의 기사로서 필요했다는 것 말이오. 순전히 당신을 이용해서……」

「그만! 그만!」

나는 소리쳤다.

그것은 날아오는 총알을 손으로 막으며 울부짖는 것과 마찬가지였다. 나는 아직도 나 자신의 우스꽝스러운 〈그만〉 소리를 듣고 있었다. 그러나 총알은 이미 꿰뚫고 들어와 내 심장을 태웠고 나는 바닥에 나뒹굴었다.

그렇다, 그렇다. 인쩨그랄의 기사…… 그래, 맞다……. 그리고 즉시 벽돌 색의 붉은 아가미를 떠는 U의 성난 얼굴이 떠올랐다. 그날 아침, 그들이 둘 다 내 방에 있었을 때…….

분명히 기억하건대, 나는 웃기 시작했고 눈을 치켜떴다. 내 앞에는 소크라테스형의 대머리 인간이 앉아 있었다. 그 대머리에 작은 땀방울이 맺혀 있었다.

모든 것은 얼마나 단순한가. 모든 것은 얼마나 장엄하도록 범속하고 우스꽝스러울 정도로 단순한가.

웃음이 나를 숨 막히게 했다. 그것은 연기처럼 뭉게뭉게 터져 나왔다. 나는 손으로 입을 막고 황급히 밖으로 뛰쳐나갔다.

층계. 바람. 불빛과 얼굴들의 탁탁 튀는 듯한 축축한 파편. 그리고 나는 뛰어갔다.

「안 돼! 그 여자를 만나야 해! 한 번만이라도!」

갑자기 백지가 머릿속으로 또다시 들어왔다. 기억하는 것은 다만 다리들, 사람이 아닌 사람의 다리들. 무질서하게 내딛는 발들. 위에서 보도로 떨어지는 수백의 다리들. 다리의 무거운 비. 그리고 즐겁고 난폭한 노래와 비명. 나를 향한 것임이 틀림없다.

「이봐, 이봐! 이쪽으로 오게, 우리한테로!」

얼마 후 무거운 바람으로 꽉 찬 공허한 광장에 다다랐다. 중앙에 침침하고 위협적인 거대한 물체가 있었다. 〈은혜로운 분〉의 처형 기계, 그리고 뜻밖에도 내 안에서 그것의 메아리인 양 어떤 영상이 떠올랐다. 눈을 찌를 듯 새하얀 베개. 베개 위에는 뒤로 젖힌 머리통과 반쯤 감긴 눈. 날카롭고 감미로운 치열……. 그리고 이 모든 영상은 어쩐지 어리석고 무시무시하게 처형 기계와 연관되어 있었다. 나는 어떻게 연관되어 있는지 알고 있다. 그러나 아직 보고 싶지도, 소리 내어 말하고 싶지도 않았다. 원치 않는다. 그럴 필요도 없다.

나는 처형 기계로 이어지는 계단에 눈을 감고 앉았다. 비가 오고 있었나 보다. 내 얼굴은 젖어 있었다. 먼 곳에서 둔탁한 비명 소리가 들렸다. 그러나 아무도, 아무도, 내가 지르는 비명 소리는 못 들었다. 나를 구해 줘요, 나를 구해 줘요!

  만일 나한테 고대인들처럼 어머니가 있다면, 나의 어머니가. 그리고 그녀에게 나는 인쩨그랄의 기사도, 번호 D-503도, 그리고 단일제국의 구성원도 아닌, 단순히 인간의 조각, 그녀 자신의 한 조각, 밟히고 찌그러지고 버림받은 한 조각이라면……. 그러면 다른 인간의 몸에 내가 못을 박도록 하든지 아니면 내가 못 박히게 하든지 하라(어쩌면 그 두 가지는 동일한 것이겠지만). 그녀는 아무도 듣지 못하는 내 비명 소리를 들을 것이다. 그녀의 주름살로 오그라든, 노파와 같은 입술은…….

서른일곱 번째 기록

개요: 적충류(滴蟲類). 종말. 그녀의 방.

오늘 아침 식당에서 내 왼쪽에 앉은 번호가 깜짝 놀라 내게 속삭였다.

「식사하세요! 모두들 당신을 쳐다보고 있어요!」

나는 애써 미소 지었다. 그 미소는 내 얼굴에 생긴 균열처럼 느껴졌다. 미소를 지음에 따라 균열의 가장자리는 점점 더 벌어지고 난 점점 더 고통스러워졌다.

포크로 입방형 음식을 찌르기가 무섭게 포크가 흔들리며 손에서 접시로 쨍그랑 소리를 내며 떨어졌다. 그리고 탁자들, 벽, 그릇, 공기가 진동을 하며 쨍그랑 소리를 냈다. 건물 밖에서 거대한, 하늘까지 닿을 듯한 강철의 둥근 굉음이 사람들과 건물들을 거쳐 수면 위에 이는 파문처럼 여러 개의 작은 동그라미가 되어 멀리 사라졌다.

순간적으로 나는 빛바랜 얼굴들을 보았다. 전속력으로 움직이다가 급정거한 입들, 공중에 우뚝 선 포크들.

그리고 모든 것은 엉망진창이 되었다. 수세기 동안 지켜져 온 궤도에서 벗어났다. 모두들 자리에서 벌떡 일어나 (국가도 부르지 않고) 무질서하게 씹는 동작을 끝내며 볼멘소리로 서로에게 물어보았다.

「뭐야? 무슨 일이야? 뭐지?」

그리고 한때 위풍당당하고 위대했던 〈기계〉의 무질서한 파편들은 엘리베이터와 층계를 따라 아래로 흩어졌다. 발을 내딛는 소리, 단어 조각들, 마치 갈기리 찢겨 바람에 소용돌이치는 편지 조각들처럼……

근처의 모든 건물들에서도 마찬가지로 사람들이 쏟아져 나와 흩어졌다. 그리고 조금 뒤에 거리는 현미경 아래 떨어뜨린 한 방울의 물 같았다. 유리처럼 투명한 물방울에 유폐된 적충류들은 정신없이 아래위로, 좌우로, 왔다 갔다 했다.

「아하.」

누군가의 의기양양한 목소리가 들렸다. 내 앞에는 뒤통수와 하늘을 향해 고정된 손가락이 있었다. 그 손가락의 노르스름한 분홍색 손톱과 손톱 아래쪽의, 마치 지평선에서 기어나온 듯한 흰색 초승달을 아주 선명하게 기억한다. 그것은 나침반 같았다. 수백 개의 눈이 그 손가락을 쫓아 하늘을 올려다 보았다.

무슨 보이지 않는 추격을 받으며 도망치듯 먹구름이 앞을 다투어 질주하고 서로 짓누르고 있었다. 그리고 구름으로 채색된 것 같은 보안요원의 검은 아에로들이 파이프 모양의 검은 측판 상부를 축 늘어뜨린 채 날고 있었다. 그리고 더 멀리, 서쪽 하늘에는 무엇인가가…….

처음엔 그것이 무엇인지 아무도 몰랐다. 다른 사람들보다는 더 많은 걸 알고 있던(불행하게도) 나까지도 이해할 수 없었다. 그것은 검은 아에로의 거대한 무리와 닮은 점 같은 것들로서, 믿을 수 없이 높은 어딘가에서 포착하기 힘든 빠른 속도로 가까워지고 있었다. 목구멍에서 나오는 듯한 쉰 목소리가 위에서 들렸다. 우리의 머리 위까지 날아온 그것은 새 떼였다. 하늘은 날카롭고 찌를 듯한 삼각형들, 하강하는 검은 삼각형들로 가득 채워졌다. 폭풍이 그것들을 아래로 내리 몰았다. 그것들은 둥근 지붕과 기둥, 발코니 위로 내려앉았다.

「아하.」

의기양양한 뒤통수가 뒤로 돌아섰다. 그것은 이마가 툭 튀어나온 바로 그 작자였다. 그러나 옛날 그의 존재 가운데 남은 거라곤 이름뿐인 듯했다. 어떻게 해서인지는 모르나 저 영원한 이마 밑에서 그는 완전히 기어나온 것 같았다. 그의 얼굴에는 ― 눈과 입 주위에 ― 한 다발의 머리털처럼 햇빛이 자라고 있었다. 그는 웃고 있었던 것이다.

「아시겠어요?」

날카로운 바람 소리, 날갯짓하는 푸드득 소리, 새 떼의 울음소리를 뚫고 그의 외침이 들려왔다.

「아시겠어요. 벽을, 벽을 폭파했어요! 아-시-겠-습-니-까?」

어딘가 뒤쪽에서 잠깐 어른거리는 인간의 형상들. 그들은 머리를 쭉 빼고 실내로, 건물 안으로 뛰어가고 있었다. 도보 한가운데에는 수술받은 자들의 무리가 신속하게, 그러나 느릿느릿(자기 몸의 중량 때문에) 서쪽을 향해 진군하고 있었다.

입과 눈 주위에 몇 다발의 머리털 같은 광선. 나는 그의 손을 잡았다.

「이봐요, 그 여자, I, 어디 있죠? 거기, 벽 너머에 있나요? 그게 아니면…… 나는 알아야 해요. 듣고 있어요? 지금 당장. 시간이 없어요.」

「여기.」

그는 도취된 듯 즐겁게 외쳤다. 튼튼한 노란색 이빨…….

「여기, 도시에 있어요. 활동 중이죠. 오호, 우린 행동을 개시했어요!」

우리란 누구인가? 나는 누구인가?

그의 곁에는 그와 비슷한 인간들이 50명 정도 있었다. 어두운 이마 밑에서 기어 나온 듯한 떠들썩하고 명랑한 인간들. 그들의 건강한 치아……. 그들은 크게 벌린 입으로 폭풍을 삼키며, 외관상 온순하며 전혀 끔찍해 보이지 않는 감전기를 휘두르며(어디서 그것을 구했을까?) 서쪽을 향해 수술받은 자들을 쫓아 움직였다. 그러나 그들을 우회하며 48번가에 나란히 나타난 것은…….

나는 팽팽한 밧줄 같은 바람에 걸려 넘어지면서 그녀에게로 달려갔다. 왜? 그건 나도 모른다. 나는 넘어졌다. 텅 빈 거리들. 낯설고 야만적인 도시. 의기양양하게 끊임없이 울어대는 새의 울음소리. 세상의 종말. 나는 벽의 유리를 통해 보았다(그것은 내 기억 속에 깊숙이 새겨졌다). 몇 쌍의 남녀가 커튼조차 내리지 않고 뻔뻔스럽게 교미하고 있었다. 감찰도 없이, 대낮에…….

건물. 그녀가 사는 건물. 활짝 열린 채 방치된 문. 아래층 당직원의 책상은 비어 있고 엘리베이터는 승강로 중간에 멈춰 있었다. 나는 끝없는 층계를 따라 헐떡거리며 뛰어 올라갔다. 복도, 마치 돌아가는 바퀴살처럼 문에 달린 번호들이 재빨리 내 눈앞을 지나갔다. 320, 326, 330……I-330, 여기다!

유리문을 통해 보이는 방의 내부는 난장판이었다. 방 안의 모든 것이 흩어지고 어지럽혀지고 구겨져 있었다. 누군가

바삐 지나가다 뒤집어 놓은 의자, 네 다리를 위로 하고 엎드린 모습이 마치 죽은 짐승같았다. 침대 — 어쩐지 부조리하게 벽에서 비스듬히 떨어져 있었다. 바닥에는 짓밟힌 장밋빛 감찰들이 흩어져 있었다.

나는 몸을 굽혀 한 장을 집었다. 두 장, 세 장…… 모든 종잇장에 D-503의 이름이 있었다. 모든 것에 내가 있었다. 녹아 넘쳐흐른 내 육체의 방울들이었다. 오직 그것만이 남아 있었다.

어쩐지 그 종잇조각들이 그런 식으로 바닥에 흩어져 짓밟히고 있는 것이 부당하게 느껴졌다. 나는 한 무더기를 집어 책상 위에 놓았다. 조심스럽게 한 장 한 장 훑듯이 살펴보았다. 그리고 나는 웃음을 터뜨렸다.

이전에 난 웃음에 여러 가지 색깔이 있다는 걸 몰랐다. 그러나 이제 깨달았다. 웃음이란 인간의 내부에서 일어난 폭발의 먼 메아리일 뿐이다. 그것은 빨강, 파랑, 황금색 축제의 폭죽일 수도 있고 어쩌면 인간 육신이 파열되어 치솟는 조각들일 수도 있다.

내게는 낯선 어떤 번호를 감찰들에서 얼핏 보았던 것이다. 번호는 기억나지 않는다. 다만 그것이 F로 시작한다는 것만이 기억에 남아 있다. 나는 모든 감찰을 책상에서 쓸어내어 바닥에 버렸다. 그리고 그것들을 짓밟았다. 나는 나 자신을 구두 뒤축으로 깔아뭉갰다. 그리고 방을 나갔다.

문 맞은편에 있는 복도의 창틀에 앉았다. 여전히 무엇인가를 기다렸다. 멍하게 오랫동안. 왼쪽에서 발소리가 들렸다. 어떤 노인이 나타났다. 그의 얼굴은 공허하게 뻥 뚫리고 주름살처럼 움푹 팬 구멍대 같았다. 그리고 뻥 뚫린 구멍에서 무언가 투명한 것이 새어 나와 천천히 아래로 흘렀다. 천천히, 희미하게. 그것은 눈물이었다. 노인이 이미 멀리 사라졌을 때에야 나는 비로소 정신을 차리고 그에게 소리쳤다.

「여보세요, 여보세요, 혹시 아세요, 번호 I-330이 어디 있는지…….」

노인은 뒤를 돌아보았다. 그는 절망적으로 손을 흔들고 절뚝거리며 더 멀리 사라졌다.

땅거미가 질 무렵 내 방으로 돌아왔다. 서쪽 하늘은 매초마다 창백하게 푸른 경련을 일으키며 죄여들고 있었다. 거기에서 둔중하고 가라앉은 소음이 들려왔다. 지붕은 채 타다가 만 검은색 숯덩어리 같은 것으로 덮여 있었다. 새 떼였다.

나는 침대에 누웠다. 이내 짐승처럼 덮쳐 온 잠이 나를 압도해 버렸다.

서른여덟 번째 기록
개요: 어떻게 개요를 달아야 할지 모르겠다. 어쩌면 전체에다가
하나의 제목을 붙여야 할 것 같다: 내동댕이쳐진 담배.

정신이 들자 바라보기가 고통스러울 정도로 찌르는 듯한 빛이 보였다. 머릿속에는 매캐한 푸른 연기가 들어 있었다. 모든 것이 안개에 싸인 듯했다. 나는 안개를 뚫으며 생각했다.

「하지만 불도 켜지 않았는데 어째서…….」

나는 벌떡 일어났다. I가 책상에서 손으로 턱을 고이고 쓴웃음을 지으며 나를 바라보고 있었다.

내가 이 글을 쓰고 있는 바로 이 책상 앞에 앉아 있었다. 그녀와 함께 있었던 10분에서 15분 정도의 시간은 이미 과거가 되어 버렸고 가장 팽팽한 용수철로 잔인하게 꼬여 들어갔다. 그러나 내겐 바로 지금 그녀가 문을 닫고 나간 것처럼 느껴진다. 어쩌면 아직 그녀를 따라가 손을 잡을 시간이 있을지도 모른다. 어쩌면 그녀는 웃으면서 말할지도 모른다.

I는 책상 앞에 앉아 있었다. 나는 그녀에게 달려갔다.

「당신, 당신! 나는 당신 방에 가보았어요. 그래서 당신이 체포되었다고 생각했어요.」

그러나 말하는 도중 움직이지 않는 속눈썹의 날카로운 창에 부딪쳐서 멈추고 말았다. 그때 인쩨그랄 안에서 그녀가

나를 보던 눈초리가 기억났다. 당장, 지금 즉시 그녀에게 모든 걸 말해야 한다. 그녀가 나를 믿도록 해야 한다. 아니면 그녀는 결코······.

「이봐요, I. 당신에게 이야기해야만 할 게······ 모든 것을······. 아니, 그게 아니고, 잠깐만, 우선 물 좀 마시고······.」

입속이 바짝 말라 있었다. 마치 압지라도 깔려 있는 듯했다. 나는 물을 따랐다. 그러나 물컵을 들 수 없었다. 나는 컵을 탁자 위에 놓고 양손으로 물병을 꼭 쥐었다.

그때서야 비로소 나는 푸른 연기가 담배에서 나오는 것임을 알아 차렸다. 그녀는 담배를 입으로 들이밀고 게걸스럽게 ─ 내가 물을 마시듯 ─ 연기를 들이마셨다. 그러고는 말했다.

「그럴 필요 없어요. 조용히 해요. 상관없어요. 보시다시피 나는 어쨌든 당신에게 왔어요. 저기 아래층에서 그자들이 기다리고 있어요. 당신은 우리들의 이 마지막 몇 분을 쓸데없는 데 낭비하고 싶진 않겠지요······.」

그녀는 담배를 바닥에 내동댕이치고 전신을 의자의 팔걸이 밖으로 내밀어 뒤로 뻗쳤다(커튼 손잡이가 벽에 있었으므로 그녀는 팔이 거기까지 닿지 않았던 것이다). 의자가 흔들리며 두 다리가 바닥에서 떨어졌다. 그리고 커튼이 내려왔다.

그녀는 내게 다가와 세차게 포옹했다. 제복을 통해 느껴지는 그녀의 무릎은 느릿느릿하고 부드럽고 따스했다. 모든 것을 뇌쇄시키는 독물처럼······.

그리고 갑자기······ 종종 있는 일이지만, 이미 완전히 달콤하고 따스한 잠으로 떨어졌는데 갑자기 무언가에 찔려 부르르 몸을 떨며 눈을 크게 뜬 것과 같은 상태가 되었다. 그녀의 방바닥에 짓밟힌 채 있던 장밋빛 감찰, 그리고 그중 하나에

적힌 F라는 글자와 어떤 숫자…… 내 안에서 그것은 한 덩어리로 응어리졌다. 그것이 어떤 감정인지는 말할 수 없다. 그러나 나는 그녀가 고통으로 비명을 지를 정도로 그녀를 꽉 안았다.

우리에게 주어진 10~15분 중 1분이 더 흘러갔다. 눈을 찌를 듯한 흰 베개에 뒤로 젖힌 채 놓인 머리, 반쯤 감은 눈, 날카롭고 달콤한 치아. 그것은 내게 줄곧 끈덕지고 어리석게 그리고 고통스럽게 무언가를 상기시켰다. 그 순간에는 불필요하고 허용되지 않은 어떤 것을. 나는 더욱 부드럽게, 더욱 잔인하게 그녀를 꽉 끌어안았다. 나의 시퍼런 손자국은 점점 더 선명해졌다.

그녀는 눈을 감은 채(나는 그것에 주목했다) 말했다.
「어제 당신이 〈은혜로운 분〉에게 갔다는 게 사실이에요?」
「그래요. 사실이에요.」

I의 눈이 동그래졌다. 나는 그녀의 얼굴이 얼마나 순식간에 창백해지고, 색이 바래고, 사라지는지를 쾌감을 느끼며 바라보았다. 그녀는 눈만 보였다.

나는 그녀에게 모든 것을 말했다. 하지만 이유는 모르지만 — 아니, 사실은 그 이유를 안다 — 한 가지는 언급하지 않았다. 〈그〉가 마지막으로 한 말, 즉 나는 그들에게 단지 인쩨그랄의 기사로서만 필요했다는 것…….

마치 현상액 속의 사진처럼 그녀의 얼굴이 서서히 되돌아왔다. 뺨, 흰 치열, 입술, 그녀는 일어나서 옷장의 거울 문으로 다가갔다.

내 입 속은 다시 말라 있었다. 물을 따랐으나 마실 수 없었다. 나는 컵을 탁자 위에 놓고 물었다.

「당신 그것 때문에 여기 온 겁니까? 그걸 알아낼 필요가 있어서?」

날카롭고 조롱하는 듯한 삼각형, 관자놀이까지 추켜세운 눈썹이 거울에 비쳤다. 그녀는 무언가 말하려는 듯 돌아섰으나 아무 말도 하지 않았다.

그럴 필요는 없다. 나는 알고 있지 않은가.

그녀와 작별할 것인가? 나는 나의 것이며 동시에 나의 것이 아닌 다리를 움직였다. 다리가 의자에 걸렸고, 거꾸로 쓰러졌다. 그녀의 방에 있던 의자처럼 죽은 듯이. 그녀의 입술은 차가웠다. 언젠가 내 방 침대 근처의 바닥도 그렇게 차가웠다.

그녀가 떠난 뒤 나는 바닥에 앉아 그녀가 내던지고 간 담배 위로 몸을 굽혔다.

더 이상 쓸 수 없다.

더 이상 쓰고 싶지 않다!

서른아홉 번째 기록
개요: 끝

모든 것은 포화 용액 속에 던져진 소금의 마지막 결정과 같다. 결정들은 재빨리 바늘처럼 곤두서고, 결정을 이루고, 딱딱해지고 응결된다. 모든 것이 결정되었으며 나는 내일 그것을 할 것이라는 사실이 명백해졌다. 그것은 자살 행위와 맞먹는 것이지만 어쩌면 나는 그래야만 부활할지도 모른다. 사실 죽어야 부활이 가능한 것이니까.

서쪽 하늘은 매초마다 푸른 경련을 일으키며 몸서리치고 있었다. 머릿속에는 불길이 치솟고 또 무엇인가가 난타하고 있었다. 나는 밤새도록 앉아 있다가 아침 7시경에야 잠이 들었다. 어둠은 이미 사라지고 녹색의 여명 속에서 새 떼로 덮인 지붕들이 모습을 드러내기 시작했다.

나는 잠에서 깼다. 벌써 10시였다(오늘은 분명 기상 벨이 울리지 않았을 거다). 물을 담은 컵이 어젯밤에 놓아둔 그대로 책상 위에 있었다. 게걸스럽게 물을 들이마시고 뛰어나갔다. 빨리, 가능한 한 빨리, 모든 일을 처리해야 했다.

폭풍에 완전히 삼켜진 듯이 공허하고 푸른 하늘. 날카로운 그림자의 예각, 모든 것이 푸른 가을의 공기에서 오려 낸 듯 만지기에 끔찍할 정도로 얄팍하다. 그것들은 곧 탁 튀면서 유리 먼지가 되어 흩어질 것 같았다.

나의 내부도 그와 똑같은 상태였다. 생각해서는 안 돼, 생각할 필요 없어, 생각할 필요 없어, 그러지 않으면…….

나는 아무 생각도 하지 않았다. 심지어 아무것도 제대로 보지 않았다. 다만 머릿속에 사물의 인상을 기록할 뿐이었다. 보도 위에는 어디에선가 날아온 나뭇가지와 녹색과 호박색, 산딸기색의 나뭇잎들이 있었다. 그리고 그 위에는 새떼와 아에로가 서로 어지럽게 뒤섞이며 질주했다. 사람들의 머리도 보였다. 벌린 입, 나뭇가지를 흔드는 손. 모든 것이 고함치고 지저귀고 윙윙거리고 있었을 것이다.

마치 역병이 휩쓸고 간 듯한 텅 빈 거리. 나는 견딜 수 없이 부드럽고 탄력 있는, 그러나 움직이지 않는 어떤 것에 걸려 넘어졌다. 나는 몸을 굽혔다. 그것은 시체였다. 그는 반듯이 누워 있었다. 마치 여자처럼 구부린 다리를 벌리고서, 그의 얼굴은…….

나는 두툼한 검둥이 입술을 알아보았다. 그리고 아직도 웃음을 튀길 듯한 이빨들도. 그는 눈을 잔뜩 찌푸리고 내 얼굴을 향해 웃고 있었다. 나는 곧 그를 넘어서 뛰어갔다. 이미 다른 방도가 없었기 때문이다. 나는 한시바삐 모든 걸 처리해야 했다. 그러지 않으면 나는 부서지고, 마치 중량이 초과한 궤도처럼 구부러질 것이었다.

다행스럽게도 내가 가야 할 곳은 스무 걸음 거리에 있었다. 간판, 그리고 황금빛 글자로 새겨진 보안국이 보였다. 나는 입구에서 걸음을 멈추고 원하는 만큼의 공기를 삼키고 안으로 들어갔다.

실내의 복도에는 번호들이 끝없는 쇠사슬처럼 일렬로 서 있었다. 그들은 서류와 두꺼운 공책 등을 손에 들고서 서서히 한두 걸음 움직였다가 다시 섰다.

나는 사슬을 따라 우왕좌왕했다. 내 머리는 산산이 부서지고 있었다. 나는 그들의 소매를 잡고 애원했다. 환자가 순간적인 격렬한 고통의 대가로 모든 것을 단숨에 끝내 줄 어떤 것을 빨리 달라고 애원하듯이.

둔부가 선명하게 튀어나온 어떤 여성이 제복 위로 허리를 단단히 조여 매고 서성거리고 있었다. 그녀는 마치 거기 눈이라도 달린 양 줄곧 둔부로 옆을 스치고 다녔다. 그녀가 나를 향해 폭소를 터뜨렸다.

「저 사람 배가 아픈가 봐요! 화장실로 데려가요, 거기, 오른쪽에서 두 번째 문……」

그들은 나를 보며 웃음을 터뜨렸다. 그 웃음 때문에 무언가가 내 목구멍까지 치밀어 올랐다. 나는 비명을 지를 것이었다. 아니면…… 아니면…….

갑자기 뒤에서 누군가가 내 팔꿈치를 잡았다. 나는 뒤를 돌아보았다. 투명한 날개귀, 그러나 그것은 평소의 장밋빛과 달리 진홍색이었다. 목 중간의 후골이 불룩거렸다. 곧 얇은 피막을 찢고 나올 것처럼.

「어째서 여기에 왔죠?」

재빨리 나를 꿰뚫어 보면서 그가 물었다.

나는 그에게도 애원했다.

「빨리 당신 사무실로…… 나는 지금 당장 모든 걸 얘기해야 돼요. 내 말을 들어 줄 사람이 당신이라 정말 잘됐어요……. 어쩌면 당신이라는 게 오히려 끔찍한지도 몰라요. 아니, 역시 잘된 거예요.」

 그 역시 그녀를 알고 있었다. 그 사실 때문에 나는 더 큰 고통을 느꼈다. 그러나 어쩌면 내 얘길 듣고 그도 전율할지 모른다. 그리고 우리는 함께 싸울 것이다. 나는 이 최후의 순간에 혼자가 아닐 것이다.

 문이 쾅 닫혔다. 나는 문 밑에 종이가 한 장 걸려 있다가 문이 닫힐 때 바스락 소리를 낸 것을 기억한다. 그리고 나서 마치 뚜껑처럼 어떤 특수한 진공의 정적이 덮쳤다. 그가 만일 (무슨 말이건) 한마디라도, 허무맹랑한 말이라도 했다면 나는 즉시 모든 걸 말했을 것이다. 그러나 그는 잠잠했다.

 나는 귓속이 윙윙거릴 정도로 긴장해서 말했다(그를 외면한 채).

 「나는 맨 처음부터 언제나 그녀를 증오했다고 생각합니다. 나는 안간힘을 썼습니다. 그러나, 아니, 아니, 제 말을 믿지 마세요. 나는 구원될 수 있었음에도 구원을 원치 않았습니다. 나는 파멸을 원했습니다. 그것은 내게 무엇보다도 소중했습니다……. 파멸이 소중했다는 얘기가 아니고 그녀가…… 그리고 지금까지도, 심지어 지금까지도, 이제는 모든 사실이 발각됐는데도……. 당신은 〈은혜로운 분〉이 나를 소환한 사실을 알고 있나요?」

 「그래요. 알고 있어요.」

 「그러나 〈그〉가 내게 말한 것은…… 아시겠어요? 그건 모조리 지금 당장 당신 발밑의 바닥이 없어지는 것과 마찬가지예요. 그리고 당신, 당신 주변에 있는 모든 것이, 당신 책상 위의 모든 것이, 종이도, 잉크도…… 잉크가 튈 테고 모든 것에 얼룩이 생기겠죠…….」

「그래서, 그래서요! 서둘러요. 저기 다른 사람들도 기다리고 있어요.」

나는 헐떡거리고 더듬거리며 일어난 모든 일을, 여기 쓰인 모든 일을 얘기했다. 진짜 나와 털북숭이 나에 관해, 그때 그녀가 내 손에 대해 말한 것 — 그렇다. 바로 거기서부터 모든 것이 시작되었다 — 과 그때 어떻게 내가 나의 의무를 완수하는 걸 기피했으며 나 자신을 기만했는지, 어떻게 그녀가 가짜 진단서를 구했으며 어떻게 나의 병이 하루하루 악화되었는지에 관하여. 지하의 복도와 벽 사이의 세계에 관해서……

이 모든 얘기들은 황당무계한 덩어리와 토막들이 되어 나왔다. 나는 숨을 헐떡였다. 말이 모자랐다. 뒤틀리고 왜곡된 입술이 메마른 웃음을 띤 채, 내게 필요한 낱말들을 가르쳐 주었다. 나는 감사하며 고개를 끄덕였다. 네, 네, ……그리고 이미 그는 나를 대신해서 말하고 있었다(도대체 그게 어찌된 일인가). 나는 그의 말을 듣고 있을 뿐이었다.

「네, 그러고 나서…… 바로 그랬어요, 네, 네!」

나는 입 언저리가 에테르라도 묻은 듯 식기 시작함을 느꼈다. 그래서 간신히 물어보았다.

「하지만 어떻게…… 당신이 이 모든 걸 알 도리는 없을 텐데요…….」

그의 소리 없는 웃음이 점점 더 뒤틀렸고…… 그러고 나서 그가 말했다.

「하지만 나에게 뭔가 숨긴 게 있죠. 벽 너머에서 본 것을 모두 열거했지만 한 가지 잊은 게 있어요. 부정하진 않겠죠? 당신은 거기서 잠깐 동안 나를 본 사실을 잊었습니까? 그래요, 당신은 나를 보았어요.」

공백.

그리고 일순간 번개처럼 모든 것이 적나라해졌다. 그, 그도 역시 그들 중의 하나였던 것이다. 나의 전체, 나의 모든 고뇌, 공적처럼 내가 마지막 힘을 다해 기진맥진하며 그곳으로 가져온 모든 것이 그저 우스꽝스러울 뿐이었다. 아브라함과 이삭에 관한 고대의 전설처럼. 전신에 식은땀을 흘리며 아브라함은 아들의 머리 위로 칼을 쳐들었다. 그때 갑자기 하늘에서 목소리가 들려왔다.

「그럴 필요 없다! 나는 농담을 했던 거다.」

점점 더 뒤틀리는 웃음에서 눈을 떼지 않은 채 나는 양손으로 책상 모서리를 짚고 서서히, 아주 천천히 의자와 함께 책상에서 물러났다. 그리고 나 자신을 두 손으로 안다시피 하고서 일시에 뛰쳐나갔다. 외침과 층계와 입들을 지나 재빨리 밖으로.

내가 어떻게 지하철역의 공공 화장실로 내려가게 되었는지 기억하지 못한다. 위쪽에서는 모든 것이 파멸하고 있었다. 인류의 역사상 가장 위대하고 가장 이성적인 문명이 무너지고 있었다. 그러나 역설적이게도 화장실 안에는 모든 것이 전처럼 아름답게 남아 있었다. 생각해 보라. 이 모든 것에 운명의 날이 다가왔다. 이 모든 것 위로 풀이 무성하리라. 이 모든 것에 관한 〈신화〉만이 남게 될 것이다.

나는 큰 소리로 신음하기 시작했다. 그리고 그 순간 누군가 다정하게 내 어깨를 쓰다듬는 것을 느꼈다.

왼쪽 방에 사는 내 이웃이었다. 이마 ― 거대한 대머리의 포물선, 이마에 그려진 판독할 수 없는 문장 같은 주름살들. 그 문장들은 나에 관한 것이다.

「당신을 이해합니다. 전적으로.」

그가 말했다.

「그러나 어쨌든 진정하세요. 불안해할 필요 없어요. 모든 것은 되돌아올 겁니다. 반드시 되돌아올 겁니다. 중요한 것은 모든 사람들이 나의 발견을 인지해야 하는 거죠. 당신에게 처음으로 말해 주는 겁니다. 나는 무한이란 없다는 것을 계산해 냈어요!」

나는 거칠게 그를 바라보았다.

「그래요, 그래. 다시 한 번 말해 드리죠. 무한은 없어요. 만일 세계가 무한이라면 물질의 평균 밀도는 0이 되어야 해요. 그러나 우리가 알다시피 평균 밀도는 0이 아니에요. 따라서 우주는 유한한 것입니다. 그것은 구형이며 우주의 반경의 제곱 $Y^2=(\ )\times$평균밀도예요. 그리고 이제 내게 필요한 것은 수적인 계수를 산출해 내는 겁니다. 그러면…… 당신은 이해하시겠죠. 모든 것은 유한하며 단순합니다. 모든 것은 계산할 수 있어요. 그렇기 때문에 우리는 철학적으로 승리하게 되는 거죠. 아시겠어요? 존경하는 선생, 내가 계산을 끝내는 걸 막아 주세요. 소리를 질러 주세요.」

무엇이 내게 더 충격적이었는지 모른다. 그의 발견인지 아니면 종말의 순간에 보여 준 그의 신념인지. 그의 손에는(그때야 비로소 내 눈에 띈 것이지만) 공책과 대수판이 들려 있었다. 그리고 나는 이해했다. 모든 것이 파멸한다 해도 내 의무는 (사랑스러운 미지의 독자에 대한) 나의 원고를 완성된 형태로 남기는 것임을.

나는 그에게 종이를 달라고 한 다음, 화장실에서 이 마지막 행들을 썼다……. 나는 고대인들이 시체를 파묻은 구덩이 위에 십자가를 놓듯이 내 글에 마침표를 찍으려고 했다. 그러나 갑자기 연필이 떨리며 손아귀를 빠져나갔다.

「이봐요…….」

나는 내 이웃을 잡아당겼다.

「이봐요, 내 말 안 들려요? 당신은 대답해야만 해요. 당신의 유한한 우주가 끝나는 곳이 어딥니까? 그리고 끝 다음에는 어떻게 되죠?」

그에겐 대답할 겨를이 없었다. 위에서 층계를 따라 쿵쿵거리는 발소리가 들려왔기 때문이다.

마흔 번째 기록

개요: 사실들. 종. 나는 확신한다.

낮, 맑음. 바로미터 760.

정말로 나 D-503이 여태껏 2백여 페이지를 쓴 것일까? 내가 정말로 한때 이런 식으로 느꼈단 말인가? 아니면 그렇게 상상을 한 걸까?

필체는 나의 것이다. 계속 같은 필체. 그러나 다행스럽게도 필체만이 나의 것이다. 이제 그 어떤 혼몽도, 어리석은 메타포도, 그 어떤 감각도 없다. 있는 것은 다만 사실들뿐이다. 왜냐하면 나는 건강하기 때문이다. 완전히, 절대적으로 건강하기 때문이다. 나는 미소 짓는다. 미소 짓지 않을 수 없다. 내 머리에서 무슨 가시 같은 걸 뽑아냈으므로 머릿속은 가볍고 텅 비어 있다. 더 정확하게 말해서 텅 비었다기보다는 이질적이거나 미소를 방해하는 게 아무것도 없다는 얘기다(미소는 정상적인 인간의 정상적인 상태다).

사실은 다음과 같다. 그날 저녁 우주의 유한성을 발견한 내 이웃, 나, 그리고 우리와 함께 있던 모든 사람들은 〈수술〉 받은 증명서가 없는 자들이란 죄목으로 체포되어 가장 가까운 강당으로 끌려갔다(강당 번호는 어쩐지 낯이 익었다.

112호).

거기서 우리는 묶인 채 수술을 받았다.

그다음 날 나 D-503은 〈은혜로운 분〉께 출두하여 행복의 적에 대해 내가 아는 바를 모조리 진술했다. 어째서 전에는 그것이 그토록 어렵게 느껴졌을까? 이해할 수 없다. 유일한 설명은 나의 병일 거다(영혼이라는 병).

같은 날 저녁 나는 〈그〉, 즉 〈은혜로운 분〉과 함께 (처음으로) 저 유명한 가스실의 책상 앞에 나란히 앉았다. 그 여자가 끌려왔다. 내가 참석한 자리에서 그녀는 자술해야만 했다. 그녀는 고집스럽게 침묵하며 미소 지었다. 나는 그녀의 이빨이 날카롭고 매우 희다는 사실을 알았다. 그것은 아름다웠다.

그녀는 〈종〉 밑에 넣어졌다. 그녀의 얼굴은 매우 하얗게 변했다. 그녀의 눈은 크고 어두웠으므로 매우 아름다워 보였다. 종의 밑에서부터 공기를 빼내기 시작하자 그녀는 고개를 뒤로 젖히고 눈을 반쯤 감은 채 이를 악물었다. 그것은 내게 무언가를 생각나게 했다. 그녀는 나를 보았다. 의자의 팔걸이에 매달린 채 눈이 완전히 감길 때까지 나를 주시했다. 눈이 완전히 감기자 그녀를 끄집어내어 전극의 도움으로 재빨리 정신이 들게 한 뒤 다시 종 밑으로 넣었다. 그렇게 세 번을 반복했으나 그녀는 역시 한마디도 안 했다. 그 여성과 함께 끌려온 다른 인간들은 그녀보다는 좀 더 솔직했다. 그들 중 대부분이 첫 번째 고문부터 입을 열기 시작했다. 내일 그들은 모두 〈은혜로운 분〉의 처형 기계를 향해 계단을 오를 것이다.

처형을 연기해선 안 된다. 왜냐하면 서부 지역에는 아직도 혼돈과 노호와 시체와 짐승들이 있기 때문이다. 그리고 유감스럽게도 이성을 배신한 인간의 수는 상당히 많다.

그러나 우리는 40번가의 횡단로에 고압 전류가 흐르는 임시 벽을 건축하는 데 성공했다. 나는 우리가 승리하길 희망한다. 아니, 그보다 나는 우리가 승리할 것을 확신한다. 이성은 반드시 승리하기 때문이다.

역자 해설
현실을 비춰 주는 반(反)유토피아의 거울

예브게니 자먀찐Evgenii Zamiatin(1884~1937)은 중앙 러시아의 작은 마을 레베잔에서 정교회 성직자의 아들로 태어났다. 1902년 뻬쩨르부르그 종합 기술 대학에 입학한 그는 재학 중에 볼셰비끼당에 입당했으며, 1905년 체포되어 유배당했으나 비합법적으로 수도에 잠입하여 비밀리에 동대학 조선(造船)학과를 졸업했다. 1911년 그것이 발각되어 다시 체포되었다가 2년 뒤에 특사로 자유의 몸이 되었다.

지방의 거칠고 가난한 삶을 풍자한 단편 「지방 생Uezdnoe」(1913)은 작가 자먀찐의 분석적 능력과 장인성을 입증해 준 작품이다. 발표 후 2개월 동안에 3백 편이 넘는 서평이 쓰여졌다고 하니, 그 작품의 참신함이 얼마나 세상의 주목을 받았는지 알 수 있다. 1914년에는 동부 시베리아에 주둔하는 군대의 생활을 그린 「변경에서Na kulichkakh」를 발표하여 역시 큰 반향을 불러일으켰으나, 군대에 대한 악의에 찬 중상모략이라고 간주되어 그것을 게재했던 잡지는 폐간되고 작가는 재판에 회부되었다.

1916년 조선 기사로서 영국에 파견된 자먀찐은 쇄빙선 알렉산드르 네프스끼호의 건조를 맡게 되었다. 1917년 2월 혁명의 소식을 듣고 고대하던 혁명의 장에 있지 못함을 원통해 했으나, 그해 가을 귀국하여 비정상적으로 열기를 띠고 있던 문학 활동에 투신했다. 볼셰비끼 혁명을 열렬히 환영한 그는 창작, 서평, 에세이 등에 건필을 휘두르는 한편, 예술 회관에서 혁명 노선에 입각한 각종 강연과 연설을 주도했다. 그리고 고리끼M. Gor'kii, 블로끄A. Blok, 쉬끌로프스끼V. Shklovskii 등 당시의 쟁쟁한 문인들과 함께 여러 형태의 문화 관계 위원회와 잡지 기획에 참가했다. 고리끼의 비호 아래 결성된 젊은 작가들의 그룹인 〈세라피온 형제〉가 표현 기법에서 자먀찐의 강한 감화를 받은 것도 이때의 일이다.

1918년 자먀찐은 영국에 체류하던 당시 수집한 자료를 토대로 하여 쓴 「섬 사람들Ostrovitiane」을 뻬뜨로그라드에서 발표했다. 이 작품은 영국의 소시민을 주인공으로 하여 순응적 중산 계급이 활개 치는 산업 사회와 기계화되어 가는 부르주아 문명을 풍자하고 있는데, 초기 작품부터 일관되어 온 잘 계산된 구성과 율동적인 문체, 풍자와 역설이 넘치는 관찰 등이 눈길을 끈다.

혁명 초기에 자먀찐이 가졌던 새로운 소비에뜨 사회에 대한 기대와 열정은 곧 혐오와 불안으로 바뀌게 되는데, 1920년대에 발표한 일련의 환상적 작품과 에세이들은 그러한 변화를 뚜렷이 시사해 준다. 굶주림과 추위로 얼어붙은 도시에서 인쩰리겐찌야는 혁명의 폭풍으로 난파된 배의 승객처럼 멸망해 간다고 말하는 「마마이Mamai」, 사람들이 황폐한 도시의 동굴처럼 냉기 서린 방에 살며 원시적인 생존 경쟁 상태로 돌아가는 모습을 그린 「동굴Peshchera」, 그리고 무장한 용이 되는 제복 속의 소인(小人)을 묘사한 「용-Drakon」 등은 모두 혁명 초기의 폐쇄적인 상황을 풍자하는 작품으로 비평가들을 당혹스럽게 만들었다.

그가 비현실적인 수법으로 현실의 부정적 측면만을 지나치게 꼬집는다는 비판의 소리가 커졌으며, 프롤레타리아파가 문단에서 힘을 얻어감에 따라 1920년대 중반부터 그에 대한 공격은 더욱 맹렬해졌다. 그러한 비판에 대해 자먀찐은 프롤레타리아 작가들이 주장하는 리얼리즘은 1860년대의 소박한 리얼리즘이라고 단언하고, 혁명적인 프롤레타리아 작가가 진실로 혁명적인 표현의 실험을 거부하고 구태의연한 19세기적 리얼리즘을 고집한다는 것은 언어 도단이며, 과학과 혁명이 구세계를 파괴해 버린 상황에서 그러한 리얼리즘은 시대의 요구에 맞지 않는 낡고 반동적인 창작 방법이라고 논박하여 좌파 비평가들의 신경을 곤두서게 했다.

문학이 이데올로기의 시녀가 되고 조야한 리얼리즘이 숭앙받는 문학 풍토에 대한 자먀찐의 예언적 우려는, 그가 1924년에 발표한 에세이 「문학, 혁명, 엔트로피 등에 관하여 O literature, revoliutsii, entropii i prochem」에서도 역력히 드러나 있다. 그는 혁명이란 아인슈타인이나 니꼴라이 로바체프스끼가 초래한 사태와 동등한 변혁인 만큼 혁명에 부합하는 신시대 문학은 규범화한 리얼리즘, 그 유클리드적 좌표계에서 과감하게 이탈하여 전위와 왜곡과 비객관성과 환상 속에 존재하는 에너지를 포착하여야 한다고 논술했다. 이것은 훨씬 나중에 안드레이 시냐프스끼A. Siniavskii가 「사회주의 리얼리즘이란 무엇인가」(1959)에서 내리는 결론과 일맥상통한다고 볼 수 있다. 〈여기서 내가 희망을 거는 것은 목적 대신 가설, 세태 묘사 대신 그로테스크를 갖는 환상 예술이다. ……우리는 많은 리얼리스트와 비(非)리얼리스트들의 형상을 통해 불합리한 환상에 의해서 어떻게 진실을 포착할 수 있는지를 배우게 될 것이다.〉

혁명 초기부터 자먀찐에게 가해졌던 비판의 소리는 1920년 대 말엽 그의 장편 『우리들』이 국외에서 러시아어로 출판되자 절정에 이르게 되었다. 1920년에 완성된 이 작품은 인간의 개성과 자유가 오랜 세월 동안의 교육과 비밀 경찰의 감독으로 완전히 제거된 미래 사회의 모습을 그리고 있다. 소비에뜨의 권위주의적 체제에 대한 노골적인 풍자 때문에 국내에서 정식으로 출판될 수는 없었지만, 1924년 자먀찐이 직접 전(全) 러시아 작가 동맹 회의에서 낭독하여 이미 문인들에게는 잘 알려져 있던 작품이었다. 그러나 그것은 출판되기까지 많은 우여곡절을 겪어야만 했다. 우선 1924년에 영역본이 나온 데 이어 체코어와 프랑스어 역본이 출판되었으며, 1927년에 프라하의 망명 월간지 『러시아의 의지』에 러시아어 본이 발표되었다. 편집자 마르끄 슬로님은 그렇지 않아도 당국의 눈총을 받던 저자의 신변 보호를 위해 체코어에서 러시아어로 재번역한 것이라고 발뺌했으며, 그걸 입증하기 위해 텍스트의 일부를 임의로 수정하기까지 했다. 그러나 그 발뺌은 통하지 않았다. 영역본이 나왔을 때는 훨씬 자유로운 시절이었기 때문에 문제가 되지 않았으나, 이번에 러시아어로 발표된 것은 소비에뜨 당국에 대한 공공연한 도전으로 간주되어 자먀찐에게는 반(反)혁명의 낙인이 찍혔다. 따라서 출판계와 연극계는 그의 작품을 거절했고 도서관에는 그의 책에 대한 유통 금지 명령이 내려졌으며 유형-무형의 압력 때문에 친구들과 제자들까지도 그를 피하지 않을 수 없었다.

1931년 자먀찐은 작가가 작품 활동을 할 수 없다는 것은 사형선고와 마찬가지라는 요지의 편지를 스딸린에게 보내 일시적인 출국을 허용해 줄 것을 요청했다. 스딸린 특유의 불가사의한 변덕과 고리끼의 협조 덕분에 그는 출국 허가를 받아 1932년 파리로 망명했다. 파리에서 자먀찐은 생활고와 병고에 시달리며 잡지사 일을 돌보기도 하고 장 르누아르의 영화「밑바닥」의 대본을 공동 집필하기도 했다. 그는 만년에 역사 소설『천벌 *Bich Bozhii*』의 집필에 주력했으나 완성하지 못하고 1937년 3월 심장마비로 사망했다.

소설『우리들』은 환상과 리얼리티, 의식과 무의식, 그리고 개별적인 시간의 상위가 공존하며 대립적인 모티프들이 결합된, 극단적으로 다이나믹한 텍스트를 제시한다. 그것의 의미 구조를 구성하는 결정적인 모티프 중의 하나로서 우선 도스또예프스끼의 사상을 들 수 있다. 『우리들』은 2백 년간 계속된 끔찍한 전쟁에서 살아 남은 인간들이 지구 위에 구축한 가공의 〈단일제국〉의 모습을 그리고 있다. 그곳에서 모든 국민은 똑같은 청회색 제복을 입고 개인성이 완전히 무시된 투명한 유리 건물에 살며, 이름 대신 번호로 불린다. 그들의 삶 전체는 〈시간 율법표〉와 〈보안요원〉의 통제를 받으며, 독재자 〈은혜로운 분〉은 지상의 신으로 군림한다. 과학문명의 정점에 도달한 이 사회에서 모든 비합리적인 것, 감상적인 것, 개인적인 것은 이성과 효능과 집단화로 대치되며 삶의 중심은 결과적으로 〈나〉에서 거대한 기계의 동등한 톱니바퀴인 〈우리〉로 전이된다. 이것은 비록 그 배경이 29세기라고 하는 요원한 미래 사회이긴 하지만, 도스또예프스끼가 일련의 작품에서 투사한, 이성과 합리주의가 궁극적으로 초래할 세계의 형상과 동일한 맥락에서 이해할 수 있다. 도스또예프스끼가 이성과 자연의 기계적인 법칙을 지적하기 위해 사용한 〈2×2=4〉가 『우리들』에서도 반복적으로 언급되며, 과학 만능주의와 합리주의의 상징인 〈수정궁〉은 모든 것이 차고 투명한 유리로 이루어진 〈단일제국〉의 이미지로 직결된다. 그리고 도스또예프스끼의 『대심문관의 전설』에서 제시된 자유와 행복의 대립은 『우리들』에서 정체와 균등과 안정으로 정의되는 엔트로피와 끊임없는 운동과 패러독스를 지향하는 에너지의 대립으로 연장된다. 백 퍼센트의 비(非)자유와 백 퍼센트의 행복이 등가를 이루는 〈단일제국〉은 바로 대심문관의 유클리드적 세계의 미래적 재현이며 〈은혜로운 분〉은 인류에 대한 넘치는 사랑으로 자유라는 무거운 짐을 대신 짊어진, 고뇌에 찬 대심문관의 변조되고 증폭된 이미지다. 이처럼 의도적으로 도스또예프스끼의 사상과 이미지, 메타포를 자신의 텍스트에 수용하여 자먀찐은 풍자 문학의 한계를 뛰어넘어 인간의 보편적 문제를 통시적으로 독자에게 제시한다.

한편 이 같은 자유와 행복의 상호 대립과 대구(對句)를 이루는 이성과 본능의 갈등 또한 『우리들』의 핵심적 모티프를 구성한다. 다시 말해서, 모든 문명의 원동력인 에로스 *Eros*와 생존 본능이 주인공 D-503의 심리적 방황을 통해 점진적인 구체성을 띤다. 원래 생존 및 종족 보존의 본능과 일치함으로 무한히 삶을 지향하는 요소였던 에로스는 『우리들』에서 생존과 대립-충돌하는 요소로 전이된다. 그것은 어떤 면에서 마르쿠제H. Marcuse가 지적한, 쾌락 원칙이 현실 원칙의 지배를 받는 현대 산업 사회의 억압된 모습과 유사하다고 볼 수 있다. D-503이 I-330에게 느끼는 성애적 애착이 심해질수록 그의 감각과 이성은 일상적인 궤도를 이탈하여 생명과 원시적 본능으로 충만해지고 우주는 그의 눈앞에서 새롭게 탄생하지만, 그가 속한 현실에서 그것은 자신의 파멸과 죽음을 의미한다. I-330이 사랑의 여신이 아닌 죽음의 신, 독사, 검은 십자가 등으로 D-503의 눈에 비치는 것도 바로 그런 이유 때문이다. 결국 D-503은 죽음을 가져오는 에로스를 제거함으로써 물리적인 죽음에서 구원받게 되며, 그가 인식했던 사랑과 죽음의 함수 관계는 무너진다. 자먀찐은 예술의 역사를 점철해 온 사랑과 죽음이라는 전통적인 모티프를 미래의 신화에 투사함으로써 억압적 제도 아래에서 본능 구조의 도착을 지적했을 뿐 아니라 SF식의 풍자 문학에서 유례를 찾기 힘든, 인간의 심층 심리와 이상 심리, 무의식에 관한 예리한 관찰에 성공했다고 볼 수 있다.

창작 방법에서 자먀찐은 핍진성에 얽매인 리얼리즘에서 벗어나 공상과 현실이 복합된 작품 세계를 전개한다. 그는 고골N. Gogol 도스또예프스끼처럼 환상적 이미지와 부조리한 상징, 그로테스크를 통해 사실적 리얼리즘 이상으로 현실에 충실할 수 있었던 작가다. 또 그는 레미조프A. Remizov와 함께 민중의 구전 문학 전통에 깊이 뿌리를 내리고 있는 작가이기도 한데, 그의 문체에서는 민요나 민간 전승 문학이 내포하는 장식적인 요소들이 자주 발견된다. 그의 인물 묘사는 환유법에 의거하는 이미지의 반복으로 이루어진다. 장밋빛 O, 치켜뜬 눈썹의 I, 두 번 구부러진 S, 검둥이 입술의 R

등 『우리들』의 모든 등장 인물들은 작품의 전편을 통해 동일한 수식어로 표현된다. 마치 민요나 구전 서사시의 인물에 붙여진 수식구처럼 반복되는 이미지들은 관상적인 라이트 모티프로서 이야기의 진행을 도와 준다. 이것은 자먀찐 작품의 특징인 양식화 *stylization*를 실현하기 위한 것이기도 하지만 동시에 작품에 내적 통일감을 부여해 주는 기능도 한다. 한편 대담하게 압축된 표현, 시간의 도약 등과 어울리며 부각되는 표현주의풍의 그로테스크한 대화는 등장 인물의 의식 세계와 무의식 세계 간의 경계를 말소하고 작품 전체에 초현실적 차원을 부가해 준다.

구소련의 비평은 대체로 『우리들』을 사회주의의 미래에 대한 비판으로 간주하였으며, 자먀찐이 〈마지막 숫자가 없듯이 마지막 혁명도 없다〉고 단언함으로써 자본주의를 옹호하고 자기가 속한 부르주아 계급을 파멸시킨 사회주의 혁명에 반대하고 있다고 지적해 왔다. 소련 내에서 『우리들』의 출판이 계속 금지되어 오다가 고르바초프의 뻬레스뜨로이까 선풍을 타고 비로소 빛을 보게 된 것도 바로 이 때문이다. 전형적인 반(反)유토피아 소설로서 헉슬리A. Huxley의 『멋진 신세계 *Brave New World*』, 오웰G. Orwell의 『1984』 등에 지대한 영향을 미친 이 작품의 풍자적 성격은 물론 간과할 수 없다. 〈단일제국〉은 그 시간적–공간적 거리에도 불구하고 얼마든지 집단화와 획일화를 지향하는 소비에뜨 체제에 대한 풍자로 간주할 수 있다. 그러나 현대 독자의 입장에서 볼 때 자먀찐의 비판 대상은 어떤 특정한 권력 구조라기보다는 인간이 인간일 수 있음을 방해하고 압살하는 모든 제도라고 보는 것이 더 타당할 것이며, 또한 그 점에서 자먀찐의 작가로서, 그리고 사상가로서 탁월한 통찰력이 엿보인다 할 수 있다. 이 소설에서 제시되는 인간의 소외와 순응, 자유와 행복의 상호 배타적 관계, 균등주의와 개인성의 말살 등은 정치 구조와 별도로 지식인이라면 누구나 한 번쯤 생각해 보아야 하는 문제다. 특히 〈자유에서 도피〉를 추구하고 〈군중 속의 고독〉과 자아의 상실을 체험하며, 존재와 당위의 긴장감이 파괴된 고도의 산업 사회를 사는 현대인에게 그것은 더욱 절실한 문제라 할 것이다.

원본으로는 Evgenii Zamiatin, *My* (New York: Inter-Language Literary Associates, 1973)를 사용했음을 밝혀 두며, 끝으로 이 책의 출판에 그동안 여러 모로 마음을 써주신 열린책들의 홍지웅 사장님, 그리고 편집부 여러분들께 깊이 감사드린다.

석영중

예브게니 자먀찐 연보

1884년 출생 율리우스력 1월 20일(그레고리력 2월 1일) 땀보프 현의 레베쟌에서 중산층 성직자의 아들로 태어남. 아버지는 성직자이자 학교 교장이었고, 어머니는 음악가였음.

1902년 18세 보로네쥬 중학교를 우등으로 졸업하고 뻬쩨르부르그 종합 기술 대학에 입학해 조선 기술을 배움.

1905~1907년 21~23세 볼셰비끼 당에 가담, 일련의 정치 활동.

1905년 21세 체포, 출생지로 유배됨.

1906~1911년 22~27세 공부를 마치기 위해 몰래 뻬쩨르부르그 및 인근 도시로 돌아옴.

1908년 24세 종합 기술 대학을 졸업함. 대학 시절에 쓴 습작이 잡지 『교육』에 게재되었으나 주목받지 못함. 조선학 강사로 근무.

1911~1913년 27~29세 두 번째로 체포, 뻬쩨르부르그 보호 감독청의 명령으로 라흐따로 유배됨.

1913년 29세 공식적인 사면을 받음. 최초의 단편 「지방 생활Uezdnoe」이 잡지 『유훈』에 발표됨. 문학적으로 첫 성공을 거둠.

1914년 30세 「변경에서Na kulichkakh」 발표.

1915년 31세   단편 「배」 발표.

1916년 32세   조선 기사 자격으로 영국에 파견되어 쇄빙선 건조에 참여.

1917년 33세   러시아로 귀국.

1918~1922년 34~38세   영국인의 생활을 풍자한 「섬 사람들Ostrovitiane」 발표. 『인간 낚시꾼Lovets cheloveka』 발표. 고리끼의 추천으로 〈세계문학〉 출판사에 근무. 게르쩬 사범대학에서 현대 문학을 강의함. 전 러시아 작가 동맹에 가담.

1920년 36세   소설 『우리들My』 탈고.

1921년 37세   단편 「마마이Mamai」 발표.

1922년 38세   단편 「동굴Peshchera」 발표.

1924년 40세   『우리들』의 영역본 출간. 에세이 「문학, 혁명, 엔트로피 등에 관하여O liter-ature, revoliutsii, entropii i prochem」 발표.

1926년 42세   「엑스Iks」 발표. 레스꼬프의 『왼손잡이』를 각색한 희곡 「벼룩Blokha」 집필. 모스끄바 예술 극장에서 「벼룩」이 상연됨.

1927년 43세   프라하의 망명 잡지에 러시아어본 『우리들』 게재. 이후 심각한 탄압의 대상이 됨.

1929년 45세   중편 「홍수Navodnenie」 집필. 자먀찐에 대한 비판이 절정에 이름.

1931년 47세   「과학의 순교자들Mucheniki nauki」 집필. 스딸린에게 탄원, 프랑스로 망명함.

1937년 53세   3월 10일 파리에서 심장마비로 사망.

열린책들 세계문학 037 우리들

옮긴이 석영중 1959년 서울에서 태어나 고려대학교 노어노문학과를 졸업하였다. 1987년 미국 오하이오 주립대 슬라브어문과에서 문학 박사 학위를 받았으며, 현재 고려대학교 노어노문학과 교수로 재직 중이다. 저서에 『러시아 시의 리듬』, 『러시아 현대 시학』, 논문 「만젤쉬땀의 시인과 독자」 등이 있으며 역서로는 『뿌쉬낀 작품집』 (전6권), 마야꼬프스끼의 『나는 사랑한다』, 『좋아!』, 스뜨루가츠끼의 『세상이 끝날 때까지 아직 10억년』, 도스또예프스끼의 『분신』, 『백야』, 보리스 뻴냐끄의 『마호가니』 등이 있고, 뿌쉬낀 번역에 대한 공로로 1999년 러시아 정부로부터 뿌쉬낀 메달을, 2000년에는 한국백상출판문화상 번역상을 받았다.

지은이 예브게니 자먀찐 **옮긴이** 석영중 **발행인** 홍예빈
발행처 주식회사 열린책들 **주소** 경기도 파주시 문발로 253 파주출판도시
전화 031-955-4000 **팩스** 031-955-4004
홈페이지 www.openbooks.co.kr **이메일** literature@openbooks.co.kr
Copyright (C) 주식회사 열린책들, 1996, 2009. *Printed in Korea*.
ISBN 978-89-329-0954-7 04890 ISBN 978-89-329-1499-2 (세트)
발행일 1996년 7월 30일 초판 1쇄 2005년 11월 20일 보급판 1쇄 2006년 12월 25일 보급판 2쇄 2009년 11월 30일 세계문학판 1쇄 2025년 4월 15일 세계문학판 18쇄

이 도서의 국립중앙도서관 출판예정도서목록(CIP)은 서지정보유통지원시스템 홈페이지(http://seoji.nl.go.kr)와 국가자료공동목록시스템(http://www.nl.go.kr/kolisnet)에서 이용하실 수 있습니다.(CIP제어번호:CIP2009003361)

열린책들 세계문학
Open Books World Literature

001 **죄와 벌** 표도르 도스토옙스키 장편소설 | 홍대화 옮김 | 전2권 | 각 408, 512면

003 **최초의 인간** 알베르 카뮈 장편소설 | 김화영 옮김 | 392면

004 **소설** 제임스 미치너 장편소설 | 윤희기 옮김 | 전2권 | 각 280, 368면

006 **개를 데리고 다니는 부인** 안똔 체호프 소설선집 | 오종우 옮김 | 368면

007 **우주 만화** 이탈로 칼비노 단편집 | 김운찬 옮김 | 424면

008 **댈러웨이 부인** 버지니아 울프 장편소설 | 최애리 옮김 | 296면

009 **어머니** 막심 고리끼 장편소설 | 최윤락 옮김 | 544면

010 **변신** 프란츠 카프카 중단편집 | 홍성광 옮김 | 464면

011 **전도서에 바치는 장미** 로저 젤라즈니 중단편집 | 김상훈 옮김 | 432면

012 **대위의 딸** 알렉산드르 뿌쉬낀 장편소설 | 석영중 옮김 | 240면

013 **바다의 침묵** 베르코르 소설선집 | 이상해 옮김 | 256면

014 **원수들, 사랑 이야기** 아이작 싱어 장편소설 | 김진준 옮김 | 320면

015 **백치** 표도르 도스토옙스키 장편소설 | 김근식 옮김 | 전2권 | 각 504, 528면

017 **1984년** 조지 오웰 장편소설 | 박경서 옮김 | 392면

019 **이상한 나라의 앨리스** 루이스 캐럴 환상동화 | 머빈 피크 그림 | 최용준 옮김 | 336면

020 **베네치아에서의 죽음** 토마스 만 중단편집 | 홍성광 옮김 | 432면

021 **그리스인 조르바** 니코스 카잔차키스 장편소설 | 이윤기 옮김 | 488면

022 **벚꽃 동산** 안똔 체호프 희곡선집 | 오종우 옮김 | 336면

023 **연애 소설 읽는 노인** 루이스 세풀베다 장편소설 | 정창 옮김 | 192면

024 **젊은 사자들** 어윈 쇼 장편소설 | 정영문 옮김 | 전2권 | 각 416, 408면

026 **젊은 베르테르의 슬픔** 요한 볼프강 폰 괴테 장편소설 | 김인순 옮김 | 240면

027 **시라노** 에드몽 로스탕 희곡 | 이상해 옮김 | 256면

028 **전망 좋은 방** E. M. 포스터 장편소설 | 고정아 옮김 | 352면

029 **까라마조프 씨네 형제들** 표도르 도스토옙스키 장편소설 | 이대우 옮김 | 전3권 | 각 496, 496, 460면

032 **프랑스 중위의 여자** 존 파울즈 장편소설 | 김석희 옮김 | 전2권 | 각 344면

034 **소립자** 미셸 우엘벡 장편소설 | 이세욱 옮김 | 448면

035 **영혼의 자서전** 니코스 카잔차키스 자서전 | 안정효 옮김 | 전2권 | 각 352, 408면

037 우리들 예브게니 자먀찐 장편소설 | 석영중 옮김 | 320면
038 뉴욕 3부작 폴 오스터 장편소설 | 황보석 옮김 | 480면
039 닥터 지바고 보리스 파스테르나크 장편소설 | 홍대화 옮김 | 전2권 | 각 480, 592면
041 고리오 영감 오노레 드 발자크 장편소설 | 임희근 옮김 | 456면
042 뿌리 알렉스 헤일리 장편소설 | 안정효 옮김 | 전2권 | 각 400, 448면
044 백년보다 긴 하루 친기즈 아이뜨마또프 장편소설 | 황보석 옮김 | 560면
045 최후의 세계 크리스토프 란스마이어 장편소설 | 장희권 옮김 | 264면
046 추운 나라에서 돌아온 스파이 존 르카레 장편소설 | 김석희 옮김 | 368면
047 산도칸 ― 몸프라쳄의 호랑이 에밀리오 살가리 장편소설 | 유향란 옮김 | 428면
048 기적의 시대 보리슬라프 페키치 장편소설 | 이윤기 옮김 | 560면
049 그리고 죽음 짐 크레이스 장편소설 | 김석희 옮김 | 224면
050 세설 다니자키 준이치로 장편소설 | 송태욱 옮김 | 전2권 | 각 480면
052 세상이 끝날 때까지 아직 10억 년 스뜨루가츠끼 형제 장편소설 | 석영중 옮김 | 224면
053 동물 농장 조지 오웰 장편소설 | 박경서 옮김 | 208면
054 캉디드 혹은 낙관주의 볼테르 장편소설 | 이봉지 옮김 | 232면
055 도적 떼 프리드리히 폰 실러 희곡 | 김인순 옮김 | 264면
056 플로베르의 앵무새 줄리언 반스 장편소설 | 신재실 옮김 | 320면
057 악령 표도르 도스토옙스키 장편소설 | 박혜경 옮김 | 전3권 | 각 328, 408, 528면
060 의심스러운 싸움 존 스타인벡 장편소설 | 윤희기 옮김 | 340면
061 몽유병자들 헤르만 브로흐 장편소설 | 김경연 옮김 | 전2권 | 각 568, 544면
063 몰타의 매 대실 해밋 장편소설 | 고정아 옮김 | 304면
064 마야꼬프스끼 선집 블라지미르 마야꼬프스끼 선집 | 석영중 옮김 | 384면
065 드라큘라 브램 스토커 장편소설 | 이세욱 옮김 | 전2권 | 각 340, 344면
067 서부 전선 이상 없다 에리히 마리아 레마르크 장편소설 | 홍성광 옮김 | 336면
068 적과 흑 스탕달 장편소설 | 임미경 옮김 | 전2권 | 각 432, 368면
070 지상에서 영원으로 제임스 존스 장편소설 | 이종인 옮김 | 전3권 | 각 396, 380, 496면
073 파우스트 요한 볼프강 폰 괴테 희곡 | 김인순 옮김 | 568면
074 쾌걸 조로 존스턴 매컬리 장편소설 | 김훈 옮김 | 316면
075 거장과 마르가리따 미하일 불가꼬프 장편소설 | 홍대화 옮김 | 전2권 | 각 364, 328면
077 순수의 시대 이디스 워튼 장편소설 | 고정아 옮김 | 448면
078 검의 대가 아르투로 페레스 레베르테 장편소설 | 김수진 옮김 | 384면

079 **예브게니 오네긴** 알렉산드르 뿌쉬낀 운문소설 | 석영중 옮김 | 328면
080 **장미의 이름** 움베르토 에코 장편소설 | 이윤기 옮김 | 전2권 | 각 440, 448면
082 **향수** 파트리크 쥐스킨트 장편소설 | 강명순 옮김 | 384면
083 **여자를 안다는 것** 아모스 오즈 장편소설 | 최창모 옮김 | 280면
084 **나는 고양이로소이다** 나쓰메 소세키 장편소설 | 김난주 옮김 | 544면
085 **웃는 남자** 빅토르 위고 장편소설 | 이형식 옮김 | 전2권 | 각 472, 496면
087 **아웃 오브 아프리카** 카렌 블릭센 장편소설 | 민승남 옮김 | 480면
088 **무엇을 할 것인가** 니꼴라이 체르니셰프스끼 장편소설 | 서정록 옮김 | 전2권 | 각 360, 404면
090 **도나 플로르와 그녀의 두 남편** 조르지 아마두 장편소설 | 오숙은 옮김 | 전2권 | 각 408, 308면
092 **미사고의 숲** 로버트 홀드스톡 장편소설 | 김상훈 옮김 | 424면
093 **신곡** 단테 알리기에리 장편서사시 | 김운찬 옮김 | 전3권 | 각 292, 296, 328면
096 **교수** 샬럿 브론테 장편소설 | 배미영 옮김 | 368면
097 **노름꾼** 표도르 도스토옙스키 장편소설 | 이재필 옮김 | 320면
098 **하워즈 엔드** E. M. 포스터 장편소설 | 고정아 옮김 | 512면
099 **최후의 유혹** 니코스 카잔차키스 장편소설 | 안정효 옮김 | 전2권 | 각 408면
101 **키리냐가** 마이크 레스닉 장편소설 | 최용준 옮김 | 464면
102 **바스커빌가의 개** 아서 코넌 도일 장편소설 | 조영학 옮김 | 264면
103 **버마 시절** 조지 오웰 장편소설 | 박경서 옮김 | 408면
104 **10 1/2장으로 쓴 세계 역사** 줄리언 반스 장편소설 | 신재실 옮김 | 464면
105 **죽음의 집의 기록** 표도르 도스토옙스키 장편소설 | 이덕형 옮김 | 528면
106 **소유** 앤토니어 수전 바이어트 장편소설 | 윤희기 옮김 | 전2권 | 각 440, 488면
108 **미성년** 표도르 도스토옙스키 장편소설 | 이상룡 옮김 | 전2권 | 각 512, 544면
110 **성 앙투안느의 유혹** 귀스타브 플로베르 희곡소설 | 김용은 옮김 | 584면
111 **밤으로의 긴 여로** 유진 오닐 희곡 | 강유나 옮김 | 240면
112 **마법사** 존 파울즈 장편소설 | 정영문 옮김 | 전2권 | 각 512, 552면
114 **스쩨빤치꼬보 마을 사람들** 표도르 도스토옙스키 장편소설 | 변현태 옮김 | 416면
115 **플랑드르 거장의 그림** 아르투로 페레스 레베르테 장편소설 | 정창 옮김 | 512면
116 **분신** 표도르 도스토옙스키 장편소설 | 석영중 옮김 | 288면
117 **가난한 사람들** 표도르 도스토옙스키 장편소설 | 석영중 옮김 | 256면
118 **인형의 집** 헨리크 입센 희곡 | 김창화 옮김 | 272면
119 **영원한 남편** 표도르 도스토옙스키 장편소설 | 정명자 외 옮김 | 448면

120 **알코올** 기욤 아폴리네르 시집 | 황현산 옮김 | 352면
121 **지하로부터의 수기** 표도르 도스토옙스키 장편소설 | 계동준 옮김 | 256면
122 **어느 작가의 오후** 페터 한트케 중편소설 | 홍성광 옮김 | 160면
123 **아저씨의 꿈** 표도르 도스토옙스키 장편소설 | 박종소 옮김 | 312면
124 **네또츠까 네즈바노바** 표도르 도스토옙스키 장편소설 | 박재만 옮김 | 316면
125 **곤두박질** 마이클 프레인 장편소설 | 최용준 옮김 | 528면
126 **백야 외** 표도르 도스토옙스키 소설선집 | 석영중 외 옮김 | 408면
127 **살라미나의 병사들** 하비에르 세르카스 장편소설 | 김창민 옮김 | 304면
128 **뻬쩨르부르그 연대기 외** 표도르 도스토옙스키 소설선집 | 이항재 옮김 | 296면
129 **상처받은 사람들** 표도르 도스토옙스키 장편소설 | 윤우섭 옮김 | 전2권 | 각 296, 392면
131 **악어 외** 표도르 도스토옙스키 소설선집 | 박혜경 외 옮김 | 312면
132 **허클베리 핀의 모험** 마크 트웨인 장편소설 | 윤교찬 옮김 | 416면
133 **부활** 레프 똘스또이 장편소설 | 이대우 옮김 | 전2권 | 각 308, 416면
135 **보물섬** 로버트 루이스 스티븐슨 장편소설 | 머빈 피크 그림 | 최용준 옮김 | 360면
136 **천일야화** 앙투안 갈랑 엮음 | 임호경 옮김 | 전6권 | 각 336, 328, 372, 392, 344, 320면
142 **아버지와 아들** 이반 뚜르게네프 장편소설 | 이상원 옮김 | 328면
143 **오만과 편견** 제인 오스틴 장편소설 | 원유경 옮김 | 480면
144 **천로 역정** 존 버니언 우화소설 | 이동일 옮김 | 432면
145 **대주교에게 죽음이 오다** 윌라 캐더 장편소설 | 윤명옥 옮김 | 352면
146 **권력과 영광** 그레이엄 그린 장편소설 | 김연수 옮김 | 384면
147 **80일간의 세계 일주** 쥘 베른 장편소설 | 고정아 옮김 | 352면
148 **바람과 함께 사라지다** 마거릿 미첼 장편소설 | 안정효 옮김 | 전3권 | 각 616, 640, 640면
151 **기탄잘리** 라빈드라나트 타고르 시집 | 장경렬 옮김 | 224면
152 **도리언 그레이의 초상** 오스카 와일드 장편소설 | 윤희기 옮김 | 384면
153 **레우코와의 대화** 체사레 파베세 희곡소설 | 김운찬 옮김 | 280면
154 **햄릿** 윌리엄 셰익스피어 희곡 | 박우수 옮김 | 256면
155 **맥베스** 윌리엄 셰익스피어 희곡 | 권오숙 옮김 | 176면
156 **아들과 연인** 데이비드 허버트 로런스 장편소설 | 최희섭 옮김 | 전2권 | 각 464, 432면
158 **그리고 아무 말도 하지 않았다** 하인리히 뵐 장편소설 | 홍성광 옮김 | 272면
159 **미덕의 불운** 싸드 장편소설 | 이형식 옮김 | 248면
160 **프랑켄슈타인** 메리 W. 셸리 장편소설 | 오숙은 옮김 | 320면

161 **위대한 개츠비** 프랜시스 스콧 피츠제럴드 장편소설 | 한애경 옮김 | 280면

162 **아Q정전** 루쉰 중단편집 | 김태성 옮김 | 320면

163 **로빈슨 크루소** 대니얼 디포 장편소설 | 류경희 옮김 | 456면

164 **타임머신** 허버트 조지 웰스 소설선집 | 김석희 옮김 | 304면

165 **제인 에어** 샬럿 브론테 장편소설 | 이미선 옮김 | 전2권 | 각 392, 384면

167 **풀잎** 월트 휘트먼 시집 | 허현숙 옮김 | 280면

168 **표류자들의 집** 기예르모 로살레스 장편소설 | 최유정 옮김 | 216면

169 **배빗** 싱클레어 루이스 장편소설 | 이종인 옮김 | 520면

170 **이토록 긴 편지** 마리아마 바 장편소설 | 백선희 옮김 | 192면

171 **느릅나무 아래 욕망** 유진 오닐 희곡 | 손동호 옮김 | 168면

172 **이방인** 알베르 카뮈 장편소설 | 김예령 옮김 | 208면

173 **미라마르** 나기브 마푸즈 장편소설 | 허진 옮김 | 288면

174 **지킬 박사와 하이드 씨** 로버트 루이스 스티븐슨 소설선집 | 조영학 옮김 | 320면

175 **루진** 이반 뚜르게네프 장편소설 | 이항재 옮김 | 264면

176 **피그말리온** 조지 버나드 쇼 희곡 | 김소임 옮김 | 256면

177 **목로주점** 에밀 졸라 장편소설 | 유기환 옮김 | 전2권 | 각 336면

179 **엠마** 제인 오스틴 장편소설 | 이미애 옮김 | 전2권 | 각 336, 360면

181 **비숍 살인 사건** S. S. 밴 다인 장편소설 | 최인자 옮김 | 464면

182 **우신예찬** 에라스무스 풍자문 | 김남우 옮김 | 296면

183 **하자르 사전** 밀로라드 파비치 장편소설 | 신현철 옮김 | 488면

184 **테스** 토머스 하디 장편소설 | 김문숙 옮김 | 전2권 | 각 392, 336면

186 **투명 인간** 허버트 조지 웰스 장편소설 | 김석희 옮김 | 288면

187 **93년** 빅토르 위고 장편소설 | 이형식 옮김 | 전2권 | 각 288, 360면

189 **젊은 예술가의 초상** 제임스 조이스 장편소설 | 성은애 옮김 | 384면

190 **소네트집** 윌리엄 셰익스피어 연작시집 | 박우수 옮김 | 200면

191 **메뚜기의 날** 너새니얼 웨스트 장편소설 | 김진준 옮김 | 280면

192 **나사의 회전** 헨리 제임스 중편소설 | 이승은 옮김 | 256면

193 **오셀로** 윌리엄 셰익스피어 희곡 | 권오숙 옮김 | 216면

194 **소송** 프란츠 카프카 장편소설 | 김재혁 옮김 | 376면

195 **나의 안토니아** 윌라 캐더 장편소설 | 전경자 옮김 | 368면

196 **자성록** 마르쿠스 아우렐리우스 명상록 | 박민수 옮김 | 240면

197 **오레스테이아** 아이스킬로스 비극 | 두행숙 옮김 | 336면

198 **노인과 바다** 어니스트 헤밍웨이 소설선집 | 이종인 옮김 | 320면

199 **무기여 잘 있거라** 어니스트 헤밍웨이 장편소설 | 이종인 옮김 | 464면

200 **서푼짜리 오페라** 베르톨트 브레히트 희곡선집 | 이은희 옮김 | 320면

201 **리어 왕** 윌리엄 셰익스피어 희곡 | 박우수 옮김 | 224면

202 **주홍 글자** 너새니얼 호손 장편소설 | 곽영미 옮김 | 360면

203 **모히칸족의 최후** 제임스 페니모어 쿠퍼 장편소설 | 이나경 옮김 | 512면

204 **곤충 극장** 카렐 차페크 희곡선집 | 김선형 옮김 | 360면

205 **누구를 위하여 종은 울리나** 어니스트 헤밍웨이 장편소설 | 이종인 옮김 | 전2권 | 각 416, 400면

207 **타르튀프** 몰리에르 희곡선집 | 신은영 옮김 | 416면

208 **유토피아** 토머스 모어 소설 | 전경자 옮김 | 288면

209 **인간과 초인** 조지 버나드 쇼 희곡 | 이후지 옮김 | 320면

210 **페드르와 이폴리트** 장 라신 희곡 | 신정아 옮김 | 200면

211 **말테의 수기** 라이너 마리아 릴케 장편소설 | 안문영 옮김 | 320면

212 **등대로** 버지니아 울프 장편소설 | 최애리 옮김 | 328면

213 **개의 심장** 미하일 불가꼬프 중편소설집 | 정연호 옮김 | 352면

214 **모비 딕** 허먼 멜빌 장편소설 | 강수정 옮김 | 전2권 | 각 464, 488면

216 **더블린 사람들** 제임스 조이스 단편소설집 | 이강훈 옮김 | 336면

217 **마의 산** 토마스 만 장편소설 | 윤순식 옮김 | 전3권 | 각 496, 488, 512면

220 **비극의 탄생** 프리드리히 니체 | 김남우 옮김 | 320면

221 **위대한 유산** 찰스 디킨스 장편소설 | 류경희 옮김 | 전2권 | 각 432, 448면

223 **사람은 무엇으로 사는가** 레프 똘스또이 소설선집 | 윤새라 옮김 | 464면

224 **자살 클럽** 로버트 루이스 스티븐슨 소설선집 | 임종기 옮김 | 272면

225 **채털리 부인의 연인** 데이비드 허버트 로런스 장편소설 | 이미선 옮김 | 전2권 | 각 336, 328면

227 **데미안** 헤르만 헤세 장편소설 | 김인순 옮김 | 264면

228 **두이노의 비가** 라이너 마리아 릴케 시선집 | 손재준 옮김 | 504면

229 **페스트** 알베르 카뮈 장편소설 | 최윤주 옮김 | 432면

230 **여인의 초상** 헨리 제임스 장편소설 | 정상준 옮김 | 전2권 | 각 520, 544면

232 **성** 프란츠 카프카 장편소설 | 이재황 옮김 | 560면

233 **차라투스트라는 이렇게 말했다** 프리드리히 니체 산문시 | 김인순 옮김 | 464면

234 **노래의 책** 하인리히 하이네 시집 | 이재영 옮김 | 384면

235 **변신 이야기** 오비디우스 서사시 | 이종인 옮김 | 632면

236 **안나 카레니나** 레프 톨스토이 장편소설 | 이명현 옮김 | 전2권 | 각 800, 736면

238 **이반 일리치의 죽음·광인의 수기** 레프 톨스토이 중단편집 | 석영중·정지원 옮김 | 232면

239 **수레바퀴 아래서** 헤르만 헤세 장편소설 | 강명순 옮김 | 272면

240 **피터 팬** J. M. 배리 장편소설 | 최용준 옮김 | 272면

241 **정글 북** 러디어드 키플링 중단편집 | 오숙은 옮김 | 272면

242 **한여름 밤의 꿈** 윌리엄 셰익스피어 희곡 | 박우수 옮김 | 160면

243 **좁은 문** 앙드레 지드 장편소설 | 김화영 옮김 | 264면

244 **모리스** E. M. 포스터 장편소설 | 고정아 옮김 | 408면

245 **브라운 신부의 순진** 길버트 키스 체스터턴 단편집 | 이상원 옮김 | 336면

246 **각성** 케이트 쇼팽 장편소설 | 한애경 옮김 | 272면

247 **뷔히너 전집** 게오르크 뷔히너 지음 | 박종대 옮김 | 400면

248 **디미트리오스의 가면** 에릭 앰블러 장편소설 | 최용준 옮김 | 424면

249 **베르가모의 페스트 외** 옌스 페테르 야콥센 중단편 전집 | 박종대 옮김 | 208면

250 **폭풍우** 윌리엄 셰익스피어 희곡 | 박우수 옮김 | 176면

251 **어센든, 영국 정보부 요원** 서머싯 몸 연작 소설집 | 이민아 옮김 | 416면

252 **기나긴 이별** 레이먼드 챈들러 장편소설 | 김진준 옮김 | 600면

253 **인도로 가는 길** E. M. 포스터 장편소설 | 민승남 옮김 | 552면

254 **올랜도** 버지니아 울프 장편소설 | 이미애 옮김 | 376면

255 **시지프 신화** 알베르 카뮈 지음 | 박언주 옮김 | 264면

256 **조지 오웰 산문선** 조지 오웰 지음 | 허진 옮김 | 424면

257 **로미오와 줄리엣** 윌리엄 셰익스피어 희곡 | 도해자 옮김 | 200면

258 **수용소군도** 알렉산드르 솔제니찐 기록문학 | 김학수 옮김 | 전6권 | 각 460면 내외

264 **스웨덴 기사** 레오 페루츠 장편소설 | 강명순 옮김 | 336면

265 **유리 열쇠** 대실 해밋 장편소설 | 홍성영 옮김 | 328면

266 **로드 짐** 조지프 콘래드 장편소설 | 최용준 옮김 | 608면

267 **푸코의 진자** 움베르토 에코 장편소설 | 이윤기 옮김 | 전3권 | 각 392, 384, 416면

270 **공포로의 여행** 에릭 앰블러 장편소설 | 최용준 옮김 | 376면

271 **심판의 날의 거장** 레오 페루츠 장편소설 | 신동화 옮김 | 264면

272 **에드거 앨런 포 단편선** 에드거 앨런 포 지음 | 김석희 옮김 | 392면

273 **수전노 외** 몰리에르 희곡선집 | 신정아 옮김 | 424면

274 **모파상 단편선** 기 드 모파상 지음 | 임미경 옮김 | 400면
275 **평범한 인생** 카렐 차페크 장편소설 | 송순섭 옮김 | 280면
276 **마음** 나쓰메 소세키 장편소설 | 양윤옥 옮김 | 344면
277 **인간 실격·사양** 다자이 오사무 소설집 | 김난주 옮김 | 336면
278 **작은 아씨들** 루이자 메이 올컷 장편소설 | 허진 옮김 | 전2권 | 각 408, 464면
280 **고함과 분노** 윌리엄 포크너 장편소설 | 윤교찬 옮김 | 520면
281 **신화의 시대** 토머스 불핀치 신화집 | 박중서 옮김 | 664면
282 **셜록 홈스의 모험** 아서 코넌 도일 단편집 | 오숙은 옮김 | 456면
283 **자기만의 방** 버지니아 울프 지음 | 공경희 옮김 | 216면
284 **지상의 양식·새 양식** 앙드레 지드 지음 | 최애영 옮김 | 360면
285 **전염병 일지** 대니얼 디포 지음 | 서정은 옮김 | 368면
286 **오이디푸스왕 외** 소포클레스 비극 | 장시은 옮김 | 368면
287 **리처드 2세** 윌리엄 셰익스피어 희곡 | 박우수 옮김 | 208면
288 **아내·세 자매** 안톤 체호프 선집 | 오종우 옮김 | 240면
289 **폭풍의 언덕** 에밀리 브론테 장편소설 | 전승희 옮김 | 592면
290 **조반니의 방** 제임스 볼드윈 장편소설 | 김지현 옮김 | 320면
291 **의무론** 마르쿠스 툴리우스 키케로 지음 | 김남우 옮김 | 312면
292 **밤에 돌다리 밑에서** 레오 페루츠 지음 | 신동화 옮김 | 360면
293 **한낮의 열기** 엘리자베스 보엔 장편소설 | 정연희 옮김 | 576면